Danksagung

Zuerst möchte ich mich bei meiner Frau und meinen Kindern bedanken, für ihre Geduld und Unterstützung.

Bei Astrid Kieltsch für ihre Zuversicht und Motivation, ohne die dieses Buch nie entstanden wäre.

Bei Cornelia und Udo Wolf fürs Probelesen, für die Ideen und Vorschläge.

Bei Susanne Redmann, die mir das Self-Publishing nahegelegt und mich bei diesem Prozess unterstützt hat.

Rainer Kertmann

Die Legende von Myriam

Erstes Buch
Seelenschwester

Bibliografische Information der Deutschen Nationalbibliothek
Die Deutsche Nationalbibliothek verzeichnet diese Publikation
in der Deutschen Nationalbibliografie; detaillierte bibliografische
Daten sind im Internet über www.dnb.de abrufbar.
Die Bedingungen, um diesen Zusatz ins Impressum eintragen

Überarbeitete Korrigierte 2. Auflage Juni 2017

©2017 Rainer Kertmann

Cover-Design: ©Rainer Kertmann

Herstellung und Verlag

BoD – Books on Demand, Norderstedt

ISBN: 9783744814782

Inhaltsverzeichnis

1 Vorgeschichte

Wie eine nicht aufzuhaltende Flut, wälzte sich das Band
von Fackellichtern über die große Wiese. Hundegebell
brach sich an den Hängen des Berges Zyprion.
In ihrem Traum schwebte Eria oberhalb der Bäume, die den
Anstieg zum Berg markieren. Bis zu dessen Fuß reichte der
Grünstreifen. Ihr Blick schärfte sich. Nun konnte sie die
dunklen Schatten erkennen, die dort lauerten. Lunaren, oder
Mondwölfe wie die Menschen sie nannten.
Mit einer Schulterhöhe die der Körpergröße eines
ausgewachsenen Mannes entspricht und einer Körperlänge
von mehr als drei Metern, mit gelben Augen, warteten sie
im Dunkel des Waldrandes. Kuriere rannten herum, um die
Befehle des Lunaren Königs Cyferin zu übermitteln.
Der volle Mond verbarg sich hinter Wolken. Geradeso, als
weigere er sich mit anzusehen, was in dieser Nacht
bevorstand. Sobald der Wolkenvorhang aufriss, blitzte es
dort, wo das Mondlicht auf die wartenden Leiber traf,
silbern auf, nur um im nächsten Augenblick wieder zu
verblassen.
Das war sie, die 'Dorenga Varta', die ‚Horde der
Freiheitskrieger'! Wenn auch fast neunhundert Köpfe stark,
so war es doch ein kläglicher Rest, der einst mehrere
tausend Kämpfer zählenden Horde. Angeführt von König
Cyferin, angetreten zur großen Schlacht. Diese würde über
Leben oder Untergang ihrer Art entscheiden.
Die Menschen hatten fast den Waldrand erreicht. Ein
Aufgebot von Soldaten und Bauern. Alle Städte schickten
ihre Armeen und angeheuerten Söldner. Diesem Heer
schlossen sich die Bauern bereitwillig an. Deren

Kommandant schrie einen Befehl. In breit gefächerter Front nahmen die Männer gegenüber des Waldrandes Aufstellung. Die Soldaten, mit schweren Speeren bewaffnet, in vorderster Reihe. Dahinter die Söldner mit Schwertern und Piken. Einige führten auch große Hunde, die sich wild gebärdeten, mit sich. Seit Tagen ausgehungert, um ihre Aggressivität zu steigern, waren sie nur sehr schwer zurück zuhalten. In gebührendem Abstand bildeten die Bauern die letzte Reihe.

Auf Befehl des Kommandanten wurden einige Hunde losgelassen. Der Gegner sollte aus dem Wald gelockt werden. Auf diesen Augenblick hatten die Tiere nur gewartet. Mit wütendem Gebell stürmten sie auf den Waldrand zu und stürzten sich auf den Feind. Nach und nach ging das Gebell in ein schmerzhaftes, ängstliches Winseln über. Kurze Zeit später verstummte es. Angespannte Stille breitete sich aus. Warten auf den richtigen Augenblick. Die Wolken rissen auf.

Mit einem verächtlichen Grinsen gab König Cyferin das Signal. Sein Heulen schallte durch die Nacht. Neunhundert Kehlen stimmten mit ein, während ihre Besitzer sich in Bewegung setzten. Ihre massigen Körper verließen das Unterholz.

Noch schirmte der Schatten der Bäume ihr Fell gegen das Mondlicht ab. Als die wuchtigen, dunklen Leiber auf die Wiese hinausrannten und auf die wartenden Menschen zustürmten, musste es für diese aussehen, als rolle der Wald auf sie zu.

In vollem Lauf sprangen sie aus dem Waldschatten heraus. Sofort flammte ihr Fell silbern auf. Wie leuchtende Pfeile

jagten sie auf die Front der Menschen zu. Die ‚Dorenga
Varta' hatte ihren Angriff begonnen.
Eria erwachte. Müde schüttelte sie den Kopf, um die Reste
der Bilder aus ihren Gedanken zu vertreiben. Anfangs war
sie jedes Mal zitternd und mit bebendem Herzen erwacht.
In jener Nacht hatte sie alles verloren, was ihr etwas
bedeutete. Den geliebten Ehemann und König, ihre Söhne,
Brüder, Verwandten und Freunde.
Mehr als vier Jahre waren die Ereignisse her. Sie war
schwanger, deshalb hatte Cyferin ihr verboten an dem
Kampf teilzunehmen. Damals war sie dankbar dafür
gewesen, denn sie hielt den Krieg für falsch. Aber heute?
Jetzt neigte sich ihre Schwangerschaft dem Ende zu.

Die besondere Beziehung, die zwischen ihr und einem
befreundeten Adler bestand, hatte Eria dazu benutzt die
Schlacht mitzuverfolgen. Durch dessen Augen beobachtete
sie das Blutbad, das sich dort abspielte. Bis die Verbindung
abrupt abriss.
Langsam öffnete Eria die Augenlider. Um sie herum
herrschte tiefe Dunkelheit. Die Wurzeln knacksten über ihr
und Erde rieselte von der Decke ihrer Höhle. Der Sturm
tobte noch immer. Seit drei Tagen schien die Welt
unterzugehen.
Lange hatte sie mit sich gerungen, bevor sie diese
Entscheidung gefällt hatte. Das Versprechen, das sie ihrem
Mann gab nur männliche Nachkommen zu gebären, war ihr
heilig. Aber um zu retten, wo es scheinbar nichts mehr zu
retten gab, musste sie so handeln.
Ihr Mann hätte dem niemals zugestimmt. Als Erbe eines
Königs wurde auch er zu einem solchen erzogen. Für ihn

zählten nur Söhne und deshalb durfte sie ihm nur diese gebären.

Der Hauptgrund, warum er sie damals zur Frau nahm, war der, dass er über ihre Gabe Bescheid wusste. Das Besondere an Eria war, sie bestimmte über das Geschlecht des ungeborenen Kindes. Cyferin war der einzig noch Lebende gewesen, der ihren vollständigen Namen kannte. 'Eria Thymarin'. Aber für jeden war sie stets nur Eria.

Sein Hass auf die Menschen war so gewaltig, dass er selbst jetzt alles daran gesetzt hätte, um zu verhindern, was sie bereit war zu tun. Leider gab es niemanden mehr, der ihr noch Vorhaltungen machen konnte. Ihre Entscheidung war gefallen.

Seit jenem Tag hatte sie sich psychisch darauf eingestellt ein Mädchen auf die Welt zu bringen und alle Vorbereitungen für die Geburt getroffen. In ihrer Tochter würde das Erbe der Thymarin weiterleben und vielleicht eine bessere Welt ermöglichen.

Eria hoffte, dass auch ihr Ritual wirksam war. Nicht nur ihre Tochter sollte das Licht der Welt erblicken, sondern auch deren Seelengeschwister. Wer dies sein würde, war ihr unbekannt. Darauf hatte sie keinen Einfluss. Den Gedanken nachhängend, schloss sie wieder die Augen. Sie musste ihre Kräfte schonen, um Feria auf die Welt zu bringen. Gestärkt von der Hoffnung, dass sie doch nicht die Letzte der Lunaren sein würde.

2 Eine schwere Entscheidung

Roen blinzelte in die Abendsonne. Er beugte sich nach
vorne, stützte die Arme auf den Weidezaun, legte sein Kinn
darauf und sah den Tieren beim Grasen zu. Es war keine
große Herde. Zwölf Schafe und ein Hammel. Wenn alles
problemlos verlief, würden es in den kommenden Wochen
wieder ein paar mehr sein. Die Hälfte der Mutterschafe war
trächtig. Er drehte den Kopf nach links und betrachtete das
kleine Maisfeld, das er dieses Jahr angelegt hatte.
Das Saatgut hatte die gesamten Ersparnisse aufgebraucht
und viel Überredungskunst gegenüber seiner Frau
gefordert. Der Mais gedieh prächtig. Nun war auch Ria
zufrieden.
Den kommenden Winter mussten sie vielleicht einmal nicht
hungern.
Mit einem verträumten Lächeln schweifte sein Blick nach
rechts auf das kleine Gemüsefeld. Ria hatte es mit viel
Liebe angelegt und die Pflanzen schienen es ihr zu danken.
So gesehen war es bisher ein erfreuliches Jahr gewesen. Es
wurde auch Zeit, dass das Leben wieder angenehmer
wurde. Er hatte die vier Dutzend Lebensjahre fast voll.
Davon hatte er die Besten vergeudet.
Als er seine erste Frau kennen lernte, war er ein stattlicher
Mann gewesen. Mit einem Gesicht ohne Narben und
braunen Haaren. Ein Jahr darauf heirateten sie.
Doch ihr Glück währte nicht lange. Schon im darauf
folgenden Winter starb sie an einer Lungenentzündung.
An diesem Tag brach eine Welt für ihn zusammen. Er
vertrank all sein Hab und Gut. Stolperte von einer
Gaststätte in die nächste, bis man ihn aus der Stadt warf. So

ging es von einem Ort zum anderen. Eines Abends, kam er
hier mit zerrissener Kleidung und völlig verdreckt an.
Es wurden Holzfäller gesucht. Jeder, der sich daran
beteiligte, bekäme nach Abschluss der Arbeiten, zu seinem
Lohn noch ein kleines Stück Land geschenkt. Er hatte die
Wahl. Entweder das Angebot annehmen oder verschwinden.
Säufer und Taugenichtse konnte man hier nicht brauchen.
Er blieb. Durch die ungewohnte, schwere Arbeit und seine
schlechte körperliche Verfassung, wollte er mehrmals
aufgeben. Irgendetwas in ihm wehrte sich aber dagegen. Er
machte weiter, Tag ein Tag aus.
Fünf Jahre später waren die Arbeiten beendet. Er bekam
den versprochenen Lohn, ebenso das Stückchen Land. Kein
fruchtbares Ackerland wie erhofft, aber sein Eigenes. Voller
Hecken und Steine.
Er fällte Bäume, um die Hütte zu bauen. Mit einem Teil der
Felsen den Kamin, den Rest zu einer kleinen Mauer rund
um das Gelände aufgestapelt. Es hatte vierundzwanzig
Monate gedauert, um aus diesem Grundstück etwas
Brauchbares zu machen.
Es folgten schwere Wochen. Er versuchte es als
Viehzüchter, doch die Tiere gingen an einer Seuche ein.
Auch als Bauer erging es ihm schlecht. Durch seine
Unkenntnis brachten die Pflanzen nur wenig Ertrag oder
verdorrten auf den Feldern. Immer wieder musste er sich
Arbeit in der Stadt ‚Dunkelwasser' suchen, um zu
überleben.
In dieser Zeit lernte er auch seine jetzige Frau Ria kennen.
Sie war eine herzliche Person, die es verstand mit
anzupacken. Mit ihr kam Myriam ihre Nichte, deren Mutter
bei der Geburt verstarb. Damit die Familie über die Runden

kam, hatte er zwei Jahre in der Stadt gearbeitet. Ria versuchte ihrerseits, das Möglichste aus dem Boden herauszuholen.

Die tiefen Falten in Roens Gesicht berichteten von dem Leid, das er erlebt hatte. Vom einstmals dichten, braunen Haar, gab es nur noch einen dünnen Kranz.

Dieses Jahr war das Erste, in dem sie wie eine kleine Bauernfamilie zusammenlebten. Diesmal, so schien es, sollten sie für alle Strapazen und Entbehrungen belohnt werden.

Aus seinen Erinnerungen zurückkehrend bemerkte er, dass jemand neben ihm stand. Es war Kor, der erste Holzfäller mit dem Roen Freundschaft geschlossen hatte.

Ein bärbeißiger Typ, der keiner Schlägerei aus dem Weg ging. Andererseits ein ehrenhafter Freund, wenn man ihn respektierte. Kor war ein Riese, mit gewaltigen Schultern und einem Nacken, der einem Stier zur Ehre gereicht hätte. Diese Tatsache und die langen, schwarzen Haare mit dem Vollbart, sollten eigentlich jeden vernünftigen Mann davon abhalten, sich mit ihm anzulegen. Dass dem nicht so war erzählte die Narbe, die über seine gesamte rechte Wange verlief.

Wie alle Holzfäller hatte auch er hier ein Stück Land bekommen, so dass ein kleines Dorf entstanden war.

„Hallo alter Freund", sagte Roen. „Ist es nicht erstaunlich, wie sich hier alles verändert hat? Was wir mit unserer Hände Arbeit diesem Land abtrotzten?"

„Ja das ist es", antwortet Kor und nickte.

Der bedrückte Unterton ließ Roen aufhorchen.

„Was ist los mein Freund? Wieder Ärger zu Hause? Komm, ich lade dich auf ein Gläschen ein! Ria wird sich freuen dich zu sehen.“

„Nein, ein andermal vielleicht!“

„Was ist los? Mir kannst du es doch anvertrauen!“

„Roen! Ich bin nicht nur als dein Freund hier!“

„Was willst du damit sagen?“

„Wie du weißt, bin ich so etwas wie der Dorfvorsteher unserer kleinen Gemeinschaft.“

„Natürlich weiß ich das, ich habe dich ja selbst gewählt! Aber was hat das mit mir zu tun?“

„Es sind mehrere Beschwerden vorgetragen worden und es wurde eine Versammlung einberufen.“

„Und wieso hat mich niemand darüber informiert?“

„Ich hielt es für besser! Ich befürchtete, dass sonst die Sache außer Kontrolle gerät. Außerdem hoffe ich, wir können diese Angelegenheit noch andersregeln.“

Roens Augen waren zu schmalen Schlitzen geworden. Sein Kinn schob sich drohend nach vorne.

„Was willst du Kor? Ich habe mir nichts vorzuwerfen“, presste er heraus, wobei die Kieferknochen hervortraten.

„Es ist nicht deinetwegen“, versuchte Kor zu beschwichtigen.

„Sondern?“

„Es ist ...“

„Kor, raus mit der Sprache!“

„Es handelt sich um Myriam! Sie wollen das sie geht!“

Roen stieg die Zornesröte ins Gesicht. Er bebte wie ein Vulkan kurz vor dem Ausbruch.

„Was! Seid ihr denn alle verrückt geworden? Ich habe, wie jeder andere hier, mit meinen Händen dieses Land urbar gemacht. Jetzt, wo ich die Früchte all der Anstrengungen ernten kann, soll ich gehen? Niemals!"

„Nicht du! Nur Myriam!"

„Sie ist die Nichte meiner Frau und wohnt unter unserem Dach, da kommt es auf dasselbe heraus", grollte Roen. „Sie ist für mich wie eine Tochter! Du, mein bester Freund, verlangst von mir sie fortzuschicken? Sage mir, was hat ein zwölfjähriges Mädchen getan, dass ihr euch vor ihr fürchtet?"

Kor sah ihn traurig an.

„Keine Antwort? Dann sehe ich dieses Gespräch als beendet an! Geh Kor, und komm so schnell nicht zurück!"

Wütend drehte Roen sich um, und stapfte in Richtung des Hauses davon.

„Warte! Es geht in keiner Weise um das, was sie tut! Es geht um die Dinge die passieren, bei denen sie in der Nähe ist oder war."

Schwer atmend drehte sich Roen langsam um, um seinen Freund erstaunt anzusehen.

„Willst du damit sagen, dass ihr Myriam für etwas verantwortlich macht, bei dem sie nur zugegen war? Das habt ihr doch nur ausgeheckt um uns loszuwerden! Ihr neidet uns, was wir uns erarbeitet haben. Ich hätte nie gedacht, dass du, als mein bester Freund, dich dafür hergibst. Geh! Ich schäme mich, für dich jemals so etwas wie Freundschaft empfunden zu haben."

Roen drehte Kor erneut den Rücken zu. Doch kaum das er den zweiten Schritt getan hatte.

„Sie sagen - sie ist eine Hexe!"

Das war zu viel für Roen. Blitzschnell fuhr er herum. Mit einem zornigen Schrei warf er sich auf seinen einstigen Freund.

„Das ist eine Lüge!"

Roen prügelte auf Kor ein und in jeden Schlag legte er die angestaute Wut.

„Ihr verdammten Lügner! Ich werde jedem das verlogene Mundwerk stopfen, der das behauptet!"

Nachdem sich Kors Überraschung gelegt hatte, war es für ihn ein Leichtes, sich gegen den alten Freund durchzusetzen. Er warf sich herum und drückte Roen mit seinem gesamten Gewicht zu Boden, bis dieser sich nicht mehr rühren konnte.

„Lass mich los du Verräter!", schrie Roen mit Tränen in den Augen.

„Halte jetzt den Mund und hör mir zu!", herrscht Kor ihn an.

„Es begann alles vor zwei Wochen. Myriam ging unten am Bach spazieren und kam am Grundstück vom alten Warden vorbei. Sein Hund Spell sprang über den Zaun und lief zu ihr. Als sein Besitzer ihn zurückholen wollte, biss der Hund ihm in die Hand. Der Mann wurde dabei so schwer verletzt, dass er die Hand wahrscheinlich nie wieder benutzen kann. Die Geschichte machte natürlich gleich die Runde, wie du dir denken kannst."

„Mir ist nichts davon zu Ohren gekommen", entgegnete Roen bissig.

„Wundert dich das? Sie haben Angst! Es passierte aber noch mehr. Zwei Tage später staunte Lenard, weil all seine Kühe am Rand der Weide standen und ihre Köpfe über den Zaun streckten. Als er hinüberging, um nach dem Rechten zu sehen, sah er Myriam dort stehen. Sie streichelte ihre Schnauzen und schien mit ihnen zu sprechen. Aufgeschreckt durch das vorherige Ereignis, schrie er, sie solle die Tiere in Ruhe lassen und verschwinden. Danach gaben die Kühe lange Zeit keine Milch mehr.

Vor vier Tagen fütterte Marten die Hennen, als er Myriam in Richtung des Hofes laufen sah. Er rief ihr schon von weitem zu sie soll ihn in Ruhe lassen und woanders spazieren gehen. Seit diesem Vorkommnis legen seine Hühner keine Eier mehr.

Und gestern der Vorfall mit Borenor, dem Sohn von Netter. Der Junge war mit den Schafen auf der Weide, als er sie kommen sah. Er lief zu ihr hin und beschimpfte sie, sie sei eine Hexe und solle aus dem Dorf verschwinden. Myriam ist dann weinend davongelaufen. Der Knabe kann sich nur noch daran erinnern, dass ihn danach ein harter Stoß im Rücken traf. Sein Vater fand ihn später bewusstlos auf der Weide liegen. Der Hammel hatte ihn umgerannt. Man erkannte es an dem Blut, das auf dessen Stirn klebte. Der Junge wird wahrscheinlich nie wieder laufen können. Kommt dir das nicht auch alles sehr merkwürdig vor?"

Roen biss sich auf die Lippen.

„Könnt ihr es beweisen?", platzte er heraus.

„Stell dich nicht dümmer, als du bist!", entgegnete Kor.

„Die Dinge sind schon ins Rollen geraten und lassen sich nicht mehr aufhalten. Du weißt, was jetzt passiert! Niemand wird sich mehr mit euch abgeben. Ihr werdet weder etwas kaufen, noch verkaufen können. So lange, bis ihr wegziehen müsst. Die weiteren Möglichkeiten sind, dass Myriam auf dem Scheiterhaufen verbrannt oder ermordet aufgefunden wird. Glaub mir, ich wünsche mir weder das eine, noch das andere!"

Mittlerweile hatte Kor seinen Freund losgelassen und sie saßen sich gegenüber. Roen hob langsam den Kopf. Tränen liefen ihm über die Wangen.

„Myriam liebt schon immer Tiere. Sie weigert sich sogar, Fleisch zu essen. Als sie kleiner war, wurde sie öfters dazu gezwungen. Doch sie hat sich jedes Mal danach erbrochen, deshalb haben wir es gelassen. Könntest du dein Kind vom Hof jagen, mit der Gewissheit, dass es im Wald umkommt und ihm dabei in die Augen sehen?"

„Nein, das könnte ich nicht!"

„Wenigstens bist du ehrlich. Was denkst du, was ich jetzt tun soll? Ich bin zu alt um noch einmal von vorne anzufangen. Selbst wenn ich es wollte, wer würde mir dieses Land schon abkaufen. Hier ist alles was ich besitze! Wie soll ich es Ria beibringen?"

„Wenn du möchtest, werde ich es Ria erklären?"

„Nein! Ich habe sie geheiratet, und als ich dies tat, habe ich Myriam als meine Tochter anerkannt. Jetzt soll ich sie einfach vom Hof jagen? Das bringe ich nicht übers Herz!"

Als Kor aufstand, um in die Innentasche der Jacke zu greifen, stand auch Roen auf. Kor zog seine Hand heraus und hielt Roen eine kleine Glasphiole entgegen. Darin schimmerte eine klare Flüssigkeit.

„Gift?", fragte Roen erschrocken. „Nein, niemals!"

Kor verzog das Gesicht.

„Das ist kein Gift!"

Der empörte Unterton zeugte von den nicht ausgesprochenen Gedanken.

Wie kannst du nur glauben, dass ich dir so etwas vorschlagen würde.

Roen schaute Kor in die Augen.

„Was ist das und woher hast du es?"

„Wer das trinkt, fällt in den tiefen Schlaf des Vergessens. Ich habe mir diesen Trank als junger Mann, für den 'eventuellen Fall' machen lassen, aber es kam nie dazu. Je mehr man davon trinkt, umso länger schläft und umso mehr vergisst man. Er ist geruchlos und schmeckt, so sagte man mir, nur leicht herb. Du könntest mit Myriam in den Wald gehen und ihr dort diesen Trank verabreichen. Wenn sie aufwacht, hat sie keine Erinnerung an das was vorher war."

Roen schaute auf die kleine Phiole, die jetzt in seiner Hand lag.

„Ich kann das nicht! Damit verurteile ich sie zum Tod durch die wilden Tiere!"

„Du sagtest doch, Myriam liebt die Tiere?", entgegnete Kor.

„Und scheinbar lieben diese sie auch. Dort draußen hat sie, wenn auch eine geringe, Chance zu überleben. Hier wird sie früher oder später auf dem Scheiterhaufen verbrannt werden, oder anders sterben! Gib ihr wenigstens diese kleine Möglichkeit."

„Aber ...", setzte Roen zu einer weiteren Entgegnung an, als er bemerkte, dass sein Freund an ihm vorbei sah. Langsam drehte er sich herum. Ria stand, mit in die Hüfte gestemmten Fäusten, vor der Tür der Hütte. Roen schaute wieder zu Kor und gab ihm die Hand.

„Trotz allem danke ich dir", erklärte Roen. „Ich wünschte mir nur, ich hätte schon eine Lösung!"

„Und ich hoffte, dich nie vor diese Wahl stellen zu müssen", entgegnete Kor und ging eilig davon.

Roen sah seinem Freund noch einen Augenblick nach,
bevor er zur Hütte ging. Während er sich der Tür näherte,
schaute er Ria ins Gesicht. Das stete Lächeln, für das er sie
so liebte, war aus ihm gewichen. Stattdessen traf ihn ein
anklagender, starrer Blick, der ihm folgte. Roens
Magenwände zogen sich zusammen. Rasch ging er durch
die Tür, um diese sofort hinter sich zu schließen.
Er wollte, nach dem Gespräch mit Kor, nicht auch noch mit
Ria eine Diskussion anfangen. Dieser Moment stand ihm
noch früh genug bevor. Im ersten Augenblick fühlte er
Erleichterung in sich aufsteigen, als der Riegel hinter ihm
in die Halterung fiel. Doch gleich darauf sah er Myriam vor
dem Kamin stehen. Er spürte, wie sich sein Herz erneut
verkrampfte. Sie spielte mit den Tieren, die er ihr immer
schnitzte. Sie schien ihn noch nicht bemerkt zu haben.
Sie war schon groß für ihr Alter, aber zierlich.
Das Kind kann doch keiner Fliege etwas zu Leide tun,
dachte er.
Myriam trug eine einfache, graue Bluse und einen
ebensolchen Rock. Die langen, schwarzen Haare fielen wie
ein dichter Vorhang, über ihren Rücken.
Als sie ihn bemerkte, drehte sie sich herum und lächelte ihn
an. Der Blick, aus diesen strahlend grünen Augen, traf Roen
ins Herz.
Er sah die Abdrücke von feuchter Erde, die immer
entstanden, wenn sie sich auf die Erde kniete. Was sie sehr
häufig tat. Roen lächelte bei dem Gedanken daran.
„Hallo Papa!"
Das war zu viel! Roen schossen erneut die Tränen in die
Augen. Hastig drehte er sich herum, riss die Tür auf und

rannte hinaus. Krachend fiel das Tor hinter ihm in die Verriegelung.

Erst spät am Abend kehrte er zurück. So spät, dass er davon ausgehen konnte, Myriam nicht mehr entgegentreten zu müssen. Aber Ria war noch wach und wartete, vor dem Kamin sitzend, auf ihn. Er setzte sich auf den Stuhl neben ihr und schaute in die Flammen.

„Willst du mir jetzt verraten, was los ist?", fragte sie.

„Ja! Du hast jedes Recht dazu und ich bin es dir schuldig!" Roen erzählte ihr alles was Kor zu ihm gesagt hatte. Auch, welche Möglichkeiten blieben. Sie unterbrach ihn nicht einmal. Ihr Gesicht war wie versteinert. Kaum hatte er geendet, rannte sie weinend in die Schlafkammer.

Nachdem Roen sich etwas beruhigt und die Tränen getrocknet hatte, stand er auf um Ria zu folgen. Die Tür war nur leicht angelehnt. Er hob die Hand um diese aufzuschieben, als er Ria drinnen sprechen hörte. Überrascht hielt Roen in seiner Bewegung inne.

„Ach Phari, wieso bist du gegangen und hast mir die Verantwortung für Myriam überlassen? Jetzt hat die Vergangenheit sie doch eingeholt. Dein Opfer war vergebens."

Roen wusste, Phari war der Kosename von Rias Schwester Pharisia. Aber was hatte sie mit Opfer gemeint? Diese war doch angeblich bei Myriams Geburt gestorben?

Er wurde durch das Knarren des Bettes in seinen Überlegungen unterbrochen. Ria hatte wahrscheinlich darauf gesessen und sich jetzt erhoben. Roen schlich eilig zum Stuhl zurück. Seine Frau sollte nicht wissen, dass er sie belauscht hatte.

Kaum das er saß, kam Ria auch schon herein. Wortlos
setzte sie sich. Roen überlegte, was Ria ihm über Myriams
Eltern erzählt hatte.
Diese hatten in 'Dunkelwasser' gelebt. Dies war die nächst
größere Stadt, drei Tagesreisen südlich von hier.
Myriams Vater war Händler. Auf der Rückreise von einem
seiner Einkäufe, wurde er kurz vor der Siedlung von
Räubern überfallen und getötet.
Pharisia, zu dieser Zeit hoch schwanger, hatte das Geschäft
verkauft und war zu ihrer Schwester Ria gezogen. Durch
den Schmerz des Verlustes geschwächt und des
Lebensmutes beraubt, überstieg die Geburt Pharisias
Kräfte. Kaum lag Myriam in Rias Armen, schloss Phari für
immer die Augen.
Er wusste eigentlich wenig, musste er sich eingestehen.
Bisher war das für ihn auch ohne Bedeutung gewesen.
Allerdings passte diese Geschichte nicht zu Rias
Bemerkungen. Hatte sie ihm etwas verschwiegen? Wieso
hatte die Vergangenheit sie eingeholt?
„Lass uns ins Bett gehen, die nächste Zeit wird hart genug“,
erklärte Ria plötzlich.
Roen wurde abermals aus seinen Gedanken gerissen ohne
eine Antwort gefunden zu haben. Aber jetzt gab es andere
Probleme, die gelöst werden mussten. Daher nickte er nur.
Keiner der beiden konnte schlafen. Schon bei
Morgengrauen waren sie wieder auf den Beinen. Sie saßen
am Tisch und starrten vor sich hin.
Noch in der Nacht hatten sie sich darauf geeinigt, dass
wenn es schon sein musste, dann gleich heute. Jeder
Aufschub hätte nur die Gefahr erhöht, nicht mehr die Kraft
aufzubringen, um den Plan durchzuführen.

Roen wollte mit Myriam in den Wald gehen und die Bögen
mitnehmen. Das hatten sie früher öfter getan. Das letzte
Mal war schon eine längere Zeit her, daher würde Myriam
keinen Verdacht schöpfen. Wahrscheinlich freute sie sich
sogar darüber.
Die Sonne erschien über dem Horizont, als Ria in die
Kammer ging, um das Mädchen zu wecken. Sie erzählte
ihr, was ihr Vater für heute geplant hatte. Myriam war
sofort begeistert.

„Dann zieh dich schnell an. Essen steht auf dem Tisch.
Dein Vater ist ins Dorf, um noch einige Vorbereitungen zu
treffen. Ich werde hinausgehen, um nach den Tieren zu
sehen.“

Jemand anderem wäre vielleicht aufgefallen, dass Ria es
vermied, das Mädchen anzusehen. Aber Myriam war viel
zu aufgeregt, um dies zu bemerken. Kaum den Satz
beendet, war Ria auch schon verschwunden. Weder Roen
noch sie selbst hatten so früh wirklich etwas zu tun. Aber
der Schmerz war zu stark, um sich lange in Myriams
Gegenwart aufzuhalten.
Das Mädchen schlang ihr Essen hinunter. Es war viel zu
aufgedreht, um sich dafür Zeit zu nehmen. Kaum fertig,
rannte sie in ihre Kammer und packte schnell die Dinge
zusammen, die sie mitnehmen wollte. Zum Schluss nahm
sie Bogen und Köcher von der Wand. Diese hatte ihr Onkel
Kor einmal geschenkt.
Vor dem Haus angekommen, sah sie ihre Eltern
zusammenstehen und flüstern. Als Roen sie sah, zwang er
sich zu einem Lächeln.

„Komm meine Kleine. Wir haben noch einen langen Weg
vor uns."
Er nahm Ria in den Arm, drückte sie kurz, gab ihr einen
Kuss und beeilte sich fortzukommen. Ria verabschiedete
sich knapp von Myriam. Dabei flüsterte sie ihr ins Ohr:
„Pass auf dich auf."
Zu mehr, war sie nicht fähig. Ria eilte ins Haus und schloss
sofort die Tür hinter sich. Myriam sah ihrer Mutter
überrascht nach, zuckte mit den Schultern und folgte ihrem
Vater.
„Es hat wohl etwas mit gestern Abend zu tun", sagte sie
leise zu sich selbst.
Sie raste Roen hinterher und freute sich auf das, was sie
heute Neues erleben würde.

Die Waldgrenze lag unweit vom Haus. Myriam erreichte
ihren Vater als dieser auf den Waldweg einbog. Roen war
noch in Gedanken versunken, als seine Tochter neben ihm
erschien. Langsam hegte er Zweifel, dass sie unschuldig
war, an dem was man ihr vorwarf. Es nagte an ihm, dass er
Kor nicht hatte widersprechen können. Von diesen Vorfällen
hatte er nichts gewusst.
„Myriam, was ist damals beim alten Warden passiert?"
Das Mädchen blieb abrupt stehen. Sie sah ihn mit großen
Augen an, wobei sie sich auf die Unterlippe biss.
„War Onkel Kor deshalb gestern Abend da?", fragte es
zögerlich und senkte dabei den Kopf.
„Unter anderem! Aber ich möchte von dir hören, was
geschehen ist."
Beide setzten ihren Weg fort. Myriam schien es
Überwindung zu kosten darüber zu reden.

Ob doch etwas an den Vorwürfen dran ist?

Zögerlich begann Myriam endlich zu sprechen.

„Es war mir peinlich. Ich wollte immer eine gute Tochter sein und euch keinen Ärger machen. Deshalb habe ich euch nichts davon erzählt. Bist du mir böse?"

„Nein! Aber es wäre besser gewesen!"

Dann hätte sich vielleicht eine andere Lösung als diese ergeben, fügte er in Gedanken hinzu.

„Verrate mir bitte, was sich zugetragen hat!"

„Bei meinem Spaziergang kam ich in die Nähe des Grundstückes. Da sprang Spell über den Zaun und kam zu mir. Ich kniete mich hin und kraulte ihn hinter den Ohren. Dann legte er sich auf den Rücken und ich streichelte ihm den Bauch. Plötzlich rief Herr Warden nach seinem Hund. Doch dieser reagierte nicht darauf. Nachdem der Bauer bei uns angekommen war, riss er den armen Kerl hoch und schimpfte ihn aus. Ich weiß noch, dass ich dachte, der Hund ist viel zu gut für dich. Im selben Augenblick fuhr Spell herum und biss seinem Herrchen in die Hand. Es hat heftig geblutet! Ich bin erschrocken aufgesprungen und weggelaufen. Ich hätte Herrn Warden helfen sollen, aber ich hatte zu viel Angst."

Roen dachte über die Erzählung nach, konnte aber nichts Falsches darin erkennen. Dass sie fortgelaufen war, hielt ihr niemand vor.

„Was war mit den Kühen von Lenard?"

„Was soll dort gewesen sein? Ich ging an der Weide vorbei, als sie zu mir kamen. Ich streichelte deren Köpfe und sagte ihnen, was sie für liebe Wesen sind. Der Mann schimpfte, also bin ich weggelaufen. Ich dachte nur, wenn diese Tiere wüssten, wie sie ausgenutzt werden, würden sie sich dagegen wehren."

In Roen keimte ein Verdacht auf.

„Und bei Marten?"

„Da bin ich nur vorbeigelaufen und er hat mich schon vertrieben. Es tat mir weh! Auf einmal will mich jeder im Dorf vertreiben. Ich bin auch gleich weitergegangen!"

„Dann war da noch der Vorfall mit Borenor Netter. Was ist dort geschehen?"

„Ich habe gehört, was ihm passiert ist. Glaubst du etwa, dass ich damit etwas zu tun habe?", fragte sie leise.

„Nein, aber ich möchte es trotzdem hören!"

„Da gibt es nicht viel zu erzählen! Ich ging zur Weide und Borenor kam sofort angerannt. Er beschimpfte mich als Hexe. Ich habe geweint und bin fortgelaufen. Ich bin keine Hexe! Warum sagt er so etwas?"

„Ich weiß es nicht mein Schatz! Aber was hast du in diesem Moment gedacht oder gefühlt?"

„Es hat mir wehgetan, und wenn ich gekonnt hätte, hätte ich ihn dafür verprügelt. Aber er ist stärker als ich!"

Roen nickte. Wortlos gingen beide eine Zeitlang nebeneinander her.

„Papa? Hast du mich noch lieb?"

„Ja mein Schatz! Du hast nichts Falsches getan!"

Myriam strahlte! Schon bald wurde ihre Aufmerksamkeit von den vielen Tieren und Pflanzen in Anspruch genommen, die sie begeistert beobachtete.

Roens Gedanken überschlugen sich. Er wusste zwar nicht, wie dies möglich war, aber alles deutete darauf hin, dass Myriam mit den Tieren in Verbindung stand, wenn auch unbewusst. Auf das, was sie fühlte oder dachte, schienen

die Tiere auf ihre Weise zu reagieren. Er war sicher, dies alles passierte ohne das bewusste Handeln von Myriam. Genau das war das Problem. Sie wusste nicht, was um sie herum geschah. Deshalb entzog es sich ihrer Kontrolle.
Er liebte dieses Kind. Es schmerzte ihn, sich von ihm trennen zu müssen. Andererseits fiel es ihm jetzt etwas leichter das durchzuführen, was er vorhatte. Er war fest davon überzeugt, Myriams Zukunft lag hier im Wald. Nicht in dem kleinen Dorf, wo sie als Hexe verfolgt wurde. Plötzlich fielen ihm wieder Rias Worte ein. Lag die Antwort in dem, was sie ihm verheimlicht hatte?
Roen richtete seine Aufmerksamkeit auf den Weg. Ihm fiel ein schmaler Pfad auf, der vom Hauptweg abzweigte.
„Myriam! Lass uns doch heute diesen Weg nehmen!"
Gleichzeitig deutete er auf einen Durchgang zwischen zwei Ginsterbüschen.
„Es ist doch interessanter, einen uns unbekannten Weg zu nehmen!"
Myriam nickte, nahm den Bogen von der Schulter und legte einen Pfeil auf. So hatte Roen es ihr beigebracht.
„Wenn man unbekannte Wege geht, muss man mit allen Gefahren rechnen!", hatte er immer erklärt.
Myriam konnte gut mit dem Bogen umgehen, auch wenn sie sich weigerte, auf Lebewesen zu schießen. In leicht gebückter Haltung schob sie sich zwischen den Büschen hindurch. Zusammen folgten sie diesem Trampelpfad. Roen wusste weder wohin er führte, noch ob er von Menschen oder Tieren benutzt wurde.
Myriam war ein neugieriges Kind und konnte sich Dinge gut merken. Roen lenkte ihre Aufmerksamkeit immer wieder auf die verschiedensten Pflanzen. Er wollte prüfen,

was Myriam sich alles behalten hatte. Ob sie essbar oder
giftig waren oder ob sie heilende Kräfte besaßen. Sie
jubelte, wenn sie die Fragen richtig beantworten konnte.
Freute sich aber auch, wenn sie etwas Neues dazu lernte.
Für sie war es ein Spiel!
Roen aber ahnte, dass dieses Wissen schon bald über Leben
oder Tod entscheiden konnte. Oft, wenn Myriam abgelenkt
war, nutzte Roen die Gelegenheit um sich die Tränen aus
den Augen zu wischen.
Er hob den Kopf, um einen Spalt im Blätterdach zu suchen.
Es musste bald Mittag sein. Hier unten, in dem graugrünen,
trüben Licht, war es nur sein Magen, der ihn darauf
hinwies.
Der Pfad führte seit geraumer Zeit stetig bergauf. Als Roen
um einen Felsen bog, konnte er dessen höchsten Punkt
erkennen. Falls er von der Kuppe aus keinen geeigneten
Platz zum Lagern fand, würde er es sich einfach dort
bequem machen. Roen spürte, wie seine Nervosität stieg, je
näher er dem Scheitelpunkt kam. Noch einen Schritt und er
konnte über die Anhöhe sehen. Was er erblickte, hatte er
nicht zu hoffen gewagt.
Der Weg führte in leichten Windungen hinunter ins Tal. In
dessen Mitte lag eine Lichtung, die vom Sonnenlicht
überflutet wurde. Das leuchtende Grün der Gräser und die
Farbenpracht der Blumen ließen sein Herz Freudensprünge
vollführen. Ein kleines Rudel Rehe weidete dort.
„Ist das schön“, hörte er Myriam andächtig flüstern. Mit
strahlenden Augen und offenem Mund stand sie neben ihm.
„Das wolltest du mir zeigen! Hab ich recht Papa?“
Ein gepresstes, „Ja“, war alles, was er herausbrachte.

Roen musste erst den Kloß herunterschlucken, der sich in seinem Hals breit gemacht hatte. Dort also würde es geschehen.

Myriam war nicht mehr zu halten. Voll Freude und Übermut rannte sie den Weg hinab. Roen war froh darüber, jetzt mit seinen Gedanken allein zu sein. Je näher er der Lichtung kam, umso mehr beschlich ihn das Gefühl, diesen Ort zu kennen. Ein letzter Schritt brachte ihn vom Halbdunkel des Waldes in das strahlende Licht der Sonne. Voller Neugier schaute er sich um.

Die Rehe waren verschwunden, dafür hatte Myriams Tanz schon gesorgt. Sie sprang über die Wiese, hatte die Arme ausgebreitet und drehte sich im Sonnenschein.

Langsam ging Roen am Rand der Lichtung entlang. Plötzlich stand er wieder im Schatten. Er schaute verwundert nach links oben. Es war ihm völlig entgangen, dass dieser eine Baum nicht am Rand, sondern alleine mitten auf der Lichtung wuchs.

„Eine Eiche", flüsterte er.

Seinem inneren Gefühl folgend, betrachtete er sich die Büsche am Rand etwas genauer. Er riss die Augen auf und rannte hinaus auf die Lichtung.

Eine einzelne Eiche, eingerahmt von Haselnusssträuchern. Er kannte diesen Ort, oder vielmehr dessen Beschreibung. Seine Großmutter hatte ihm immer wieder Geschichten von Elfen, Feen und Nymphen erzählt. Dem Leben mit der Natur und ihren heiligen Plätzen.

So, genau so, hatte er sie sich damals vorgestellt. Niemals hätte er geglaubt, dass es sie wirklich gibt.

Roen wunderte sich darüber, dass ihm die Eiche vom Hügel aus entgangen war. Jetzt, wo er sie genauer betrachtete,

verstand er warum. Es war nicht die Höhe, die diese so
riesig wirken ließ, sondern ihre Breite. Der Stamm war
gewaltig. Roen trat an ihn heran, streckte die Arme so weit
wie er konnte, und versuchte ihn zu umfassen. Es reichte
nicht einmal bis zur Hälfte. Ungläubig schüttelte er den
Kopf. Danach umschritt er den Stamm so nah wie möglich.
Roen brauchte fünfzehn Schritte. Selbst in Anbetracht der
Tatsache, dass er immer über die Wurzeln steigen musste
und dadurch sich seine Schrittweite verkürzte, blieb noch
ein gewaltiger Umfang. Die meisten Bäume konnte er mit
sechs bis sieben Schritten umrunden.
Er setzte sich ins Gras, um die Eiche ehrfürchtig zu
betrachten. Tränen liefen ihm über die Wange. Wie oft hatte
er gewünscht, einen solchen Ort zu finden. Dessen
ungeachtet war er auch dankbar, dass es jetzt so war.
An ihrem Stamm machte Roen es sich gemütlich.
„Myriam, komm her, lass uns etwas essen!"
Sie kam lachend angerannt.
„Dies ist ein herrlicher Platz", schwärmte sie. „Er ist so -
friedlich!"
„Ja es ist ein besonderer Ort, eine heilige Stätte!"
Roen reichte ihr etwas Käse und eine Scheibe Brot.
Zögerlich gab er ihr auch die Wasserflasche. Die Phiole
hatte er schon am Morgen in diese umgefüllt. Während sie
sich stärkten, erzählte er Myriam die alten Geschichten, die
ihm seine Großmutter überliefert hatte.
Myriam verzog das Gesicht, nachdem sie das erste Mal an
der Flasche getrunken hatte. Roen hielt die Luft an. Als
Myriam aber einen weiteren Schluck nahm, entspannte er
sich wieder.

Mit glänzenden Augen lauschte sie seinen Geschichten.
Nachdem sie ihre Mahlzeit beendet hatte, legte sie sich auf
die Seite und hörte weiter den Erzählungen ihres Vaters zu.
Später schloss sie die Augen und schlief ein.
Roen schaute lange Zeit auf sie hinunter. Irgendwann holte
er die grüne Decke heraus, die er vorsorglich mitgenommen
hatte, und wickelte Myriam darin ein. In diesem Moment
kam ihm ein Vers in den Sinn, den seine Großmutter
andächtig am Ende einer jeden Geschichte rezitierte.
Unbewusst sprach er die Worte laut nach.

Ne warit tyr filan de dana gat,
dir finor hel pylan tref ifinat.
Onatei die sadi ryfan sono entari,
sodasi die nofir reg tat karaly.

(Die Zeit der Ruhe sei nun beendet,
dein Wesen sich erneut dem Leben zuwendet.
Öffne deinen Geist erhör meine Bitte,
beende deinen Schlaf tritt in unsere Mitte.)

Roen wiederholte den Vers noch zweimal. Jedes Mal nahm
seine Stimme an Kraft und Überzeugung zu. Einen
Augenblick lang erschien es ihm, als würden die Worte in
dem alten Stamm einen Widerhall finden und die Natur den
Atem anhalten.
Die Äste des mächtigen Baumes begannen sich plötzlich
knarrend zu bewegen und die Geräusche des ihn
umgebenden Waldes drangen wieder an sein Ohr. Roen
kniete sich neben seine Tochter und nahm sie in den Arm.

In diesem Moment brach sich der angestaute Schmerz seine
Bahn. Laut fing Roen an zu schluchzen, während sein
Körper beim Weinen durchgeschüttelt wurde. Es schob
Myriam die Haare aus dem Gesicht und ihr Kopf fiel leicht
zur Seite.

Sie ist nicht tot, sie schläft nur, musste er sich selbst immer
wieder bestätigen. Aber er spürte, wie er kurz davor war sie
aufzuheben und mit ihr nachhause zu gehen. Noch einmal
drückte er sie an sich und gab ihr einen letzten Kuss auf die
Stirn. Zärtlich legte er sie zwischen den Wurzeln der Eiche
ab.

„Ich hoffe, du kannst es mir jemals verzeihen",
verabschiedete er sich von ihr.

Alle Sachen die Myriam gehörten hatte er zu ihr gelegt. Nur
die Wasserflasche war seine eigene. Eilig nahm er den
Rucksack auf. Es wurde Zeit den Ort zu verlassen, an dem
er das, was er so sehr liebte, zurücklassen musste.

*Es ist passend, ein Heiliger Ort für ein Kind, dem die Natur
heilig ist!*

3 Neue Freunde

Wiroja rieb sich verschlafen die Augen, drehte den Kopf nach links und bemerkte beim Blick zum Vorhang des kleinen Fensters, dass der Morgen erst graute. Wodurch war sie geweckt worden? Sie blinzelte, lauschte, doch alles war still.

Mehrmals ruhig ein- und ausatmend schloss sie wieder die Augen, um sich auf ihren Körper zu konzentrieren. Sie verspürte eine innere Unruhe, konnte sich aber nicht erklären, wodurch diese ausgelöst worden war. Sie spürte in die einzelnen Bereiche ihres Körpers, fand aber keinen Hinweis, der auf eine nahende Erkrankung hinwies.

Wie Wiroja es von ihrer Mutter gelernt hatte, konzentrierte sie sich noch auf den Energiefluss ihres Körpers. Diese Unruhe ging nicht von ihr aus, sie kam von außen. Das Energiegefüge des Waldes musste sich verändert haben.

Erschrocken öffnete Wiroja die braunen Augen. Sie sprang aus dem Bett, schlüpfte in die grüne Bluse und den braunen Rock, kämmte hastig ihre langen, blonden Haare durch und lief in die große Küche. Die ganze Zeit überlegte sie, was diese Veränderung ausgelöst haben mochte.

Waren wieder Holzfäller in den Wald eingefallen? Das letzte Mal war das vor sieben Jahren passiert, dort wo jetzt das kleine Dorf stand. Damals hatte der Schmerz der gefällten Bäume das Energiegefüge auf ähnliche Weise verschoben. Die Intensität war fast die gleiche und doch war es anders. Was war geschehen?

Jetzt war Wiroja wirklich zutiefst beunruhigt. Sie eilte hinüber zum Wassereimer, warf sich eine Handvoll kaltes Wasser ins Gesicht und stürmte aus dem Haus. Sobald sie durch die Tür trat, gab es keinen Zweifel mehr. Hier im Freien brauchte sie sich nicht mehr zu konzentrieren, um es zu spüren.

Sie wandte sich nach rechts und ging zu der jungen Eiche die dort stand. Wiroja legte ihre Hand an den Stamm, schloss die Augen und stellte ihre Frage:

Was ist geschehen?

Odom ist erwacht!

Wiroja zuckte zurück. Mit solcher Wucht hatte die Antwort sie getroffen.

Odom, die alte Eiche? Der Vater des Waldes, wie ihre Mutter sie genannt hatte? Dieser gewaltige Baum musste mehrere Hundert Jahre alt sein. Welchen Grund gab es für sein Erwachen?

Wieder schloss sie die Augen, berührte den Baum und stellte eine diesbezügliche Frage.

Odom ist erwacht!

Mehrmals versuchte sie mit ihren Fragen zu dem Baum durchzudringen, bekam aber jedes Mal nur diese eine Antwort. Sie seufzte und öffnete die Augen. Lächelnd schüttelte sie den Kopf. Sie hätte es sich doch denken können.

Ja, es gab auch unter den Bäumen so etwas wie 'aufgedreht sein'. Zumindest, wenn sie erst zwanzig Jahre alt waren, so alt wie sie selbst. Ihre Mutter hatte ihn zu Ehren ihrer Geburt gepflanzt.

Wirojas Gedanken überschlugen sich. Wenn sie Antworten haben wollte, bekam sie diese nur an einem Ort. Sie musste Odom aufsuchen.

Sie zweifelte nicht an der Aussage ihres 'Geburtsbaumes'. Bäume sind miteinander verbunden. Das Erwachen eines so

alten Wesens musste unweigerlich das Energiegefüge
verändern. Rechnete man die dadurch entstandene
Aufregung der anderen Bäume hinzu, war es kein Wunder,
dass sie geweckt wurde.
Sie schaute zur Sonne die am Horizont erschien und lief
zurück ins Haus. Viel zu packen hatte sie nicht. Die Tasche
mit allerlei Salben, Tränken und getrockneten Heilpflanzen,
war immer griffbereit. In eine Zweite steckte sie nur etwas
Dörrfleisch und ein Kanten Brot. Beide hängte sie um.
Nahm die Wasserflasche vom Haken und füllte diese am
Bach neben dem Haus.
Es war ein Fußmarsch von zwei Stunden. Wiroja erwartete
eigentlich keine Probleme. Aber besser etwas haben und
nicht brauchen, als etwas brauchen und nicht haben, wie
ihre Mutter zu sagen pflegte. Sie streckte sich, nahm den
Wanderstab von der Hauswand und machte sich auf den
Weg.

Wiroja kam schnell voran, denn sie liebte es, zu wandern.
Sie hatte die alte Eiche fast erreicht. Schon jetzt spürte sie
Odoms Präsenz. Sie fühlte, wie ihre eigene Aura zu
vibrieren begann. Es war ein erhebendes Gefühl. Dieser
Baum war nicht nur ein paar Jahrhunderte alt. Eher ein
Jahrtausend oder noch mehr. Wiroja schob vorsichtig die
Äste der Haselnussbüsche auseinander. Da stand er!
Majestätisch! Ehrfurchterregend!
Auch ohne ihr Talent war er beeindruckend schön.
Langsam und andächtig ging sie über die Lichtung. Als sie
in Odoms Aura eintrat, war es, als ob er sie in den Arm
nehmen und an einen Ort der Ruhe und des Friedens führen
würde. Vorsichtig, mit zitternden Händen, als könne sie

etwas verletzen, streichelte sie über die vernarbte Rinde.
Was mochte er alles gesehen, erlebt haben. Sie schloss die
Augen, atmete tief ein und öffnete sich dem Geist des
Baumes.

Sei mir willkommen Wiroja!
Ihr verschlug es den Atem. Auf dem Weg hier her, hatte sie
hin und her überlegt, wie sie Odom ansprechen sollte. Ob er
sie überhaupt wahrnehmen und mit ihr sprechen würde?
Was sie aber am meisten überraschte, war der 'Klang' der
Gedanken. Sie hatte erwartet eine tiefe, knarrende 'Stimme'
zu vernehmen, aber das Gegenteil war der Fall. Tief ja, aber
warm und weich berührten seine Gedanken die ihren.
War es möglich, dass er sich über sie amüsierte? Und woher
kannte er ihren Namen?
*Du sprichst vom Schmerz und der Wut der Bäume, wunderst
dich aber darüber, dass es auch Freude und Spaß zu geben
scheint? Du sagst, dass wir miteinander in Verbindung
stehen, bist aber erstaunt, dass mir dein Name bekannt ist?
Aber nicht nur das! Ich weiß sogar, wer du bist.*

Es ist offensichtlich, wenn du meinen Namen kennst!

*Der Name, bezeichnet die äußerliche Erscheinung aber
nicht wer man ist. Man definiert sich durch das innere
'Sein', nicht durch den äußeren Schein!*

Was willst du damit sagen? gab Wiroja zurück.

*Nimm mich oder deinen 'Geburtsbaum' als Beispiel. Was
sind wir für dich, nur einfache Bäume?*

*Nein! Natürlich nicht! Eher so etwas wie Freunde,
Begleiter, meine Familie. Auf alle Fälle habe ich mich nie
einsam gefühlt.*
Sie spürte das Lächeln in seinen Gedanken.
*Und doch sind wir für andere, die nur auf das Äußere
schauen, nicht mehr als Holz, das sie fällen, und für den
Hausbau oder ihren Kamin benutzen können.*
Wiroja zuckte unweigerlich bei diesen Gedanken
zusammen.
Dafür würde ich sie hassen!

Wieso?

*Willst du damit andeuten, du wärst nicht nachtragend,
wenn sie dich fällten?*

Abgesehen davon, dass ich es nicht mehr könnte, nein!

Wieso? fragte Wiroja jetzt ihrerseits.

*Jedes Lebewesen lebt nach seinen Maßstäben und Regeln.
Einen Großteil übernimmt es aus der Gesellschaft und dem
Umfeld, in dem es lebt. Nur wenige entstammen eigenen
Einstellungen und deren Verständnis. Auch bei dir ist es so!
Etwas das ihm fremd ist, kann es nicht berücksichtigen.
Willst du ein Lebewesen für Dinge verantwortlich machen,
die ihm unbekannt sind?*

Nein, gab Wiroja zaghaft zurück. *Aber im Falle der
Menschen müsste man es ihnen nur erklären.*

Das sollte man, bekräftigte Odom.

Und was meintest du mit, du weißt, wer ich bin? nahm
Wiroja den Faden wieder auf.

Du bist die 'Hüterin des Waldes', gab er ihr wie beiläufig zu
verstehen. Als könne er nicht fassen, dass sie ihn danach
fragte. Sie öffnete abrupt die Augen und sah irritiert und
bekümmert den Stamm empor. Odom spürte ihr
Unverständnis und ihre Traurigkeit.
Du bezweifelst meine Feststellung?

*Du musst mich mit jemandem verwechselt haben. Hüter
sind Naturwesen. Ich - bin leider nur ein Mensch!*

*Nur? Nicht alle Naturwesen sind Hüter und nicht alle
Behüter sind Naturwesen. Ein Bewahrer wird man, durch
die Reife und Einstellung seines inneren Wesens, keinesfalls
mithilfe der äußeren Erscheinung. Vertraue mir, wenn ich
dir sage, dass du eine Hüterin bist. Aber das war nicht der
Anlass, deines Besuches. Oder irre ich mich?*

*Nein! Ich wollte erfahren, ob es einen Grund für dein
Erwachen gibt?*

Ja, den gibt es! Ich wurde geweckt!

Von wem?

Von einem Menschenmann!

Mir war nicht bekannt, dass Menschen Bäume wecken können!

Sie sind durchaus dazu in der Lage und haben es vor langer Zeit auch öfters vollzogen. Sie hatten den Glauben und kannten die richtigen Worte. Er hat es getan, damit ich das beschütze, was er hier zurückgelassen hat. Es liegt zwischen meinen Wurzeln!

Wiroja öffnete die Augen und blinzelte. Die Sonne stand bereits hoch. Es war ihr völlig entgangen, wie die Zeit verflog. Sie lief um den Stamm herum, fand aber nur einen Haufen Blätter. Es wäre nichts Besonderes, wäre es Herbst und das Laub gelb. Dieses hier aber, war saftig grün und lag nur zwischen zwei Wurzeln. Wiroja legte die Hand auf die Wurzel.

Warst du das?

Nein, das haben die Eichhörnchen getan!

Sie schaute nach oben in die Äste und erkannte vier von ihnen, die zu ihr hinunter blickten. Sie lächelte, während ihre Hände vorsichtig die Blätter zur Seite schoben. Das Erste, was sie sah, war ein Stück grüner Decke. Nach und nach legte sie die Kanten frei. Nachdem sie das Laub aus dem Wurzelstock entfernt hatte, wurden schwarze Haare sichtbar.

Mit zwei Fingern jeder Hand klappte sie langsam den oberen Rand zurück, bis das Gesicht eines Mädchens zum Vorschein kam.

Ungläubig blickte Wiroja auf die Schlafende. Einen Augenblick zögerte sie, bevor sie das Kind an der Schulter rüttelte. Keine Reaktion! Noch ein zweites und drittes Mal

wiederholte sie dies, aber das Mädchen regte sich nicht.
Wiroja führte ihre Finger an deren Hals, um den Pulsschlag
zu ertasten. Das Herz schlug ruhig und gleichmäßig.
Abermals legte sie ihre Hand auf die Wurzel.
Weißt du, warum sie nicht erwacht?

*Es war etwas im Wasser, das sie trank. Ich spürte es, als der
Mann den Rest davon über meine Wurzeln schüttete.*

*Wenn ich wüsste, was es gewesen ist, könnte ich ihr
vielleicht helfen, aber so?*

Warum gibst du ihr nicht das 'Blut der Göttin'?

Woher weißt du dass ich welches bei mir habe?

Ich erkenne es anhand seiner Schwingung!

Schwingung?

*Alles, was dich umgibt, ist ein Ausdruck der verschiedenen
Schwingungen. Der Boden, auf dem du stehst, die Pflanzen,
Tiere, Geräusche, aber vor allem - Gedanken. Gedanken
sind die treibende Kraft und daher ist die Welt wie sie ist!*
Wiroja schüttelte irritiert den Kopf.
*Wie meinst du das? Die Welt ist doch so, wie die 'große
Mutter' sie erdacht hat!*
Liebende Wärme und ein Lächeln umspielten Wirojas
Sinne.
*Deine Antwort beweist mir, dass du die Tragweite meiner
Erklärung nicht erfasst hast. Die Welt, in der wir leben,*

unterliegt noch immer den gleichen Gesetzen, aber sie ist nicht mehr dieselbe.

Willst du damit sagen, dass die Welt sich verändert hat, ohne dass die 'große Mutter' dies wollte?

Nein, dies ist nicht möglich, aber sie war es nicht, die diese Veränderung herbeigeführt hat.

Wer außer ihr sollte noch dazu in der Lage sein? sendete Wiroja fassungslos.

Allein mit seiner Existenz formt jedes Lebewesen schon diese Welt. Dazu kommt, dass die 'große Mutter' uns die Freiheit der Gedanken zugestanden hat und mit ihnen entsteht die stärkste Wandlung. Aber eines solltest du dabei nicht vergessen! Es macht keinen Unterschied, ob Überlegungen aus Angst oder Liebe entstanden sind. Es gibt weder gute noch schlechte. Nur die Menschen unterscheiden so, die 'große Mutter' nicht! Einzig entscheidend ist nur, mit welcher Intensität dies vonstattengeht. Es ist ausschlaggebend für die Zeit, zwischen dem ersten Gedanken und dem Eintreffen des Ereignisses.

Wiroja dachte über diese Erklärung nach und ein beklemmendes Gefühl überkam sie.

Wenn dem so ist, wieso kommt es mir so vor, dass mehr Schlimmes passiert, als Angenehmes?

Weil dem so ist! Es ist die Folge davon, dass die Menschen sich mehr mit ihren Ängsten befassen, als mit den erfreulichen Dingen des Lebens. Außerdem glauben die meisten, ihre Gedanken hätten keinerlei Auswirkungen. Wenn sie es nur ansatzweise in Betracht ziehen würden, würden sie viele Zusammenhänge erkennen und einiges bräuchte nicht zu geschehen. Je mehr Lebewesen sich mit einer Idee befassen, umso schneller rufen sie diese in die Welt.

Wirojas Gedanken überschlugen sich bei dem Versuch zu erfassen, was es bedeutete. Verwirrt schüttelte sie den Kopf und wechselte das Thema.

Welche Schwingung weist mich als 'Hüterin des Waldes' aus? fuhr sie nach einer Weile fort.

Die individuelle Frequenz des 'höheren Wesens'!

Odom spürte Wirojas Überraschung.

Hast du angenommen, die Fähigkeit dich mit Bäumen zu unterhalten, wäre die des Körpers? Dieser ist materiell, kann also nur Eigenschaften und Fähigkeiten die Materie betreffend in sich tragen. Deine Gabe, entspringt dem 'höheren Wesen'. Dessen Ursprung ist die 'große Mutter'. Daher trägt es alle ihre Eigenschaften und Fähigkeiten in sich.

Wiroja spürte, das hinter dieser Erklärung mehr lag, aber für heute war ihre Aufnahmefähigkeit erschöpft. Sie beschloss, die Dinge erst einmal so zu akzeptieren, wie Odom sie erklärte.

Heißt das, du kannst alles anhand der Schwingungen identifizieren?

Nein, nur das was ich bereits kennengelernt habe! Jetzt wo mir dein Schwingungsmuster bekannt ist, werde ich dich immer wiedererkennen, wenn du kommst. Selbst dann, wenn du keine direkte Verbindung zu mir herstellst.

Und woher kennst du das 'Blut der Göttin'?

Es ist mir aus Kindheitstagen bekannt. Hast du schon vom 'grünen Wanderer' gehört?
Wiroja überlegte kurz, konnte sich aber nicht erinnern, dass dieser Namen jemals erwähnt wurde.
Der 'grüne Wanderer' war es, der mich hier pflanzte. Er wanderte durch die Lande und vergrub Eicheln, aber immer nur an ausgewählten Stellen. Über die Jahre kam er öfter hier vorbei, um nach seinem Kind zu sehen, wie er sich ausdrückte. Als Schössling war ich kränklich und schwach. Daher träufelte er jedes Mal etwas vom 'Blut der Göttin' auf den Boden, wo meine Wurzeln es aufnahmen.

Könnten Menschen die Schwingungen erkennen und verstehen?

Prinzipiell ja! Nur verlassen sie sich so sehr auf ihre fünf primären Sinne, dass sie einfach vergessen haben, dass es noch andere gibt. Jetzt werden diese Fähigkeiten in das Reich der Mythen und Legenden verbannt!
Wiroja stellte fest, dass sie noch viele Zusammenhänge nicht erkennen oder richtig zuordnen konnte, aber das würde sie noch lernen.
Sie griff in ihre Tasche und suchte die kleine Tonflasche mit der roten Flüssigkeit heraus. Hob den Kopf des Mädchens an, zog mit den Zähnen den Pfropfen und ließ die Essenz zwischen die leicht geöffneten Lippen rinnen. Jetzt brauchte es Zeit. Da ihr Magen sich meldete, setzte sie sich auf eine Wurzel um etwas zu essen.

Ob er mir verrät, wie man einen Baum wecken kann?

Warum sollte ich es nicht tun?
Wiroja schaute irritiert auf ihre beiden Hände. Es gab keine
körperliche Verbindung zu Odom. Zwar saß sie auf seiner
Wurzel, aber dazwischen war noch der Stoff des Rocks.
Wieso können wir uns miteinander verständigen?

*Ein Grund ist, dass du, als du dich mir geöffnet hast, auch
eine höhere Verbindung mit mir hergestellt hast. Aber der
Hauptgrund, dass du die 'Hüterin des Waldes' bist.*

*Heißt das, ich kann mich mit jedem Baum austauschen,
ohne ihn zu berühren?*

*Ja und nein. Du bist in der Lage, dich mit einem Baum zu
verständigen, in dessen Aura du dich befindest, ohne
körperlichen Kontakt zu haben. Mit Wesen, mit denen du
eine höhere Verbindung herstellst, funktioniert das auch
über weitere Entfernungen hinweg. Aber bedenke wohl!
Jeder Baum, mit dem du ein Bündnis eingehst, wird vieles,
oder alles, mitbekommen, was du denkst. Je nachdem wo du
dich die meiste Zeit aufhältst.*

Wieso haben mir das nicht schon andere gesagt?

Hast du gefragt? Es hat doch auch so funktioniert!

*Ich frage mich, ob ich unwissentlich viele Verbindungen
eingegangen bin?*

*Nein, das könnte ich spüren. Aber du wolltest etwas über
das Ritual des 'Erweckens' wissen!*
Odom erklärte ihr den genauen Wortlaut und was die Silben
bedeuteten. Am wichtigsten war dabei, dass Worte und
Gedanken des Sprechenden sich im Einklang befanden.
*Du hast gesagt, dass es auch menschliche Hüter geben
kann. Gab es hier schon einmal einen?*

*Ja, eine Hüterin wie du. Damals standen hier nur wenige
Bäume, Gras und Sträucher. Dass es jetzt so viele Eichen
hier gibt, ist ihr Verdienst. Jedes Jahr kam sie, sammelte
meine Eicheln und pflanzte sie im Umkreis ein.*

Hat sie alle Bäume hier im Wald gepflanzt? fragte Wiroja
beeindruckt.
*Nein, dazu bedarf es mehr als eines Menschenlebens, aber
viele. Sie erschuf auch diese Lichtung. Sie ging immer erst
eine Anzahl von Schritten von mir fort, bevor sie die
Eicheln vergrub. So entstand über die Jahrhunderte die
Lichtung.*

Was ist aus ihr geworden?

*Sie mochte alle Bäume, aber am meisten liebte sie Buchen.
Sie hatte immer Buchensamen dabei. Als sie spürte, dass
ihre Zeit gekommen war, ging sie zu einer besonderen
Stelle. Diese hatte sie sich schon lange vorher ausgesucht.
Dort vergrub sie den letzten Buchecker. Rollte sich über
dem kleinen Hügel zusammen um einzuschlafen, und nicht
mehr zu erwachen. Als ihr Körper zerfiel, düngte sie damit
die Erde, in der der Keim wuchs. Ihr innerstes Wesen aber,*

ging in ihn ein, wie sie es gewünscht hatte. In gewisser Weise kann man sagen, dass diese Buche ihr Kind, als auch sie selbst ist.

Wiroja liefen Tränen über die Wangen.

Gibt es die Buche noch? fragte sie, nachdem sie sich wieder etwas beruhigt hatte.

Ja, und du kennst sie. Es ist jene, die nicht allzu weit von deinem Haus entfernt steht.

Wiroja nickte und nahm sich vor der Buche bald einen Besuch abzustatten. Sie bemerkte aus den Augenwinkeln heraus, wie die Eichhörnchen den Stamm hinunter kletterten. Im nächsten Augenblick spürte sie, dass auch das Mädchen sich bewegte.

Sie erwacht! dachte sie, während sie sich erhob und zu dem Kind ging.

Weißt du, wie sie heißt?

Ihr Name ist Myriam.

Wiroja beugte sich über das Mädchen, wobei ihr die Tiere neugierig zusahen. Myriams Augenlieder flatterten.

Sie wird jeden Augenblick erwachen! Sind die Eichhörnchen immer so?

Nein, das liegt an ihr.

An ihr? Wie?

Ich vermute, dass so wie du eine Verbindung zu Bäumen hast, sie eine zu Tieren besitzt.

Ist das möglich?

Wieso sollte dies nicht möglich sein?

Myriam öffnete die Augen und schaute sich ängstlich um.

„Wo bin ich und wer bist du?“

„Ich bin Wiroja“, erklärte sie mit ihrer warmen, weichen Stimme, „und du bist im Wald auf einer Lichtung. Weißt du wie du hier her gekommen bist?“

„Nein“, sagte Myriam zögerlich.

„Ich kann mich an nichts erinnern. Es ist, als ob ich erst zu leben begonnen hätte, als ich eben die Augen öffnete.“

„Dem ist aber keineswegs so“, entgegnete Wiroja.

„Ich weiß, dass du Myriam heißt und mit einem Mann hier her kamst. Dir wurde etwas zu trinken gegeben das dich sehr tief schlafen lies und auch dein Gedächtnis beeinflusste, vermute ich. Mehr ist mir nicht bekannt.“

„Werde ich mich wieder an alles erinnern können?“

„Das müssen wir abwarten!“

Erst jetzt bemerkte Myriam die Eichhörnchen, die sich nicht weit von ihr befanden. Sie lächelte und streckte den Arm aus. Sobald ihre Hand auf der Wurzel lag, rannte das Erste über den Arm zur Schulter. Die anderen taten es ihm nach. Kurz darauf saßen jeweils zwei Tiere auf jeder Seite. Myriam sah diese an und strahlte. Wiroja beobachtete fasziniert das Treiben.

Wenn ihr noch vor Einbruch der Dunkelheit dein Haus erreichen wollt, solltet ihr bald aufbrechen, hörte sie Odoms Gedanken.

Wiroja schaute zur Sonne. Er hatte Recht, es wurde Zeit.

„Myriam! Ich möchte dich gerne in mein Haus einladen. Glaubst du, dass du laufen kannst?“

Myriam hielt im Spiel inne und sah sie an.

„Ich werde es probieren", antwortete sie und erhob sich.
Wiroja reichte ihr helfend die Hand. Etwas wackelig stand
Myriam, mit den Eichhörnchen auf den Schultern, vor ihr.
„Versuch, ob du laufen kannst", forderte sie das Mädchen
auf. Zusammen umrundeten sie langsam den Baum.
„Ich denke es wird gehen", erklärte Myriam.
„Dann sollten wir aufbrechen, damit wir meine Hütte noch
vor Einbruch der Dunkelheit erreichen!"
Das Mädchen ging zu der Eiche und legte ihre Hände an
den Stamm. Als hätten die Eichhörnchen nur darauf
gewartet, liefen sie über die Arme und dann hinauf in die
Äste.
„Du willst sie nicht mitnehmen?"
„Nein, sie sind hier Zuhause!"
Myriam schaute ihnen lächelnd nach und winkte zum
Abschied.
Wiroja deutete auf die Sachen, die noch am Boden lagen.
„Was soll ich damit?", fragte Myriam.
„Es sind deine. Sie werden dir helfen dich zu erinnern!"
Die Decke hatte sich das Mädchen bereits umgelegt.
Schulterzuckend hing sie sich auch die anderen Sachen um.
„Wir können gehen!"
„Gut, machen wir uns auf den Weg."
Sie waren einige Schritte unter den Zweigen der Eiche
herausgetreten, als Wiroja erschrocken, lautstark Luft holte.
Ruckartig drehte sie sich herum und schaute zurück.
Odom?

Ich bin hier!

Ich werde wiederkommen.

Und ich werde da sein.
Als Wiroja aus der Aura des Baumes herausgetreten war,
hatte sie das Gefühl überrollt, nicht mehr vollständig zu
sein. Ihr kamen die Worte ihrer Mutter in den Sinn, die sie
bis jetzt nie verstanden hatte.
„Den wahren Wert einer Sache erkennst du erst dann, wenn
du sie verloren hast!"
Sie spürte Myriams Blick im Rücken. Langsam drehte sie
sich zu ihr um und sah in fragende Augen.
„Es - ist nichts", erklärte sie, während sie den Klos im Hals
hinunterschluckte.
Wiroja straffte die Schultern und ging voraus. Eine Weile
folgten sie schweigend dem Weg zur Hütte. Alle paar
Minuten sendete Wiroja etwas zu Odom, um zu erfahren,
welche Distanz sie überbrücken konnten. Seine Gedanken
wurden immer leiser, bis sie nicht mehr, als ein Flüstern in
ihrem Kopf waren. Die beiden Frauen hatten bis dahin
ungefähr die Hälfte der Strecke zurückgelegt.
Plötzlich lief in einiger Entfernung ein junger Fuchs über
den Weg. Zuerst schien es, als würde er ihnen keine
Beachtung schenken. Doch dann blieb er stehen und äugte
in ihre Richtung. Man konnte den Zwiespalt erkennen in
dem er sich befand. Immer wieder schaute er zum Wald,
gefolgt von einem Schritt. Doch etwas schien ihn davon
abzuhalten, einfach darin zu verschwinden. Nervös ging
sein Blick hin und her. Wiroja bemerkte, dass seine Augen,
wenn sie auf Myriam ruhten, freudig strahlten. Hingegen
wenn er sie ansah, etwas mehr Unruhe in ihnen war.
Mittlerweile waren alle drei stehen geblieben.

„Geh einige Schritte voraus“, bat sie Myriam. „Ich werde
hier warten!“
Das Mädchen nickte ihr zu und ging langsam weiter. Als es
die Hälfte der Entfernung zurückgelegt hatte, kniete es sich
auf den Boden und streckte ihre Hand dem Fuchs entgegen.
Wiroja hörte Myriam leise sprechen.
„Du bist aber ein liebes Tier und so schön. Du brauchst vor
uns keine Angst zu haben, wir werden dir nichts tun. Du
kannst ruhig zu mir kommen.“
Bei den letzten Worten setzte sich der Fuchs zögerlich in
Bewegung. Stetig wanderte sein Blick voller Misstrauen zu
Wiroja hinüber. Je mehr er sich Myriam näherte, umso
schneller wurde er. Zum Schluss warf er sich förmlich
gegen Myriams Hand, um sie zu belecken. Myriam lachte
herzhaft, während sie ihm über den Kopf streichelte. Schon
bald lag er auf dem Rücken und ließ sich ihre Zärtlichkeiten
gefallen. Beide spielten miteinander, als seien sie die
dicksten Freunde. Kein zufälliger Beobachteter hätte
geglaubt, dass diese zwei Lebewesen sich zum ersten Mal
begegnet waren. Wiroja schüttelte lächelnd den Kopf.
Siehst du das Odom?

*Ich erkenne die Bilder in deinen Gedanken. Es ist
faszinierend dabei zuzusehen.*
Wiroja nickte.
*Ich weiß nicht wie ich das Gefühl, dass ich empfinde,
ausdrücken soll*, sendete sie ihm.
HARMONIE, gab er zurück. *Harmonie in jeglicher
Hinsicht. ES gibt kein ich, sondern nur ein wir.*

Ja, das ist es, bekräftigte Wiroja. *Ich wollte, es könnte immer so sein!*

Das kann es, und irgendwann wird es das auch!

Wann?

Dann, wenn alle Lebewesen erkennen, dass alles um sie herum beseelt ist und dass alles, was sie sich wünschen im vereint sein, im gemeinsamen Glück zu finden ist.
Wiroja betrachtete sich das Bild mit Tränen in den Augen. In jenem Moment nahm sie sich vor, alles in ihrer Kraft stehende zu tun, um die Welt diesem Augenblick etwas näher zu bringen. So leid es ihr auch tat das Spiel beenden zu müssen, sie mussten weiter.
„Myriam! Es wird Zeit!"
Das Mädchen winkte ihr zu.
„Komm her Wiroja! Begrüße meinen neuen Freund."
Kaum stand sie neben Myriam, gesellte sich der Fuchs zu ihr, um auch von ihr einige Streicheleinheiten zu bekommen. Aber nur kurz. Er bevorzugte die Zärtlichkeiten, die Myriam ihm schenkte.
„Wir müssen weiter", erklärte Wiroja sanft.
„Ich weiß, ich möchte mich nur noch verabschieden!"
Sie nahm den Kopf des Fuchses zwischen beide Hände, schaute ihm in die Augen und legte ihre Stirn gegen die seine.
„Es war schön, dich kennengelernt zu haben. Wir müssen weiter und du kannst nicht mit uns kommen. Geh jetzt nach Hause und pass auf dich auf. Wir werden uns bestimmt wieder begegnen."

Sie gab ihm einen Kuss auf die Stirn, ließ ihn los und stand auf. Myriam schaute in traurige Augen.

„Lass uns gehen“, bedeutete sie Wiroja und lief los. Wiroja folgte ihr, immer noch erstaunt und verzaubert von dem, was sie gerade miterlebt hatte.

„Wie machst du das?“, fragte Wiroja, als sie wieder nebeneinander hergingen.

„Was meinst du?“

„Das mit den Tieren! Mit den Eichhörnchen und dem Fuchs!“

„Wieso? Machen andere Menschen das nicht?“

Erst jetzt fiel Wiroja wieder ein, dass Myriam ihr Gedächtnis verloren hatte.

„Ich kenne niemanden, zu dem die Tiere so ein Vertrauen haben!“

„Ich kann es nicht erklären. Es fühlt sich für mich einfach richtig an! Wenn ich ein Tier sehe, quillt mein Herz über vor Freude. Alles, was ich dann tue oder sage, kommt daher.“

Wiroja nickte.

„Lebewesen können so etwas spüren! Aber es scheint mir noch mehr dahinter zu stecken“, setzte sie kurze Zeit später nach.

„Wieso glaubst du das?“, wollte jetzt Myriam wissen.

„Auch ich liebe die Natur und freue mich, wenn ich Tiere sehe und ihr Treiben beobachte. Aber wie du selbst eben wahrscheinlich bemerkt hast, hat dein 'kleiner Freund' auf dich anders reagiert als auf mich!“

„Jetzt wo du es sagst, fällt es mir auch auf. Aber worin auch immer der Unterschied liegt, ich kenne ihn nicht.“

Wiroja überlegte, ob sie Myriam direkt fragen sollte, ob sie
mit Tieren sprechen kann, unterließ es dann aber. Die Hütte
war schon nah und dort würde sich eine Gelegenheit
ergeben, dieses Gespräch zu vertiefen.
Kurze Zeit später erblickten beide das Haus. Was davon
noch zu erkennen war! Es war mittlerweile so dunkel
geworden, dass sich nur noch die grauen Umrisse von der
Felswand abhoben, vor der es stand.

Als Wiroja die Tür öffnete, bat sie Myriam einen
Augenblick zu warten. Sie zündete zwei Lampen an, die
den Raum in einen warmen Schein tauchten. Myriam
schloss die Tür und blieb dort überrascht stehen.
„Was ist?“, fragte Wiroja, als sie es bemerkte.
„Ich konnte von draußen nur wenig erkennen, aber es kam
mir kleiner vor!“
„Das ist Absicht“, erklärte Wiroja lachend. „Setz dich erst
einmal hin, dann erkläre ich es dir!“
Nachdem Myriam sich gesetzt hatte, fuhr Wiroja fort.
„Das Haus steht nicht vor der Felswand, sondern darin bzw.
in einer Höhle. Nur der vordere Teil, bis dorthin wo die
Fenster sind, ist von außen zu sehen. Mein Vater hat es
damals als Schutz so gebaut, aber es bietet auch noch
andere Vorteile.“
Wiroja begann das Essen vorzubereiten, derweil schaute
sich Myriam genauer um.

Er gab drei Fenster im vorderen Teil des Raumes, eines an
jeder der drei Seiten. Dort, linker Hand, befand sich auch
der Tisch. Auf ihm stand eine Tonvase mit einigen Blumen
darin. Daneben war ein großer Kamin. An diesem war

Wiroja damit beschäftigt, das Feuer anzufachen. Um ihn herum hingen an Holzpflöcken, Töpfe und Pfannen in den unterschiedlichsten Ausführungen. An der gegenüberliegenden Wand stand eine kleine Truhe. Darüber, über die gesamte Breite, waren Regale angebracht, über und über mit Tontöpfen in verschiedenen Größen beladen. Von der Decke hingen einige Kräutersträuße zum Trocknen. Neben der Tür stand noch eine schwere Axt an der Wand. Sie war aber schon lange nicht mehr benutzt worden, denn ihre Klinge war von Rost überzogen. In der hinteren Wand gab es zwei Türen. Eine kleinere links, die sich neben dem Kamin abzeichnete und eine normale, ungefähr in der Mitte der Rückwand.

Mittlerweile prasselte das Feuer und Wiroja hatte einen Topf mit Wasser darüber, an einem Eisenhaken, eingehängt. Sie nahm verschiedene getrocknete Kräuter aus den Tontöpfen und gab sie in den Topf. Schon bald verteilte sich ein angenehmer Geruch im Raum. Die verschiedensten Gemüse und ein Stück Fleisch, das Wiroja hinter der kleinen Tür hervorgeholt hatte, fanden ihren Weg in den Kochtopf.
Myriam fühlte, dass sie all dies kennen sollte, doch so sehr sie sich auch anstrengte, sie konnte sich weder an die Namen erinnern, noch daran, wofür sie benutzt wurden.
„Es ist fertig!", rief Wiroja Myriam lächelnd zu.
Aus einem Regal, das rechts neben dem Kamin angebracht war und das Myriam nicht bemerkt hatte, holte Wiroja zwei tiefe Schalen. Mit einer Kelle befüllte sie diese und stellte sie auf den Tisch. Noch einmal huschte sie davon um

Besteck und ein Kanten Brot zu holen, bevor sie sich zu
Myriam setzte. „Lass es dir schmecken!“
Das Mädchen schaute in die Schale und spürte, wie sich
ihre Magenwände zusammenzogen.
„Was ist? Es schmeckt vorzüglich!“
Ihre Blicke trafen sich.
„Was ist das?“, fragte Myriam und zeigte auf die
Fleischstücke, die im Eintopf schwammen. „Bei seinem
Anblick fühle ich mich hier nicht gut“, erklärte sie und
deutete auf ihren Bauch.
Wiroja sah sie erst verwundert an, dann verstand sie.
„Das ist Fleisch! Entschuldige! Ich hätte es mir eigentlich
denken können!“
Sie schöpfte die Fleischstücke mit dem Löffel aus Myriams
Schale und gab sie in ihre.
„Ich hoffe, es ist kein Problem, wenn ich Fleisch esse?“
„Nein! Es tut mir leid, dass ich dir Umstände mache, aber
ich kann nicht anders!“
„Es braucht keine Entschuldigung! Jeder ist, wie er ist. Und
er ist gut so, wie er ist. Die 'große Mutter' wird sich schon
etwas dabei gedacht haben. Also ist es nicht an mir, dir
irgendetwas vorzuhalten!“
Erleichtert nahm Myriam den Löffel und probierte das
Gemüse. Es war zart und lecker. Sie ließ sich auch noch
eine zweite Schale füllen. Erst danach lehnte sie sich
gesättigt zurück. Wiroja hatte ihr zufrieden beim Essen
zugesehen. Hinterher streckte sie sich und gähnte herzhaft.
„Ich denke, wir sollten schlafen gehen. Es war ein langer
Tag für mich.“
Wie erwartet führte Wiroja sie durch die rechte Tür. Der
Raum war allerdings nicht so klein, wie Myriam ihn

vermutete. Das Bett war so groß, dass es zwei Personen leicht Platz bot. Zur Not hätten auch vier darin schlafen können. Links und rechts standen jeweils zwei Truhen an den Wänden. Rechter Hand, neben dem kleinen Fenster, hing ein Bogen mit Köcher, gegenüber, mehrere geflochtene Weidenkörbe.

Beide legten ihre Kleidung auf die Stühle, die seitlich neben dem Bett standen. Die mit Stroh gestopfte Matratze roch frisch und die mit Federn gefüllte Bettdecke schmiegte sich angenehm über die Frauen. So war es auch kein Wunder, dass beide nach kurzer Zeit eingeschlafen waren.

4 Eine unerwartete Begegnung

Als Wiroja diesmal erwachte, war sie ausgeschlafen und die
Sonne stand schon hoch. Im ersten Moment wusste sie
nicht, ob sie alles nur geträumt hatte, denn der Platz neben
ihr war leer. Als sie ihre Hand dort unter die Decke schob,
spürte sie noch eine Restwärme. Also hatte dort jemand
geschlafen. Myriam musste aber schon vor längerer Zeit
aufgestanden sein, da nur noch wenig von ihrer
Körperwärme zu fühlen war. Wiroja erhob sich, zog die
Sachen vom Vortag an und schlug die Bettdecke zum
Lüften zurück. Sie erschrak etwas, als auf Myriams Seite
ein kleiner Blutfleck zum Vorschein kam. Sie machte auf
dem Absatz kehrt und ging in den Wohnraum.
„Myriam?", rief sie, dabei hätte sie sie sehen müssen, falls
das Mädchen sich hier aufhalten würde.
Ihr Blick fiel auf die Außentür. Den Balken hatte sie gestern
Abend noch vorgelegt, jetzt stand er an die Wand gelehnt
daneben. Wiroja ging hinaus und rief erneut. Keine
Antwort. Sie lief nach links.
„Myriam?"
Wieder nichts. Was mochte nur geschehen sein? Wiroja
wurde nervös. Sie rannte nach rechts hinüber, um auch dort
nachzusehen.
„Myr …"
„Hier", hörte sie die zaghafte Stimme.
Wiroja drehte sich herum. Auf der kleinen Bank, neben dem
Haus, saß zusammengekauert ein zitterndes Bündel
Mensch. Wiroja berührte sie vorsichtig.
„Was ist mit dir?"

Sie konnte spüren, wie der Körper sich unter ihrer Hand
schüttelte. Sie rannte ins Haus zurück, um die grüne Decke
zu holen. Diese legte sie Myriam über die Schultern und
wickelte das Mädchen darin ein. Danach hielt sie es in den
Armen, bis das Zittern aufhörte.
„Kannst du mir sagen, was mit dir ist“, fragte Wiroja erneut
mit einer Stimme, in der das Mitgefühl schwang?
Sie konnte sich bereits denken, was das Mädchen so
verstört hatte.
„Ich bekam plötzlich Bauchschmerzen“, begann Myriam
leise zu erzählen. „Ich dachte erst, es käme vom Essen.
Aber später spürte ich, wie mir etwas Warmes zwischen die
Beine lief. Ich schämte mich, also schlich ich mich aus dem
Bett, um fortzulaufen. Als ich vor die Hütte trat, war es
noch dunkel und ich wusste nicht, wo ich hin sollte. Dann
fand ich diese Bank und habe mich daraufgesetzt. Wiroja
ich schäme mich so!“
Plötzlich fing das Mädchen an zu weinen, dass ihr Körper
geschüttelt wurde. Wiroja ging das Schluchzen nahe.
„Schschschsch! Beruhige dich. Es ist nichts Schlimmes
passiert! Bleib erst mal hier sitzen. Ich mache dir einen Tee,
danach räume ich schnell die Hütte auf. Dann können wir
uns unterhalten. Ist das in Ordnung?“
Myriam sah sie aus ihren verweinten Augen an und nickte.
„Gut! Ich werde mich beeilen!“
Nach kurzer Zeit kam sie mit einem dampfenden Becher
Tee zurück, um sofort wieder im Haus zu verschwinden.
Myriam trank in kleinen Schlucken und spürte, wie die
Wärme sich wohlig in ihr ausbreitete. Sie wusste zwar
nicht, aus welchen Kräutern dieser Tee gemacht war, stellte
aber fest, dass die Schmerzen nachließen. Während sie so

da saß, versuchte sie sich an irgendetwas aus ihrer
Vergangenheit zu erinnern. An den Mann von dem Wiroja
erzählt hatte. Aber vor dem gestrigen Erwachen schien es
nichts gegeben zu haben. Als Wiroja kam und sich neben
sie setzte, gab sie es auf. Im gleichen Augenblick nahm sie
eine Bewegung am Boden wahr. Wiroja folgte ihrem Blick.
„Was ist das?", fragte Myriam.
„Das ist ein Regenwurm! Als ich klein war, hat meine
Mutter mir eine schöne Geschichte über ihn erzählt.
Möchtest du sie hören?"
„Gerne."
Wiroja schaute auf den Bachlauf und ihr Blick wurde
weich. Während ihre Gedanken in die Vergangenheit
wanderten, begann sie zu lächeln.

„Am Anbeginn der Zeit, erschuf die 'große Mutter' die
Erde, Tiere und Pflanzen. Nachdem ihr Werk vollbracht war
und sie es sich betrachtete, hörte sie das schwere Atmen der
Erde und das Stöhnen der Pflanzen. Vergeblich versuchten
diese, ihre Wurzeln in die Erde zu treiben. Sie entschied,
dass Lebewesen auch das Erdreich bewohnen sollten, damit
es locker bliebe. So würde die Erde leichter atmen und die
Pflanzen besser ihr Wurzelgeflecht verankern können.
Also erschuf sie den Wurm, hauchte ihm Leben ein und
setzte ihn behutsam auf der Oberfläche ab. Obwohl er seine
Aufgabe genau kannte, zögerte dieser und schaute sich um.
Die 'große Mutter' wunderte sich darüber.
„Was ist mit dir?", fragte sie freundlich.
Der Wurm hob den Kopf und blickte verängstigt zu ihr auf.
„'Große Mutter',„ begann er zögerlich. „Ich bin dir dankbar,
dass du mich erschaffen und mir eine Aufgabe gegeben

hast. Doch es macht mich traurig, dass ich diesen Anblick nie mehr zu sehen bekommen werde und nie die Früchte meiner Arbeit bestaunen kann."

Die 'große Mutter' sah ihn lange an, was den Wurm nervös machte. Er senkte den Kopf und begann sich ins Erdreich zu graben, als er plötzlich hochgehoben wurde. Er lag auf den Händen der 'großen Mutter', die ihn noch immer, regungslos, ansah. Es war ihm unangenehm, daher versuchte er zu entkommen, was diese aber zu verhindern wusste. Ängstlich und erschöpft hob er erneut den Kopf. Diesmal sah er aber in ein lächelndes Gesicht.

„Du hast Mut, und - du hast Recht!", sagte sie zärtlich. „Jeder sollte das Recht haben, die Früchte seiner Arbeit zu sehen, um stolz darauf sein zu können. Daher will ich dir ein Geheimnis anvertrauen. Das Wunder der Fruchtbarkeit. Fortan soll alles, was du frisst, deinen Körper als fruchtbare Erde verlassen. Auch sollst du die Früchte deiner Arbeit bewundern können.

Ich werde dich zur Oberfläche rufen, und das Trommeln des Regens soll unser Signal sein. Da der Regen dich ruft, soll man dich fortan Regenwurm nennen."

Der Regenwurm strahlte und verbeugte sich tief vor ihr.

„Ich danke dir von Herzen und das fruchtbare Grün wird der Ausdruck meines Dankes sein."

Die 'große Mutter' setzte ihn zurück auf die Erde, wo er freudig mit seiner Arbeit begann. Immer darauf achtend, ob der Regen ihn ruft. Allerdings hat das Gefühl, das er in ihren Händen verspürt hatte, ihn nie ganz verlassen.

Noch heute verursacht es ihm Unbehagen, in die Hand genommen und angestarrt zu werden. Wie damals versucht

er zu entkommen, um wieder seiner Aufgabe nachgehen zu
können. Die er bis heute mit Stolz erfüllt!“

Es dauerte einen Moment, bis Wirojas Gedanken aus der
Vergangenheit zurückkehrten und sie Myriam anlächelte.
„Das war eine schöne Geschichte“, erklärte das Mädchen.
„Mir hat sie als Kind auch immer besonders gefallen!“
Wiroja hatte noch ihre Tasse in der Hand, aus der sie jetzt
genüsslich trank.
„Ich gehe davon aus“, nahm Wiroja den ursprünglichen
Faden wieder auf, „dass dies dein erstes 'Mondblut' ist. Du
magst zwar dein Gedächtnis verloren haben, aber dein
Körper würde sich daran erinnern. Zumal es mit der Zeit
weniger schmerzhaft ist!“
'Mondblut'?“
„Ich weiß natürlich nicht, ob dich jemand darüber
aufgeklärt hat, aber selbst wenn, wäre auch das mit deiner
Erinnerung verloren. Mit Einsetzen der 'Mondblutung' hast
du einen großen Schritt getan!“
Myriam sah sie verständnislos an.
„Du bist jetzt kein Mädchen mehr! Nun bist du eine junge
Frau! Ab diesem Moment kannst du Kinder bekommen und
eine eigene Familie gründen.“
Myriam verstand, dass es etwas Großartiges gewesen sein
musste, was mit ihr passiert war, aber was das alles für sie
bedeutete, begriff sie noch nicht.
„Lass mich die Erste sein“, die dir zu deinem neuen
Lebensabschnitt gratuliert. Wir sollten diesen Tag feiern!
Lass uns schwimmen gehen. Es wird dir gut tun!“
„Ich weiß nicht, ob ich das kann!“

„Das werden wir spätestens dann erfahren. Außerdem steht neben dem Teich eine Buche, der ich noch einen Besuch abstatten wollte.“

Mittlerweile war die Sonne so weit gewandert, dass beide in ihrem vollen Licht saßen. Erst jetzt bemerkte Myriam, dass sie zu schwitzen begonnen hatte. Daher war es wohl keine so schlechte Idee, wenn sie sich ein Bad gönnte. Sie nickte Wiroja lächelnd zu.

Es waren kaum Vorbereitungen nötig. Zum einen lag der See nur wenige Minuten von hier entfernt, zum anderen hängte Wiroja nur ihre Tasche um, die sie immer mitnahm. So standen sie schon bald am Ufer des kleinen Sees.

Myriam bestaunte begeistert das Bild, das sich ihr bot. Auf dieser Seite war der See üppig mit Schilf bewachsen. Rohrkolben wiegten sich leise im Rhythmus des Windes. Vereinzelt flogen Libellen von ihnen auf, um grazil über die Oberfläche zu schweben. Das gegenüberliegende Ufer war von Felsen gesäumt, die sachte ins Wasser abfielen. Es war glasklar, sie konnte sogar einige Fische ausmachen, die sich träge bewegten.

Was Myriams Blick aber am meisten fesselte, war der Wasserfall, der rechter Hand zirka fünf Meter tief über die Steilwand herabfiel. Er nahm fast die gesamte Breite des Sees ein. Durch das Sonnenlicht, das sich in ihm brach, sah es aus, als würde die Sonne sich in den See ergießen. Dort wo das Wasser auf den See traf und hoch spritzte, wirkte es wie kleine Sterne, die über der Oberfläche tanzten. Alles begleitet vom Rauschen des Wasserfalles und dem Quaken der Frösche.

„Wir müssen auf die andere Seite", riss Wiroja Myriam aus
ihren Träumereien. Diese folgte ihr dorthin, wo die Felsen
das Ufer bildeten. Unweit stand die mächtige Buche, von
der Wiroja gesprochen hatte. Ohne zu zögern, fing Wiroja
an sich zu entkleiden.
„Wolltest du nicht den Baum besuchen?", fragte Myriam.
„Später", lächelte Wiroja sie an. „Jetzt will ich erst
schwimmen! Was ist! Worauf wartest du?"
Myriam zuckte mit den Schultern und zog ebenfalls ihre
Kleidung aus. Mittlerweile war die junge Frau in den See
gesprungen.
„Komm schon, es ist herrlich!"
Das Mädchen ging es etwas vorsichtiger an. Erst prüfte sie
die Wassertemperatur, bevor sie langsam ins Wasser glitt.
Sie schaute Wiroja zu, wie diese sich bewegte, um oben zu
bleiben. Myriam musste es mehrmals probieren. Nur
allmählich beherrschte sie die richtige Technik. Aber
danach war sie nicht mehr zu halten. Das Lachen der
Frauen hallte durch den Wald, bis sie mit blauen Lippen
ihren 'Spielplatz' verließen. Nackt legten sie sich auf die
warmen Felsen, um sich von der Sonne trocknen zu lassen.
Mit geschlossenen Augen lauschten sie den Geräuschen in
der Umgebung. Myriam sank in einen leichten Schlaf, aus
dem sie durch ein, „ich gehe jetzt zur Buche!", gerissen
wurde.
Sie sah Wiroja nach, um zu beobachten, was diese vorhatte.
Wiroja legte ihre Hand an den Stamm, schloss die Augen
und verharrte regungslos. Myriam wusste nicht, was sie
davon halten sollte. Sie sah, wie sich deren Lippen kurz
bewegten, als würde sie etwas sagen, aber das Rauschen
des Wasserfalls übertönte die Worte. Das Mädchen

schüttelte den Kopf. Dann begann Wiroja wieder zu sprechen und legte dabei die Stirn in Falten. Es wiederholte sich mehrere Male. Dann drehte diese sich um und kam zurück. Myriam wartete, bis die Freundin sich gesetzt hatte.
„Na, was hat sie gesagt?"
„Nicht viel, sie …", Wiroja stockte und sah das Mädchen mit großen Augen an. „Woher weißt du es?"
„Ich habe mein Gedächtnis verloren", grinste Myriam, „nicht den Verstand. Außerdem sehe ich sehr gut. Zum einen legtest du die Stirn in Falten, als würdest du angestrengt lauschen, zum anderen bewegten sich deine Lippen, wie beim Sprechen. Der Wasserfall übertönt zwar alle anderen Geräusche, aber ich habe auch niemanden sonst dort stehen sehen. Dazu kommt, dass du immer die Hand an den Stamm gelegt hast."
„Und, was denkst du über mich?"
Einen Augenblick lang sahen sich beide in die Augen.
„Mir ist nicht bekannt, was ich getan hätte, bevor ich mein Gedächtnis verlor, aber jetzt stört es mich nicht. Nun verstehe ich auch deine Frage von gestern anders."
„Welche?"
„Wie ich das mache! Du wolltest wissen, ob ich mit Tieren sprechen kann! Hab ich recht?"
„Ja, das war meine Vermutung! Kannst du es denn?"
Myriam schüttelte traurig den Kopf.
„Leider nicht! Ich beneide dich ein bisschen um deine Fähigkeit."
Wiroja berührte Myriam am Arm
„Auch du trägst eine besondere Begabung in dir, du hast keinen Grund neidisch zu sein. Du bist noch jung, wer weiß wie es sich weiter entwickelt?"

Myriam riss plötzlich die Augen auf, als sie an der Freundin
vorbei sah. Als diese es bemerkte, drehte sie sich herum.
Ungläubig starrten beide auf den See.
„'große - Mutter',„ stammelte Wiroja
„Ist das etwa …?", fragte Myriam fassungslos.
„Nein", antwortete Wiroja und schüttelte den Kopf, „aber
…"
Es verschlug der jungen Frau die Sprache. Gebannt starrte
sie auf den See und das Schauspiel, das dort ablief.

Das flüssige Gold, das der Wasserfall hervorrief, endete
jetzt nicht mehr an dessen Fuß, sondern floss träge auf sie
zu. Darüber schwebten die Sterne aus Wassertropfen. Je
näher es ihnen kam, desto höher stieg es über die
Oberfläche. Langsam legten sie sich um eine Form, die sich
aus dem Wasser erhob. Zuerst erschien das Gesicht einer
Frau mit weichen Gesichtszügen. Die Haare hatten die
durchsichtig, blaue Farbe des Sees. Die Augen glänzten in
tiefem Grün. Da die Frau jetzt auf der Oberfläche stand,
konnten die Freundinnen erkennen, dass der goldene Glanz
den Umhang bildete, in den diese eingehüllt war. Die Sterne
wiederum, lagen wie ein Schleier über den Haaren. Ein
etwas größerer zierte deren Stirn. Das Gesicht hatte eine
zart rosa Farbe. Mit überraschtem Blick stand sie jetzt vor
ihnen auf dem See.

„Mein Name ist Seraphora", stellte das Wesen sich vor, mit
einer Stimme, die an das leise Plätschern eines Baches
erinnerte. „Ich bin die Hüterin des Wassers", fuhr sie fort
und verbeugte sich leicht.

Den Mund weit geöffnet, stierten beide Frauen sie immer
noch an. Plötzlich begann Seraphora zu lachen, wodurch
Wiroja und Myriam aus der Starre erwachten. Das
Gelächter verklang und ein fragender Blick ruhte auf den
Freundinnen. Wiroja ahnte, dass es an ihr war zu sprechen.
„Ich bin …“, begann sie, nur um sich sofort wieder zu
korrigieren.
„Mein Name ist Wiroja und dies ist Myriam“, erklärte sie
und beide verbeugten sich tief.
Seraphora zog leicht eine Augenbraue nach oben.
„Wiroja, sonst nichts? Ich habe gehört, du seist die 'Hüterin
des Waldes'!“
Myriam starrte die Freundin an.
„Wieso erscheint es mir, dass andere mehr über mich
wissen als ich selbst?“, entgegnete Wiroja empört, nachdem
sie ihre Stimme wiedergefunden hatte.
„Vielleicht liegt es einfach daran, dass du nicht glaubst, was
du schon immer gefühlt hast? Es verwundert dich, dass
andere in dir das erkennen, was du dir verwehrst? Ich selbst
bin der beste Beweis dafür, dass du eine Behüterin bist.“
„Wie meinst du das?“, fragte Wiroja überrascht.
„Wenn du keine wärst, könntest du mich nicht sehen! Es sei
denn, du würdest aus tiefstem Herzen an mich glauben,
aber dann hättest du mich sofort erkannt!“
„Das bedeutet, sie ist auch eine Hüterin“, erklärte Wiroja
auf Myriam deutend.
Seraphora schüttelte den Kopf.
„So müsste es sein, aber das könnte ich spüren, so wie ich
es bei dir fühle. Ich weiß nicht, was sie ist!“
Beide schauten Myriam an. Diese wurde rot und hätte sich
am liebsten in einem Loch verkrochen. Sie war kurz davor

aufzuspringen und fortzulaufen, als Seraphora sich wieder
Wiroja zuwandte.

„Was mich zum eigentlichen Grund führt, weswegen ich
gekommen bin. Es hat mich verwundert, dass ich hier zwei
Menschen vorfand, was im Gegensatz zu dem steht, was ich
spürte."

„Wohnst du hier im See?"

Wieder erschallte dieses Lachen.

„Ich bin die Hüterin des Wassers!"

„Das hast du bereits erwähnt", antwortete Wiroja. „Falls
das eine tiefere Bedeutung hat, wäre es nett, wenn du sie
uns erklären würdest!"

Seraphora sah sie verwundert an, da sie Wirojas
Verärgerung spürte.

„Ich möchte mich bei dir entschuldigen. Ich erkenne, dass
ich etwas als selbstverständlich ansah, was nicht zutreffend
ist. Jetzt verstehe ich auch, warum du an dir selbst
zweifelst. Es gab niemanden in deinem Leben, der dich
über die Hüter aufgeklärt hat?"

Wiroja schüttelte den Kopf.

„Dann bitte ich dich nochmals um Verzeihung",
wiederholte Seraphora einfühlsam. „Ein Hüter beschützt
das, dessen Behüter er ist. Was bedeutet, er ist ein Teil
davon, ebenso wie es ein Teil von ihm ist. Alles was ihn
berührt oder auf ihn einwirkt, verspürt auch das, was er
behütet und umgekehrt. Auf meinen Fall bezogen! Ich bin
Teil des Wassers, so wie es Teil von mir ist. Wenn es krank
ist, bin auch ich es. Heile ich mich, reinige ich auch das
Wasser. Begreifst du das?"

Wiroja sah sie ungläubig an.

„Ich verstehe es, aber glauben kann ich es nicht! In deinem
Fall kann ich es noch nachvollziehen. Man konnte es sehen
wie du hier aufgetaucht bist. Aber in meinem Fall?"
„Nur weil du daran zweifelst, bedeutet es keinesfalls dass
es nicht so ist!", entgegnete Seraphora.
„Selbst wenn ich es glaube, wie kann ich es lernen?"
„Gar nicht! Es ist das was einen Hüter ausmacht! Es ist ein
Teil von ihm."
„Und wie soll ich es dann - benutzen?"
„Wisse, dass es ein Teil von dir ist. Höre in dich hinein und
du wirst es spüren. Zweifle nicht an dir selbst. An dem, was
du bist und in dir trägst. Hab Vertrauen darauf, dass die
'Große Mutter' weiß was sie tut!"
Wiroja nickte.
„Ich werde es versuchen!"
„Wenn du davon sprichst, etwas zu versuchen, birgt das
schon allein die Möglichkeit eines Scheiterns in sich. Tu es,
ohne den geringsten Zweifel daran, dass es gelingt!"

„Ich verstehe! Du wolltest uns mitteilen, was der Grund für
dein Erscheinen ist", nahm Wiroja den Faden wieder auf.
Seraphora nickte und sah zu Myriam.
„Wessen Blut ist hier im Wasser?"
Wiroja sah ebenfalls das Mädchen an, das wieder in sich
zusammensank. Es dauerte einen Augenblick, bis Myriam
sich traute den Kopf zu heben, um Seraphora anzusehen.
„Es - es tut mir leid", stotterte sie zaghaft. „Ich wollte nicht
…, ich meine, ich wusste nicht", stammelte sie.
„Warte!", unterbrach sie die Hüterin. „Es ist keinerlei
Entschuldigung notwendig. Keinesfalls ist etwas

geschehen. Lediglich meine Neugierde war es, die mich
hierher brachte. Es ist also dein Blut gewesen?"
Myriam nickte.
„Das ist erstaunlich und - unerwartet."
„Was?", fragte Myriam, die sich etwas beruhigt hatte.
„In deinem Blut ist etwas Altes, etwas sehr Altes! Daher
war ich auch so überrascht hier Menschen vorzufinden, was
in keiner Weise abwertend gemeint ist. Nur geht das, was
ich spürte, weit über ein Menschenleben hinaus.
Sehr alt", wiederholte sie leise und schaute dabei verträumt
in die Ferne. „Myrin nor farlan", flüsterte sie.
Ihr Kopf fuhr herum, so dass sie das Mädchen direkt ansah.
„Dein Name ist Myriam nicht Miriam?"
Myriam blickte fragend zu ihrer Freundin, während
Seraphoras Blick dem ihren folgte und dann verwundert auf
dieser ruhte.
„Das Kind bekam einen Trank der sie alles vergessen ließ",
begann Wiroja.
Sie erzählte, was sie erfahren hatte und von wem. Auch wer
Odom war und in welcher Beziehung sie zu ihm stand.
Myriam hörte ebenfalls aufmerksam zu, da ihr einiges
unbekannt war. Nachdem Wiroja geendet hatte, nickte
Seraphora nachdenklich.
„Ich kenne Odom nicht, aber ich zweifele in keiner Weise
an seinen Aussagen. Wesen, die so alt sind, haben eine sehr
präzise Auffassungsgabe. Es wäre interessant sich mit ihm
zu unterhalten. Der Name Myriam ist äußerst passend!"
Die Frauen sahen Seraphora verständnislos an.
„Myrin bedeutet in der 'Alten Sprache' verborgen! Myriam
heißt nichts anderes als 'Die Verborgene', und das bist du

zweifelsfrei. Dass was du in dir trägst, ist für uns verborgen!“

„Das kann Zufall sein!“, entgegnete Myriam.

„Ist das so?“, fragte Seraphora. „Ich weiß, dass die Menschen dies oft sagen und wann! Immer wenn euch Zusammenhänge von Geschehnissen verborgen sind, oder ihr sie nicht akzeptieren wollt. Es ist die einfachste Art, etwas auf sich beruhen zu lassen und keinesfalls zu hinterfragen. Allerdings verwehrt man sich selbst dabei die Möglichkeit, hinter die Dinge zu schauen und das größere Wirken zu erkennen. Nur wenigen Menschen ist bewusst, dass das Wort Zufall von zufallen kommt. Von diesen, sind nur einzelne dazu bereit, die daraus resultierende Frage zu stellen. Von WEM oder WAS fällt denn demjenigen etwas zu?

Glaube mir“, fuhr Seraphora fort, „so wie ihr 'Zufall' benutzt, dass Dinge ohne Zusammenhang geschehen, entspricht es keinesfalls der Wirklichkeit. Ich gebe zu, dass es oft schwer und meist erst zu einem viel späteren Zeitpunkt erkennbar ist, aber niemals geschieht etwas ohne einen bestimmten Zweck.“

Seraphoras Stimme hatte den Plauderton nicht einmal verlassen. Weder hatte sie herablassend noch bevormundend geklungen. Sie schaute abwechselnd in die verwunderten Gesichter der beiden Frauen.

Ein leichter Windhauch kräuselte die Oberfläche des Sees. Wiroja begann zu frösteln. Unbekleidet stand sie, wie auch Myriam, am See. Die Sonne war bereits über die Kante des Wasserfalls gewandert, so dass die Frauen sich im Schatten befanden. Behände zogen beide ihre Kleidung an.

Seraphora sah ihnen interessiert zu, da sie selbst so etwas nicht kannte. Nachdem Wiroja noch ihre Tasche umgehängt hatte, wandte sie sich an die Hüterin.

„Danke für dein Erscheinen. Werden wir uns wieder begegnen?“

„Du brauchst mir nicht zu danken. Ich sagte schon, es war reine Neugierde, die mich hierher brachte. Und wenn du es wünschst, können wir uns wiedersehen. Rufe einfach nach mir! Falls ich nicht anderweitig beschäftigt bin, werde ich erscheinen.“

Wiroja sah sie erstaunt an. „Du sagst es, als wäre es das Normalste der Welt, dass man dich ruft und du kommst hier her.“

„Zum einen ist es das auch“, erklärte Seraphora. „Warum sollte jemand, der mich kennt, mich nicht rufen dürfen? Jeder der meinen Namen weiß kann dies tun. Nur kennen die wenigsten ihn, da ich angeblich ein Mythos bin. Falls der Tag kommt, da sie wieder an mich glauben, so werden sie mich auch sehen können.

Zum anderen vermute ich, dass du mich missverstanden hast. Du brauchst nicht hier - her, zu kommen! Wo immer auch Wasser ist, sprich meinen Namen und ich höre dich.“

„Dann werden wir uns wiedersehen“, bekräftigte Wiroja.

„Bis dahin lebe wohl. Im Moment haben wir genügend über das wir nachdenken können.“

Die beiden Frauen wandten sich zum Gehen.

„Warte! Darf ich dich in deiner Hütte besuchen?“, fragte Seraphora.

Wiroja sah sie überrascht an, dann begann sie zu lächeln.

„Wenn du es kannst, bist du jederzeit willkommen!“

Die beiden Frauen verbeugten sich leicht, dann
schlenderten sie in Richtung Hütte davon. Als Myriam über
ihre Schulter blickte, war von Seraphora nichts mehr zu
sehen.

Zuhause angekommen ging Wiroja, wie es ihre Art war, als
Erstes zum Kamin um diesen wieder anzufachen. Myriam
setzte sich derweil an den Tisch und schaute ihr dabei zu.
Als Wiroja kleine Holzstücke auf die Glut legen wollte,
zuckte sie zurück. Zuerst sah es aus, als wenn sie sich
verbrannt hätte, aber dann sah sie ängstlich zu dem
Mädchen hinüber.

„Was ist?", fragte Myriam.

Wiroja ging kopfschüttelnd zu ihr und setzte sich.

„Ich weiß nicht was ich tun soll, wie ich damit umgehen
soll? Die Dinge die Seraphora gesagt hat. Einerseits freut es
mich, andererseits habe ich Angst!"

„Was genau meinst du?"

„Dass ein Hüter Teil von dem ist was er behütet und vor
allem umgekehrt!"

Wiroja sah Myriam immer noch ängstlich an.

„Was ist, wenn ich jetzt Feuer mache? Fühle ich wie das
Holz heiß wird? Verbrenne ich, so wie das Holz?"

Wirojas Blick war verzweifelt. Eine Träne rann ihr aus dem
Augenwinkel.

„Dürfte ich vielleicht etwas dazu sagen?", hörten beide
Seraphoras Stimme.

Überrascht sahen sie sich um, konnten sie aber nirgends
entdecken. Myriam erhob sich, um rechts neben den Kamin
zu gehen. Im Eimer, der dort stand, war nichts zu sehen,
außer klarem Wasser. Vorsichtig nahm sie ihn auf und
stellte ihn auf den Tisch.

„Seraphora?"

„Wen hast du sonst hier drin erwartet?", hörte sie als Antwort.

Was dazu führte, dass sie sich mit einem Plumps auf den Stuhl setzte. Langsam erschien der lächelnde Kopf der Hüterin über dem Rand des Eimers.

„Jegliches Wasser! Versteht ihr es nun?"

„Ich dachte, es müsste mit der Erde in Verbindung stehen!", erklärte Myriam. Ein Bach, eine Quelle oder ein See?"

„Nein! Jede Form! Aber jetzt zurück zu deiner Frage Wiroja.

Ich sagte, dass du die Fähigkeit in dir trägst. Nicht, dass du sie benutzen musst! Du hast schon immer die Dinge so getan, wie du es für richtig hieltest. Erst im Nachhinein hast du erfahren, dass du die Hüterin bist. Warum sollte es jetzt für dich anders sein als vorher?"

„Aber du sagtest doch, ich bin Teil von allen Pflanzen", hielt Wiroja dagegen.

„Das bist du auch", begann Seraphora zu erklären. „Es bedeutet, dass du dich in jede hineinversetzen kannst, nicht musst! Wenn du eine Suppe kochst, besteht sie zum größten Teil aus Wasser. Was für einen Sinn sollte es haben, wenn ich mich damit in Verbindung bringe, und spüre, wie es heiß wird? Wenn du eine bestimmte Sache erleben möchtest, kannst du dich mit einem Gewächs verbinden, das genau diese Erfahrung macht, aber du musst es nicht. Das ist der Unterschied!"

„Aber wenn ich Feuer mache, oder Essen koche, zerstöre ich etwas dessen Hüter ich bin und es ist für immer verloren. Das liegt doch im Widerspruch miteinander", antwortete Wiroja verzweifelt.

„Das ist nur auf den ersten Blick so. Zum einen geht nichts wirklich verloren", versuchte Seraphora Wiroja zu beruhigen. „Zum anderen geht es nicht um das, WAS du tust, sondern WARUM! Wenn du Bäume rodest um dir ein Haus zu bauen oder ein Feuer zu machen, um dich zu wärmen, also etwas tust, damit du überleben kannst, dann ist es im Einklang mit der Natur. Fällst du diese, nur weil sie dir die schöne Aussicht versperren, dann liegt es nicht in Übereinstimmung. Aber in keinem Fall geht etwas verloren. Das Holz vermodert, und wird wieder zum Fraß für viele Lebewesen, die nach ihm kommen. So ist es auch mit deiner Nahrung. Alles verändert nur seine Form, geht aber niemals verloren."

„Und was ist mit dem 'höheren Wesen'?"

„Dieses ist unvergänglich! Auch wandelt es sich nicht, sondern verlässt einfach seine Hülle. Es kann in eine neue eintreten, wann immer es wünscht."

„Ich danke dir", sagte Wiroja sichtlich erleichtert. „Jetzt verstehe ich vieles besser und erkenne Zusammenhänge, die mir vorher verborgen waren."

Sie nickten einander zu, um sich zu verabschieden.

Seraphora verabschiedete sich auch noch von Myriam. Bevor sie jedoch im Eimer abtauchen konnte rief Myriam: „Warte! Du sagtest, wann immer das 'höhere Wesen' es wünscht. Bedeutet das, dass auch größere Zeiträume dazwischen liegen können?"

Seraphora sah sie überrascht an.

„Ja! Es spielt keine Rolle, ob es eine Minute, ein Jahr, Jahrzehnt oder Jahrhundert ist. Warum fragst du, kannst du dich an etwas erinnern?"

„Erinnern ist zu viel gesagt. Es ist mehr ein Gefühl, ein sich
regen. Schon als du von der 'alten Sprache' erzählt hast und
jetzt wieder. Es ist, als ob etwas in mir sich angesprochen
fühlt, aber ohne dass ich es greifen kann."
Seraphora nickte.
„Es ist von Vorteil, wenn du auf dein Inneres achtest. Es
führt dich zum wahren Selbst."
„Ist es möglich, dass sie sich langsam an die Zeit vor dem
Gedächtnisverlust erinnert?", warf Wiroja ein.
„Natürlich! Aber so wie ich Myriam verstanden habe,
reagiert das, was in ihr ist, auf die Erwähnung von etwas
Altem. Gerade so, als fühle es sich angesprochen."
Beide sahen Myriam an, die zustimmend nickte.
„Was aber keinesfalls bedeutet", fuhr Seraphora fort, „dass
mit dem Alten, nicht auch das Neuere wieder zum
Vorschein kommt."
„Und wie lange kann das dauern?", fragte Myriam.
„Das weiß niemand genau", antwortete Seraphora. „Es
hängt von verschiedenen Dingen ab, wovon das Wichtigste,
du selbst bist!"
„Das verstehe ich nicht? Was soll ich denn tun außer
warten, bis ich mich wieder erinnere?"
„Es kommt darauf an, wie sehr du es dir wirklich
wünschst", erklärte Seraphora und sah Myriam mitfühlend
an. „Zum anderen, inwieweit du bereit dazu bist, altes
Wissen in dich aufzunehmen."
Myriam schüttelte energisch den Kopf.
„Natürlich möchte ich mich erinnern. Oder glaubt ihr, ich
spiele das nur?", fügte sie leicht beleidigt hinzu.
„Nein, das denken wir nicht", entgegnete Seraphora
beschwichtigend, „aber …"

Die Hüterin sah Wiroja bittend an.

„Was Seraphora dir zu erklären versucht", fuhr diese jetzt fort, „ist, dass es einen Unterschied macht, ob dein normaler Verstand es wünscht, oder dein 'innerstes Wesen'. Es gibt einen Grund für das, was dir passiert ist. Es besteht die Möglichkeit, dass dieser für dich so schmerzhaft wäre, könntest du dich jetzt erinnern, dass du daran zerbrechen würdest. Dem Verstand ist dies unwichtig, er will nur Antworten. Deinem 'innersten Wesen' nicht, es sucht immer den Weg, der für dich der bessere ist. Auch wenn dies bedeutet, das noch etwas Zeit vergehen muss, bevor du dich wieder erinnern kannst."

Seraphora nickte zustimmend.

„Dann muss ich mich wohl in Geduld üben", sagte Myriam nachdenklich. „Leicht wird es mir nicht fallen, aber es gibt hier andererseits genügend Dinge, die zu erkunden sich lohnt", fügte sie, jetzt lächelnd, hinzu.

Die anderen begannen zu lachen und die Spannung fiel sichtlich von ihnen allen ab.

„Ich muss zugeben, ich genieße es, mich mit euch zu unterhalten. Es ermöglicht mir einen neuen Einblick in das Wesen der Menschen", fügte Seraphora noch hinzu, bevor sie sich zurückzog.

Wiroja stellte lächelnd den Eimer wieder neben den Kamin. Sogleich begann sie mit den Vorbereitungen fürs Essen.

„Ich muss sagen", erzählte sie, während sie mit ihrer Arbeit fortfuhr, „dass die letzten zwei Tage einiges geändert haben. Ich erkenne, das Wissen nur die eine Seite der Waage ist, wirkliches Verstehen, die andere. Vieles von dem war mir bereits bekannt, aber begriffen habe ich es erst jetzt."

„Da hast du mir etwas voraus", hörte sie Myriam vom Tisch
her. „Ich habe mehr Wissen, aber noch kann ich nicht alles
zusammenfügen."

„Mach dir nichts daraus", schlug Wiroja ihr vor, während
sie das Essen auftischte. „Ich bin älter als du und doch
eröffnet sich mir erst heute ein Blick für die
Zusammenhänge der Welt. Fleisch?"

Myriam überlegte einen Augenblick. Auch wenn sie jetzt
besser verstand, verspürte sie kein Verlangen danach.

„Nein danke! Ich habe zwar großen Hunger, aber ich
möchte nur Gemüse."

Während sie das sagte, fing ihr Magen so laut an zu
knurren, das Wiroja zusammenzuckte. Die Freundinnen
sahen sich an und begannen lauthals zu lachen. Nach dem
Essen spürten beide eine tiefe, zufriedene Müdigkeit.
Sobald alles aufgeräumt war, gingen sie zu Bett. Kurz
danach waren sie eingeschlafen. Myriam schlief unruhig.
Sie träumte von zwei gelben Augen, die sie zu suchen
schienen.

5 Eine unverhoffte Wandlung

Als Myriam am nächsten Morgen erwachte, fühlte sie sich
als wäre sie die ganze Nacht gerannt. Alle Muskeln taten ihr
weh. Ihr Blick, dorthin wo Wiroja gelegen hatte, wurde von
gelben Pupillen überlagert. Sie schloss die Augen und
schüttelte den Kopf um diese zu vertreiben, aber erst nach
mehreren Versuchen verblassten sie. Erleichtert atmete
Myriam tief ein und blickte sich verschlafen um. Wiroja
war bereits aufgestanden und hantierte singend im
Wohnraum. Träge krabbelte das Mädchen aus dem Bett,
zog sich an und ging hinüber. In der Tür blieb sie ruckartig
stehen und schaute auf die Fensteröffnungen im vorderen
Teil des Hauses. Danach blickte sie auf den Vorhang des
kleinen Fensters im Schlafraum.
Hatte Wiroja nicht gesagt, die Hütte würde in einer Höhle
stehen? Wo kam dann das Licht her? Nachdenklich ging sie
weiter. Der Tisch war bereits gedeckt und zu ihrem
Erstaunen standen dort auch ein Stück Käse, Brot und ein
Krug mit Honig. Mit einem Lächeln und einer
Handbewegung lud Wiroja sie ein, sich zu setzen. Myriam
plumpste einfach nur auf den Stuhl, so müde waren ihre
Beine.
„Du hast schlecht geschlafen.“
Obwohl es keine Frage gewesen war, nickte Myriam.
„Du hast dermaßen gestrampelt, dass ich wach geworden
bin. Hat man dich verfolgt?“
Wieder nickte sie nur.
„Möchtest du darüber sprechen?“

„Da gibt es nicht viel zu reden. Ein gelbes Augenpaar hat mich unablässig gesucht. Selbst als ich wach war, sah ich es noch vor mir!“

„Das ist doch schon einiges!“

„Wieso, mir sagt es nichts?“

„Es sind zwei gelbe Augen, also kann man davon ausgehen, dass diese zu einem Tier gehören. Du sagtest, sie suchen dich! Aus einem Bild heraus kannst du das schlecht feststellen. Also handelt es sich um ein Gefühl, das dich im Innern berührt haben muss. Schon deshalb, weil es, selbst als du wach warst, dich nicht losgelassen hat. Nimm jetzt noch die Tatsache, dass alles aus einem bestimmten Grund passiert und du eine Sensibilität für Tiere hast, dann folgt daraus, dass dich etwas mit diesem Wesen verbindet!“

Myriam sah sie ungläubig an.

„Und was bedeutet das für mich?“

„Das weiß ich nicht. Die Antwort erhältst du erst, wenn du diesem Tier begegnet bist. Du kannst jetzt hier warten, bis es irgendwann hier auftaucht, oder losziehen, in der Hoffnung es irgendwo zu treffen. Wovon ich dir allerdings abraten möchte!“

„Ich komme mir richtig dumm vor, wenn ich dir zuhöre“, erklärte Myriam. „Du hast Recht! Wissen allein reicht nicht aus, man muss es auch anwenden, um es wirklich zu verstehen. Aber was mich jetzt interessiert“, fügte Myriam mit einem Blick auf den gedeckten Tisch hinzu, „wo hast du denn Käse und Honig her? Hast du hier Tiere, die ich noch nicht gesehen habe?“

„Nein, ich halte keine Tiere! Aber lass uns jetzt mit dem Essen beginnen. Ich habe Hunger und das kann ich dir auch während dem erklären.“

Sie schenkte Myriam und sich einen Becher Kräutertee ein
und schnitt jedem eine Scheibe Brot ab. Nachdem beide
ihre Teller gefüllt und die ersten Stücke gegessen hatten,
begann Wiroja zu erzählen.
„Das Brot und den Käse habe ich in einem Dorf gekauft.
Der Honig ist von wilden Bienen. So einfach ist das.“
Myriam deutete auf die Freundin, musste aber warten, bis
sie ihren Bissen hinuntergeschluckt hatte.
„Ich wusste nicht, dass du Geld besitzt, wo du doch im
Wald wohnst!“
„Für gewöhnlich habe ich auch keines. Meine Mutter hatte
in der Stadt gelebt, bevor sie das Leben im Wald, dem
dortigen vorzog. Sie kannte von Früher einen Heilkundigen,
der immer dankbar für frische Kräuter war, aber selbst
wenig Zeit fand, diese zu sammeln. Also gingen die beiden
eine Abmachung ein. Sie sammelte für ihn die Heilkräuter
die er brauchte und er gab ihr dafür Geld oder Waren, je
nachdem was sie benötigte. Später übernahm ich dann den
Handel und habe ihn auf ein weiteres Dorf ausgeweitet.“
„Da wäre noch etwas“, meinte Myriam, die ihr Frühstück
beendet hatte. „Du sagtest, das Haus wäre in einer Höhle
errichtet worden und nur der vordere Teil stünde davor.
Wieso ist in der Schlafkammer ein Fenster und wo kommt
das Licht her?“
Wiroja grinste schelmisch.
„Hinter dem Vorhang ist ein natürlicher Kamin, der durch
den gesamten Fels nach oben verläuft, daher die Helligkeit.
An seinem oberen Ende hat mein Vater eine Klappe
angebracht, die bei Bedarf geschlossen werden kann. Meist
schließe ich sie im Winter, damit es nicht zu kalt wird und
hinein schneit.“

„Ich verstehe, dein Vater war ein schlauer Mann.“

Myriam wurde plötzlich ernst.

„Was hast du?“

„Es gibt etwas, über das wir reden müssen!“

„Und das wäre?“

„Du gewährst mir ein Dach über dem Kopf und teilst dein Essen mit mir, ohne dafür bisher eine Gegenleistung erhalten zu haben.“

„Du bist mein Gast!“, warf Wiroja ein.

Myriam hob abwehrend die Hand.

„Eher ein Unfreiwilliger. Wenn es dich nicht gegeben hätte, wer weiß was passiert wäre und dafür bin ich dir dankbar. Ich stehe in deiner Schuld und diese möchte ich begleichen. Ich kann arbeiten, wenn du mir sagst oder zeigst, was ich tun soll. Einfach meinen Teil dazu beitragen! Verstehst du das?“

Wiroja sah sie einen Augenblick an.

„Ich denke, du erkennst jetzt, dass es kein Zufall war, dass wir uns getroffen haben.“

Myriam öffnete den Mund, um etwas zu erwidern.

„Warte“, hob Wiroja beschwichtigend die Hand. „Für mich ist es ein Akt der Menschlichkeit und Gastfreundschaft. Ich bin durchaus in der Lage für uns beide zu sorgen. Aber ich erkenne auch, wie wichtig es dir ist. Da ich mit deiner Hilfe vieles schneller erledigen kann, kann ich mehr Zeit darauf verwenden, meine Fähigkeiten kennen zu lernen. Daher nehme ich dein Angebot an. Bist du einverstanden?“

Myriam lächelte und nickte.

„Hast du schon etwas für heute geplant?“

„Ich hatte vor Brombeeren zu sammeln. Sie sind jetzt richtig reif und ich liebe den Geschmack von frisch gepflückten Beeren.“

„Gerne!“

Nachdem auch Wiroja ihr Frühstück beendet hatte, räumten sie die Lebensmittel zurück in den Vorratsraum. Myriam fiel auf, dass es hier um einiges kälter war, als in den anderen Räumen. Wiroja erklärte und zeigte ihr, dass sie sich im hintersten Teil der Höhle befanden, in dem es immer kühl war. Dort hielten die Nahrungsmittel länger, als es draußen der Fall war. Myriam war beeindruckt, auch wenn sie es lieber etwas wärmer mochte.

Wiroja ging neben das Regal, auf dem die vielen Krüge standen, nahm zwei Körbe von der Wand und reichte sie Myriam. Zu deren Verwunderung ergriff Wiroja noch zwei Schürzen, die aus steifem Material zu bestehen schienen. Beide waren gänzlich mit kleinen Löchern und rotblauen Flecken übersät. Die Freundin bemerkte Myriams fragenden Blick.

„Lederschürzen! Die werden uns gute Dienste leisten.“

Das Mädchen zuckte mit den Schultern. Wieder einmal empfand sie es als störend, sich nicht erinnern zu können. So bepackt verließen sie die Hütte. Gierig nahmen sie die wärmenden Sonnenstrahlen in sich auf.

Myriam entfernte sich einige Schritte vom Haus, um es genauer zu betrachten. Es war nur die Vorderfront richtig zu erkennen. Der Übergang vom Dach zur Felswand war von Ranken verborgen. Überall leuchteten die Blüten in verschiedenen Farben. Wiroja stand neben ihr und bewunderte die Farbenpracht.

„Die 'Wirojas' sind wunderschön, findest du nicht auch?"
„Wi-ro-jas?", stammelte Myriam und schaute ihre Freundin
ungläubig an.
„Wildrosen! Meine Mutter liebte sie und nannte sie immer
so."
Als sie Myriams fragenden Blick sah, musste sie lächeln.
„Ja, daher habe ich meinen Namen. Ich hoffe nur, dass sie
damit ihre Schönheit und nicht ihre Widerspenstigkeit zum
Ausdruck bringen wollte."
Die beiden Frauen schauten sich einen Augenblick nur an,
dann begannen sie, lauthals zu lachen.
„Lass uns gehen!"
Wiroja deutete nach links zu einem kleinen Pfad, der an der
Felswand entlangführte. Schon bald zog sich der Wald von
der Wand zurück. So entstand eine weite Fläche, die im
hellen Sonnenlicht lag. Am Steilhang entlang, höher als
eine der beiden Frauen und mehrere Schritte tief, wuchsen
hier die Brombeerbüsche.
Das sind also Brombeeren, dachte Myriam und trat näher
heran.
„Vorsicht!", schrie Wiroja ihr zu. „Diese Büsche haben
viele …"
„Aua!"
„Warte, nicht bewegen, ich helfe dir!"
Sie band sich eine der Schürzen um. Erst danach befreite
sie Myriam aus den Ranken.
„Könnten wir uns darauf einigen", fragte Wiroja, „dass du
wartest, bis ich dir das Wichtigste erklärt habe, bevor du
etwas tust? Es ist nicht notwendig, dass du schmerzhafte
Erfahrungen machst. Wie du festgestellt hast, sind diese

Büsche sehr wehrhaft. Sie geben ihre Früchte ungern preis, deshalb auch die Lederschürzen."

Wiroja half Myriam, die ihre anzuziehen und gleichzeitig den Korb so daran zu befestigen, dass sie beide Hände benutzen konnte. Sie erklärte ihr noch, woran man die verschiedenen Reifegrade der Beeren erkannte. Als Erstes wollte das Mädchen eine der Reifen probieren. Langsam und bedächtig schob sie diese in den Mund, um sie vorsichtig zu zerdrücken. Ein süßlich, herber Geschmack breitete sich aus, den sie einzuordnen suchte.

„Und?", hörte sie Wiroja fragen.

„Sie schmecken gut, aber es löst keine Erinnerungen in mir aus."

„Schade, aber dafür ist es jetzt ein neues Geschmackserlebnis!"

Sie postierten sich an verschiedenen Stellen und begannen zu pflücken. Immer wieder fand eine Frucht den Weg in den Mund ihrer Besitzerin, anstatt in deren Korb. So verging die Zeit, bis Myriam, dort wo sie stand, keine reifen Beeren mehr erreichen konnte.

„Hier bin ich fertig!"

„Sie scheinen dir zu schmecken?"

„Ja, wieso?"

„Dein Mund und deine Zunge sind schon ganz blau", erklärte ihr Wiroja lachend.

„Das sagt ja die Richtige", entgegnete Myriam. „Du siehst nämlich auch nicht besser aus!"

Beide lächelten einander an, und als sie gegenseitig die blauen Zähne sahen, sorgte das für einen erneuten Heiterkeitsausbruch. Nachdem sie sich wieder etwas beruhigt hatten, erklärte Wiroja:

„Auf der Rückseite dieses Busches, vor dem ich stehe, gibt es noch viele reife Beeren. Du kannst dort hingelangen, wenn du hier hinunter ein Stück in den Wald und auf der anderen Seite zurückgehst. Wenn du dort angelangt bist, können wir uns wieder sehen.“

Myriam nickte und machte sich auf den Weg. Wiroja pflückte indessen weiter. Als nach einer Weile das Mädchen immer noch nicht angekommen war, wurde sie unruhig. Doch gleich darauf winkte dieses ihr von der anderen Seite her zu. Demonstrativ schob sie die erste Beere, die sie dort pflückte, in den Mund und grinste breit. Wiroja folgte dem Beispiel, bevor sie fleißig weiter sammelten.

Beide ins Pflücken vertieft, überhörten sie das leise Knacken im Unterholz. Wiroja hielt kurz inne, als sie die veränderten Schwingungen registrierte. Da sie es aber nicht erklären konnte und diese nur minimal waren, fuhr sie mit der Arbeit fort. Erst das Knurren ließ sie zu Myriam hinüber sehen.

Myriam stand mit dem Rücken vor dem Strauch und starrte auf etwas, das sich in einiger Entfernung vor ihr befinden musste. Wiroja war die Sicht versperrt, aber das Knurren deutete auf ein größeres Tier hin. Auch als sie sich auf die Ranken legte, um diese wegzudrücken, konnte sie nicht mehr erkennen.

Myriam stand regungslos und das Grollen klang bereits näher als zuvor. Wiroja überlegte, um den gesamten Busch herumzulaufen, aber es würde eine geraume Zeit dauern, bis sie dort ankam. Verzweiflung machte sich in ihr breit. Wie sollte sie es schaffen, über die Hecke zu kommen? In großer Sorge rief sie Myriam, die aber nicht reagierte. In Panik geraten, versuchte sie mit den Händen das Gestrüpp

zur Seite zu schieben, auch wenn die Dornen ihr die
Handflächen aufrissen. Aber dort waren keine. Irritiert
schaute sie auf die nächste Ranke, die voller Stacheln war.
Langsam senkte sie ihre Hand auf diese hinab, doch der
Schmerz blieb aus. Als Wiroja ihre Hand zurückzog, gab es
weder dort, noch auf der Ranke Dornen. Sie konzentrierte
sich nur auf einen Gedanken.
BITTE LASST MICH DURCH!
Sie hob ihre Hände und ging einen Schritt vorwärts. Und
tatsächlich geschah das, was sie noch vor kurzem für
unmöglich gehalten hatte. Die Ranken gaben ihr den Weg
frei. Langsam aber unaufhaltsam formte sich ein Weg, oder
vielmehr ein Tunnel, durch das Brombeergebüsch. Es
würde etwas dauern, bis sie auf der anderen Seite ankam,
aber so konnte sie das Mädchen im Auge behalten.

Myriam starrte nur auf das riesenhafte Tier. Verzweifelt
suchte sie in ihren Erinnerungen nach dessen Namen, aber
dort war nichts. Das Wesen hielt den Kopf gesenkt und
dennoch sahen seine Augen auf das Mädchen hinab. Wieder
erschallte dieses tiefe Knurren aus dem geöffneten Rachen.
Speichel tropfte von den Lefzen und die Zähne blitzten in
der Sonne. Langsam kam das Tier näher.
Myriams Blick schweifte über das Maul nach oben und
blieb an den Augen hängen. Diese Augen? Plötzlich
erinnerte sie sich. Jene suchenden Augen waren es
gewesen, die ihr den Schlaf raubten. Jetzt hatten sie sie
gefunden. Myriams Gedanken überschlugen sich. Wurde
sie wegen der Bestie fortgeschickt, um sie zu beschützen?
Wurden ihr die Erinnerungen genommen, damit sie nicht

zurückfand und andere in Gefahr brachte? Dann setzte ihr Denken aus. Es gab nur noch diese Augen.

Das Ungetüm war nur noch zehn Schritte von ihr entfernt, als sich plötzlich ein Bild in Myriams Kopf formte. Als sie erkannte, was es war, riss sie die Augen auf. Sie sah sich selbst aus einem leicht erhöhten Blickwinkel. Sie sah sich die Augen aufreißen. Was geschah hier? Sie hatte sich so auf dieses innere Bild konzentriert, dass ihr erst jetzt auffiel, dass auch der Wolf die Augenbrauen hochgezogen hatte.
„Ein Wolf!"
Es war ihr wieder eingefallen. Noch immer sah sie den Wolf, als auch sich selbst, vor sich stehen. Plötzlich sprang das Tier bis zum Waldrand. Mit lautem Geheul, in dem Wut, Hass und Schmerz lagen, stürzte es sich auf einen abgestorbenen Baum, um ihn mit Zähnen und Krallen zu zerfetzen. Laut hallte das Knirschen und Krachen in ihren Ohren.

„Myriam! Myriam komm zu mir!", hörte sie Wirojas Stimme hinter sich.
Sie drehte sich herum und sah überrascht, wie die letzten Ranken zur Seite wichen, um Wiroja den Weg freizugeben.
„Komm zu mir", rief diese erneut wild gestikulierend. „Die Dornen werden uns Schutz bieten!"
Myriam zögerte. Zum ersten Mal hatte sie sich wieder an etwas erinnert. Sie schaute zum Wolf zurück, der ebenfalls die veränderte Situation erfasst hatte. Bedächtig bewegte er sich auf das Mädchen zu. Aber etwas war anders.

Wiroja war mittlerweile aus der Hecke herausgetreten. Sofort ergriff sie Myriams Hand um sie mitzuziehen.

„Jetzt beeil dich!", rief sie und zog die junge Frau einfach mit. Als Myriam ruckartig stehen blieb, verlor Wiroja ihr Gleichgewicht und landete unsanft auf dem Hintern.

„Verflucht!"

Myriam wusste plötzlich, was sich verändert hatte.

Der Wolf hatte sein Maul geschlossen, es gab keine gefletschten Zähne mehr. Der hasserfüllte Blick war einem neugierigen gewichen.

Sie sah sich von hinten, da sie dem Wolf jetzt den Rücken zukehrte. Als er sie fast erreicht hatte, drehte sie sich zu ihm herum und sah sich gleichzeitig selbst dabei zu. Es war verwirrend, was sie gerade erlebte. Im nächsten Augenblick sah sie zwei mit Dornen bestückte Ranken auf sich zuschießen, vielmehr auf den Wolf.

„Wiroja nicht!", schrie Myriam, musste aber tatenlos zusehen.

Eine wickelte sich um dessen linken Vorderlauf, während die andere versuchte sich um das Maul zu winden. Doch diese war zu langsam. Der Wolf öffnete das Maul und biss blitzschnell zu, was mit einem Aufschrei, hinter dem Mädchen, kommentiert wurde. Kurzerhand riss er die Ranke mit einem Kopfschütteln auseinander. Myriam sah, mit den 'geistigen Augen', wie Wiroja hinter ihr auf die Knie fiel. Als auch die zweite Fessel zerrissen wurde, kippte sie nach vorne um. Myriam kniete neben ihr und berührte sie im Gesicht. Die Freundin öffnete kurz die Augen.

„Es - es tut mir leid."

Das Mädchen sah sich Wiroja genau an, konnte aber keinerlei Verletzungen feststellen. Deren Atmung war normal. Sie war ohnmächtig geworden.

Als Myriam sich wieder auf den inneren Blick konzentrierte, sah sie von oben auf sich hinunter. Vorsichtig drehte sie sich herum und schaute nach oben. Keine Armlänge über ihr hing die Schnauze des Wolfes, der sie neugierig betrachtete. Langsam hob Myriam die Hand, bis diese direkt darüber schwebte. Noch immer zeigte das Tier keinerlei Reaktion. Myriam holte tief Luft, bevor sie dessen Nase berührte.

Im selben Augenblick schien die Welt um sie herum zu explodieren. Wellen von Bildern brachen über sie herein. Diesem Ansturm war ihr Gehirn nicht gewachsen. Mit einem leisen Seufzer und flackernden Augenlidern sackte sie zusammen.

Der Wolf schaute auf die beiden bewusstlosen Menschen, während ein Lächeln um seine Augen spielte. Vorsichtig stupste er das Kind mit der Nase an und rollte es auf den Rücken. Mit der Zunge hob er dessen Lederschürze an, bis er diese mit den Zähnen packen konnte. So hob er es wie in einem Tragegestell an und trottete zum Waldrand. Unter den Bäumen, auf einem mit Moos bewachsenen Hügel, legte er es vorsichtig ab. Mit der Frau verfuhr er ebenso. Den Kopf auf den Vorderpfoten platzierte er sich vor den beiden Menschen. Während er wartete, ruhten seine Augen auf dem Mädchen.

Als Myriam zu sich kam, hatte sie ein Gefühl, als ob ihr Kopf gleich platzen würde. Sie drückte mit beiden Händen dagegen und stöhnte. Sterne tanzten hinter den Augenlidern.

„Bleib ruhig liegen und ruhe dich aus", hörte sie eine ihr unbekannte weibliche Stimme.

„Wo bin ich?", fragte sie und bereute es im nächsten Augenblick. Ihr Kopf dröhnte.

„Wenn du schon reden musst, dann leise. Du liegst am Waldrand", antwortete die fremde Stimme.

„Wo …?", begann Myriam, doch der Schmerz erinnerte sie daran, dass sie besser flüstern sollte.

„Wo deine Freundin ist?", vollendete die Fremde den Satz. Das Mädchen nickte vorsichtig, wobei sie das Gefühl hatte, dass in ihrem Schädel Sirup schwappte.

„Sie liegt neben dir, ist aber noch bewusstlos. Es war beeindruckend, wozu sie fähig ist. Ich habe schon davon gehört, dass manche Menschen dazu in der Lage sind, aber es war das erste Mal, dass ich es selbst gesehen habe. Leider hat sie ihre Kräfte überschätzt. Ist sie eine Behüterin?"

Myriam schwieg dazu, stattdessen sagte sie:

„Das erste Mal."

„Darum war es umso beeindruckender! Bist du eine Hüterin?"

Myriam schüttelte den Kopf.

„Dummes Kind - ohne Erinnerung", stammelte sie. Selbst das Sprechen fiel ihr immer schwerer. So wie sie sich fühlte, war es ein Wunder, das sie überhaupt einen klaren Gedanken fassen konnte. Sie hob die Hand und deutete in Richtung der fremden Stimme.

„Du?"

„Mein Name ist Feria! Du solltest dich noch ausruhen und
die Augen geschlossen lassen."

„Augen - warum?"

Als ob es eine Aufforderung gewesen wäre, öffnete Myriam
sie langsam. Sofort begann der wilde Tanz der Sterne von
neuem. Doch dahinter war nichts, Dunkelheit.

„Ich bin blind!", schrie sie und fuhr hoch. Doch mit einem
Stöhnen ließ sie sich wieder zurücksinken, was mit einem
missbilligenden Laut von der Seite kommentiert wurde.

„Tust du eigentlich immer das Gegenteil von dem, was man
dir rät? Du bist nicht blind! Erstens ist es Nacht und daher
dunkel und zweitens, muss sich dein Gehirn erst wieder an
das normale Sehen gewöhnen. Außerdem ist es besser,
wenn du bei Kräften bist, wenn du mich siehst. Die
Menschen geraten für gewöhnlich dabei in Panik und
laufen davon."

„Wie - gefunden?"

„Ich kam zufällig vorbei, als ich euch sah. Nachdem der
Kampf beendet war, brachte ich euch hier her und seit dem
warte ich, dass ihr aufwacht."

„Wolf?"

„Darüber kann ich dir leider nichts sagen. Und jetzt ruh
dich aus", fügte Feria schnell hinzu.

Myriam nickte und versuchte sich zu entspannen, um das
Pochen in ihrem Kopf zu ignorieren. Je mehr sie sich
beruhigte, umso schwächer wurde es, ebenso wie das
Tanzen der Sterne. Bis sie gänzlich zum Stillstand kamen,
und begannen sich zusammenzufügen. Langsam entstanden
Konturen und Muster, aus dem sich ein Bild herausschälte,
das sie kannte. Sie schaute direkt in das Gesicht des Wolfes.

Meine Erinnerung kehrt zurück!

Schon dieser kurze Gedanke sorgte dafür, dass das Bild wieder zu zerfasern begann. Daher beschränkte sie sich darauf, die Bilder anzusehen und nicht zu kommentieren. Es waren immer nur Einzelne, wie Bruchstücke eines Films. Wiroja, die ihr die blaue Zunge entgegenstreckte. Seraphora, wie sie aus dem Wasser stieg. Ein Blick von einem Berg in ein verschneites Tal. Myriam zuckte zusammen.

Während die Szenen vorher, von einem Gefühl des Erkennens begleitet waren, war ihr dieses völlig fremd. Es wechselte sich Bekanntes und Unbekanntes ab. Sie saß mit Wiroja unter Odom, dann schaute sie nachts auf ein fremdes Dorf. Sie spazierte mit Roen im Wald, dann lief sie durch einen Winterwald. Erst erkannte sie 'Onkel Kor', plötzlich war da ein großer Fluss. Das letzte Bild, das ihr bekannt erschien, zeigte ihre 'Mutter Ria', die sie anlächelte. Danach folgten nur noch welche, die sie nicht zuordnen konnte. Es handelte sich immer um solche, die Wälder in den unterschiedlichsten Jahreszeiten und verschiedensten Orten darstellten. Am Ende stand sie in einer Höhle, wieder dem Wolf gegenüber. Nein, das war nicht der Wolf, den sie kannte, aber dieser hier hatte viel Ähnlichkeit mit ihm. Sein Maul klappte auf und zu, als wenn er sprechen würde. Myriam versuchte sich zu konzentrieren, was zu einem Anstieg des Schwindelgefühls führte, aber sie ließ nicht nach. Kurz bevor das Bild sich auflöste, verstand sie noch: „Musst es finden, Feria!"

Myriam entspannte sich, um nachzudenken. Plötzlich fiel ihr etwas auf. Sie rief all die fremden Szenen erneut auf und beobachtete genau um ihre Vermutung zu überprüfen. Als

das Bild vom Fluss erschien, fand sie, wonach sie gesucht
hatte.

„Feria bist du noch da?“

„Ja, geht es dir jetzt etwas besser?“

„Ja, danke!“ Würdest du mir die Hand reichen?“

„Warum?“

„Ich möchte mich bei dir bedanken!“

„Dazu musst du mir nicht die Hand geben, es reicht, dass
du es gesagt hast.“

„Wieso weigerst du dich, mir die Hand zu reichen?“
Myriam bezweifelte, dass sie eine Antwort bekam.

„Oder liegt es daran, das du keine Hände hast, sondern
Pfoten?“
Myriam hörte einen Laut der Überraschung. Vorsichtig
öffnete sie blinzelnd die Augenlider. Nachdem sich ihr
Sehvermögen an die Dunkelheit gewöhnt hatte, erkannte sie
den Kopf und die Augen des Wolfes, der sie musterte.

„Woher wusstest du es?“

„Durch deine Erinnerungen die, wieso auch immer, jetzt
auch die Meinen sind!“

„Myriana, Sarkasmus ist deiner unwürdig“, schimpfte
Feria.

„Myriana, die 'Verborgene Göttin'?“, fragte Myriam und
stutzte im gleichen Augenblick. „Wieso weiß ich das?“

„Ich fürchte, du wirst noch vieles mehr wissen, selbst
Dinge, die du wahrscheinlich gar nicht möchtest. Woran
hast du meine Erinnerungen erkannt, du sagtest doch, du
hättest dein Gedächtnis verloren?“

„Sie sind mit keinem Gefühl verbunden!“

„Ich hatte befürchtet, dass so etwas geschehen würde.“
Myriam sah sie nachdenklich an.
„Aus deinen Worten entnehme ich, dass du weißt, was mir
passiert ist. Es wäre nett, wenn du es mir erklärtest.“
Feria schloss kurz die Augen und nickte.
„Ich denke, du hast ein Anrecht darauf, auch wenn es für
mich nicht leicht ist!“
Sie zögerte noch immer, doch als sie Myriams
erwartungsvollen Blick sah, begann sie zu berichten.

„Mein Volk, wir selbst nennen uns Lunaren, die Menschen
nannten uns Mondwölfe, war einst ein mächtiges Volk. Wir
waren praktisch in allen Wäldern zu Hause. Dann kam
deine Rasse. Da ihr immer mehr Lebensraum
beansprucht, drängtet ihr uns unaufhörlich weiter zurück.
Es begann mit kleinen Kämpfen und endete in einem
letzten großen Krieg. In diesem Massaker starben auch
mein Vater und meine Geschwister. Alle kamen um, bis auf
meine Mutter!“
Feria sah, das Tränen über Myriams Wangen liefen.
„Ein Talent, das diese besaß, nutzte sie dazu, mich auf die
Welt zu bringen. All ihre Kräfte verwendete sie darauf und
auf ein uraltes Ritual. Nachdem ich geboren wurde, lehrte
sie mich alles, was sie wusste. Mit ihren letzten Atemzügen
nahm sie mir das Versprechen ab, niemals aufzuhören den
zu suchen, den das Zeremoniell rufen sollte. Sie hauchte ihr
Leben aus mit den Worten:
DU MUSST ES FINDEN, UM ZU RETTEN, WO ES
SCHEINBAR NICHTS MEHR ZU RETTEN GIBT!

Seit dieser Zeit streife ich durch die Lande und suche. Ich
hätte schon damit aufgehört, fühlte ich mich nicht an
meinen Schwur, an das Versprechen, gebunden.
Dann kam ich hier vorbei. Alles, was ich sah, waren zwei
verhasste Menschen. Ich wollte euch nur tot sehen. Was
dann passierte, verwirrte mich bis ins Innerste."
„Du hast dich selbst durch meine Augen gesehen?", fragte
Myriam.
Feria nickte.
„Mein Hass meine Wut, meine Verzweiflung, waren dabei
mich zu überrollen, deshalb sprang ich zu diesem Baum,
um ihnen ein Ziel zu geben. Als Wiroja versuchte dich
wegzubringen, kam die Hoffnungslosigkeit vollends durch.
Egal wie sehr ich euch Menschen hasste, ich musste es
genau wissen. Dazu war aber eine Berührung notwendig.
Was danach geschah, weißt du."
Myriam senkte ihren Blick, während sie nachdachte.
„Ich begreife nicht, wieso deine Mutter dich ausschickte,
nach mir zu suchen, wo ich doch ein Mensch bin. Und was
ist so besonders an mir?"

Feria lächelte. „Ich habe mir gedacht, das du es so
verstehen würdest. Es ging niemals darum dich, Myriam zu
suchen, sondern etwas, das in einem Lebewesen verborgen
ist. Sein innerstes Sein! Welches Wesen dies in sich trägt,
konnte sie mir nicht sagen. Jetzt liege ich hier und
unterhalte mich mit einem Menschen. Einem jener
Lebewesen, die ich am meisten hasse. Ich rede mir ein, dass
es nur Zufall ist und es eine natürliche Erklärung dafür
gibt."

„Zufälle solcher Art, gibt es nicht, wurde mir sehr nachdrücklich erklärt", entgegnete Myriam. „Aber wieso kennst du Wiroja?"

„Persönlich ist sie mir unbekannt!"

„Und woher weißt du ihren Namen?"

„Kannst du dir das nicht denken?"

„Aus meinen - Erinnerungen?"

„Ja! Wir haben sie ausgetauscht. Ein weiteres Talent unserer Blutlinie. Allerdings ist der Austausch unvollständig gewesen"

„Woher weißt du das?"

„Du hast es selbst erwähnt! Erstens fehlen dir die dazugehörigen Gefühle und zweitens enden sie, bei dir, mit meiner Mutter."

„Willst du damit sagen, dass zu all diesen Erinnerungen, auch noch das damals gefühlte gehört? Wie viele fehlen denn noch und was würde es beweisen?"

Beide sahen sich tief in die Augen.

Feria atmete hörbar aus und schüttelte den Kopf. „Wir müssen beide eine Entscheidung fällen."

„Von welcher sprichst du?", fragte Myriam.

„Ich muss mich entscheiden, ob ich damit leben kann und will, sollte sich der Verdacht als richtig herausstellen. Und du, ob du das Risiko eingehen willst."

„Von was sprichst du?", fragte Myriam diesmal erschrocken.

„Es fehlen noch die Erinnerungen der gesamten Blutlinie vor meiner Mutter, mit den dazugehörigen Emotionen. Über zweihundert Generationen, Gedanken und Gefühle, als wenn du es selbst erlebt hättest und nicht alle sind angenehm!"

„Jede ihrer Erinnerungen?", fragte Myriam ungläubig.

„Nein, nur dass, was einen tiefen Eindruck hinterließ. Ich weiß nicht, wie es sich auf dich auswirken wird, wenn du so viel in dir aufnimmst oder ob du es - überhaupt überleben wirst.

Es ist deine Entscheidung, ob sich unsere Wege wieder trennen und du mit dem, was du jetzt weist, einfach weiterlebst. Oder das Risiko eingehen willst, herauszufinden, wer du bist, und die Bedeutung hinter den Worten meiner Mutter zu erkennen. Ihnen einen Sinn zu geben. Wir brauchen beide etwas Zeit zum Nachdenken."

Myriam nickte.

„Ich wollte Wiroja würde aufwachen, damit ich mich mit ihr besprechen kann."

„Sie ist schon eine geraume Zeit wach, sie tut nur so, als ob sie noch ohnmächtig wäre."

„Warum kommt sie dann nicht zu uns, sie muss uns doch gehört haben?"

„Gehört ja, aber nicht verstanden!"

Myriam sah Feria fragend an, bevor sie zu der Freundin hinüber blickte.

„Bist du wach Wiroja?"

Diese zeigte keine Regung, daher stand das Mädchen auf und ging zu ihr. Als Myriam sich über sie beugte, sprang diese plötzlich auf, zerrte das Kind hinter einen Baum und drückte sie dagegen.

„Wiroja was ist los?", presste Myriam mühsam hervor.

Erst jetzt bemerkte sie, dass die Freundin ihr ein Messer an
den Hals hielt.

„Erkläre mir, wieso du so komische Töne von dir gibst. Bist
du besessen?", fragte Wiroja, die sich unentwegt umsah.

„Ich gebe keine - merkwürdigen Töne von mir", entgegnete
Myriam gepresst. „Ich habe mit Feria gesprochen, das hast
du doch gehört. Wenn du mir nicht glaubst, frag sie doch
selbst!"

„Ich habe nichts von einer Unterhaltung mitbekommen,
außer diesen Lauten, die du ausgestoßen hast. Davon
abgesehen", fügte Wiroja nach einem Blick um den Baum
hinzu, „ist niemand hier. Also, was ist passiert, nachdem ich
das Bewusstsein verloren habe?"

Myriam berichtete ihr alles, was sie von Feria erfahren
hatte. Während sie sprach, steckte Wiroja das Messer
wieder ein und beide setzten sich auf den Boden. Als
Myriam geendet hatte, hingen die Freundinnen lange ihren
Gedanken nach.

„Der Morgen graut. Es ist hell genug, damit ich den Weg
zum Haus finde", beendete Wirojas Stimme, die Stille.
Myriam schreckte aus ihren Überlegungen auf und nickte.

„Wäre es nicht besser wir würden warten bis Feria
zurückgekehrt ist?", fragte das Mädchen.

„Vieles ist mir unverständlich, von dem was du mir erzählt
hast. Aber das muss ich auch nicht verstehen. Sie ist ein
Wolf und hat auch dessen Fähigkeiten. Wenn sie uns,
vielmehr dich, finden will, wird sie es auch schaffen. Ganz
gleich, wo du dich aufhältst. Jetzt wo sie deinen Geruch
aufgenommen hat", fügte sie erklärend hinzu, als sie
Myriams fragenden Blick sah.

Zusammen machten sie sich auf den Weg. Das Mädchen
schaute sich immer wieder suchend um, konnte Feria aber
nirgends entdecken. Plötzlich bog Wiroja nach rechts ab.
„Was hast du vor?"
„Ich hole die Brombeeren, die ich gesammelt habe",
antwortete Wiroja lächelnd. „Ich hatte den Korb vorher
abgenommen und denke nicht daran, sie zurückzulassen.
Dafür esse ich sie viel zu gerne. Deine sind ja leider
verschüttet."
Kurz darauf war sie zurück und hielt den Korb in der Hand.
„Gehen wir nachhause und erfrischen uns etwas", forderte
sie Myriam auf, hakte sich bei dieser ein und zog sie weiter.
Später saßen beide frisch gewaschen und gekleidet vor dem
Haus. Mit einem Becher Tee in der Hand genossen sie die
Morgensonne. Das Mädchen trug Kleidung, die sie von
Wiroja bekommen hatte. Sie selbst besaß ja nur das eine
Kleid und die Bluse, die sie angehabt hatte, als sie hier
ankam. Wirojas Sachen waren ihr nur unwesentlich zu
groß.
„Hast du dich schon entschieden?", war es einmal mehr
Wiroja, die die friedliche Atmosphäre zerstörte.
„Ich denke schon!", entgegnete Myriam ohne sie dabei
anzusehen.
„Du denkst?"
„Du weißt, dass ich mich auch wieder an mein vorheriges
Leben erinnere und den Grund kenne, warum man mich
ausgesetzt hat. Dorthin gibt es keine Rückkehr für mich.
Wenn ich diese Leben miteinander vergleiche, habe ich in
den letzten vier Tagen mehr erlebt und erfahren, als in all
den Jahren davor. Ehrlich gesagt, ich will auch nicht
zurück. Was also bleibt mir übrig, als es zu versuchen?"

„Das sollte nicht der alleinige Grund für deine Entscheidung sein. Ich habe es dir einmal gesagt aber wiederhole es auch gerne. Du bist hier jederzeit willkommen. Du kannst bleiben, solange du willst. Auch für immer, wenn du das möchtest!"

„Ich danke dir. Aber es gibt auch noch einen anderen Grund", fuhr Myriam nach einer Weile fort. „Ich habe ständig Seraphoras Worte im Kopf 'Myrin nor farlan'."

„Sag bloß - du verstehst jetzt auch die 'alte Sprache'?", fragte Wiroja überrascht.

Myriam nickte nur.

„Würdest du es mir übersetzen, ich kann sie nämlich nicht? Vielleicht bringst du sie mir einmal bei?", fügte sie noch schnell hinzu.

„Gerne, wenn die Zeit dazu ausreicht! Es bedeutet: 'Das Verborgene muss aufgedeckt werden'. Dieser Satz, und ihre stete Beteuerung, dass es keine Zufälle gibt, sind der maßgebliche Grund für meine Entscheidung. Rechne ich noch dazu, dass eine Mutter ihrem Kind den Schwur abnahm, etwas zu suchen, bis dieses es findet, um 'zu retten, wo es scheinbar nichts mehr zu retten gibt'. Des Weiteren die Möglichkeit besteht, dass es in mir ist. Wer wäre ich, mich dagegen zu verwahren?"

Bei diesem Satz hatte Wiroja den Kopf gedreht und sah ihre Freundin ehrfurchtsvoll an.

„Wie alt, hast du gesagt bist du?"

„Ich bin zwölf, warum?", antwortete ihr die Freundin überrascht.

„So hörst du dich aber nicht an. Oh", entfuhr es Wiroja. Während sie Myriam in die Augen gesehen hatte, hatten sich diese kurz in die eines Wolfes geändert.

„Was ist?“

„Ich denke du bekommst Besuch.“

Sofort schaute sich Myriam um, konnte aber nicht erkennen, was die Freundin meinte. Sie wollte sich ihr wieder zuwenden, als plötzlich ein Wolf aus dem Schatten der Bäume heraus trat. Myriam gab diese knurrenden Laute von sich.

Wiroja schüttelte den Kopf. „Ich hätte nie geglaubt, dass ein Mensch solche Töne von sich geben kann!“

„Und ich hätte nicht gedacht, dass es für dich anders klingt als für mich. Für mich hört es sich so an, wie wenn ich mich mit dir unterhalte!“

„Das ist verständlich. Ich werde euch allein lassen.“

„Warte! Woher wusstest du …“

„Später“, fiel ihr Wiroja ins Wort. „Du solltest jetzt zu ihr gehen, ihr habt noch vieles zu besprechen“, fügte sie hinzu und erhob sich.

Sie sah zu Feria, verbeugte sich leicht und ging ins Haus. Abgesehen davon, dass sie sowieso kein Wort verstand, war, was hier zwischen zwei so unterschiedlichen Lebewesen geschah, eine private Angelegenheit. Dies würde für deren weiteres Leben bestimmend sein.

Myriam hatte sich ein kleines Stück vom Haus entfernt. Dort setzte sie sich auf ein Moosbett und wartete, bis Feria zu ihr kam. Diese legte sich vor sie und schaute zur Tür durch die Wiroja verschwunden war.

„Was ist?“, wollte Myriam wissen.

„Ihr seid zwei merkwürdige Menschen!“

„Wieso?“

„Abgesehen davon, dass sie die erste menschliche Hüterin ist, der ich begegnet bin", begann Feria, „spüre ich keinen Hass in ihr gegen mich. Ganz im Gegenteil, eher so etwas wie Achtung und Anerkennung!"

Myriam musste nicht fragen, wieso Feria über Wiroja Bescheid wusste. Da diese jetzt ihre Erinnerungen besaß, war ihr auch das bekannt. Die beiden diesbezüglichen Fragen im Wald, hatten also nur dazu gedient, sie zu prüfen.

„Ist es nicht das, was man von einer Behüterin erwarten sollte?", fragte Myriam.
„Wenn sie eine Hüterin der Tiere wäre, ja. Aber sie ist die des Waldes."
„Und trotzdem achten und respektieren beide das Leben in seinen unterschiedlichsten Formen."
Feria sah Myriam tief in die Augen.
„Und du kommst zu mir, obgleich du weißt, wie sehr ich die Menschen hasse. Dir ist nicht bekannt, wie meine Entscheidung ausgefallen ist."
„Ich kenne die meine!"
„Und wie hast du dich entschieden?"
„Wenn du dazu bereit bist, werde ich die Verbindung vollenden."
„Hast du keine Angst vor dem, was passieren könnte?"
„Doch die habe ich, aber es gibt Gründe, die schwerer wiegen!"
„Darf ich erfahren welche das sind?"
„Der eine ist, dass ich mir mein Leben wie es vorher war, nicht mehr vorstellen kann, dafür ist zu viel passiert. Der

andere und das ist der wichtigere, ist die Achtung vor dem
Glauben!"
„Würdest du mir das näher erklären?"
„Ich habe nur die Erinnerungen an deine Mutter und den
Satz, der für sie alles bedeutete. Ihr Vertrauen darauf war so
stark, dass sie alles daran setzte, damit es Wirklichkeit wird.
Ich weiß nicht, ob das was sie meinte, in mir ist, aber da die
Möglichkeit besteht, dass es so ist, werde ich das Risiko
eingehen. Auch wenn es mein Leben kostet. Ich bin es Ihr -
und dir - schuldig!"
Lange sahen sie sich nur an. Myriam glaubte, so etwas wie
Achtung im Gesicht Ferias erkennen zu können.

„Bis zu dieser Erklärung", begann Feria langsam, „war ich
davon überzeugt, niemals einem Menschenwesen
Wertschätzung entgegenzubringen. Ich weigerte mich
anzuerkennen, dass ein Mensch des Erbes der Thymarin
würdig sein könnte. Doch deine Worte haben mich tief
beeindruckt. Umso mehr, da ich spüre das sie aus dem
Herzen kommen. Zum ersten Mal erahne ich, was meine
Mutter mir mit diesem Satz zu sagen versuchte. Ich bin
bereit das Versprechen, das ich ihr gab, einzulösen. Egal
wie es enden wird, auf jeden Fall ist die Suche beendet,
dessen bin ich mir jetzt sicher. Obwohl ich es selbst noch
nicht glauben kann, wünsche ich mir, dass du überlebst und
den Platz einnimmst, den meine Mutter für dich vorgesehen
hatte."

„Verrätst du mir jetzt, was es ist, was sie beabsichtigte?"
„Sie verwendete viel Kraft darauf, mein Seelengeschwister
in die Welt zu rufen. Wenn du überlebst, bist du - meine

Seelenschwester. Es wird mir eine Ehre sein, dich
SCHWESTER zu nennen!"
Mit Tränen in den Augen und versagender Stimme
antwortete ihr Myriam:
„Es wird mir eine Ehre sein, von dir Schwester genannt zu
werden!"
Zum ersten Mal, seit Anbeginn der Zeit, verbeugte sich ein
Mondwolf, in Ehrfurcht, vor einem Menschen!

Es wurde Mitternacht als Zeitpunkt gewählt, um die
Verbindung abzuschließen. So hatten beide noch etwas Zeit
um sich, jeder auf seine Art, darauf vorzubereiten.
Nachdem Feria gegangen war, schlenderte Myriam zurück
zum Haus, wo sie schon von Wiroja mit einem Becher Tee
erwartet wurde. Sie setzten sich wieder auf die Bank und
Myriam erzählte, was Feria mit ihr besprochen und
beschlossen hatte. Die Freundin hörte schweigend zu.
„Soll ich irgendetwas für dich tun?", fragte sie danach.
„Ich wüsste nicht - was."
„Bitte vergiss nicht, dass es vielleicht - kein hinterher mehr
gibt", erklärte Wiroja zögerlich. „Soll ich deinen Eltern
etwas ausrichten?"
„Nein! Für sie bin ich schon gestorben. Sollte ich es
überleben, werde ich sie vielleicht einmal aufsuchen."
Schweigen trat ein.
„Hast du eine Lieblings-Baumart?", fragte Wiroja plötzlich,
als ihr die Geschichte der alten Hüterin wieder einfiel.
„Darüber habe ich noch nie nachgedacht. Wieso fragst du?"
Wiroja erzählte ihr die Begebenheit, die sie von Odom
gehört hatte.

„Das wäre schön! Haselnüsse mochte ich schon immer sehr gerne", überlegte Myriam. „Ein Blick auf den See, wie ich ihn das erste Mal sah, wäre gut. Vielleicht könnte ich mich dann auch noch mit Seraphora unterhalten?"

„Also eine Hasel mit Ausblick auf den See", wiederholte Wiroja. „Das werde ich für dich einrichten, wenn ich auch sonst nicht viel tun kann. Aber wenigstens kann ich dich dann immer besuchen, und wir können über alte Zeiten plaudern", fügte sie gezwungen lächelnd hinzu, um die gedrückte Stimmung zu heben.

Myriam lächelte kurz zurück, um gleich wieder ernst zu werden.

„Du wolltest mir noch erklären, woher du wusstest, dass Feria in der Nähe war, noch bevor ich es wusste", erinnerte sich Myriam.

„Es waren deine Augen", antwortete Wiroja, froh darüber, dass das Gespräch jetzt eine andere Richtung nahm.

„Was war mit ihnen?"

„Du hattest für einen Augenblick Wolfsaugen. Also lag die Vermutung nahe, dass sich Feria in der Nähe befindet. Was mir dazu noch einfällt! Wenn ihr beide euch unterhaltet, solltest du darauf achten, dass kein Mensch in der Nähe ist, der weniger Verständnis für solche Dinge hat als ich. Es könnte zu Problemen führen. Du verstehst - was ich meine?", fügte Wiroja mit einem Knurren hinzu.

Myriam nickte und beide fingen an zu lachen. Danach gönnten sie sich eine üppige Mahlzeit. Wiroja fragte Myriam nach deren Vergangenheit, an die sie sich jetzt wieder erinnerte. Diese erzählte ihr alles, was ihr einfiel. Sie konnte selbst nicht glauben, dass dieses 'andere Leben' erst vor vier Tagen endete. Es kam ihr wie eine Ewigkeit vor, als würde sie von jemand Fremden berichten.

Als Wiroja nach der Beziehung zwischen Feria und deren Mutter fragte, schwieg Myriam.

„Verzeih, wenn ich darüber nicht spreche, aber es sind Dinge, die nur Feria und ihre Mutter etwas angehen. Auch wenn ich sie unfreiwillig erhalten habe, komme ich mir doch wie ein Eindringling vor. Wenn Feria es gestattet, werde ich es dir mitteilen. Du bist meine Freundin, und wenn ich es richtig betrachte, auch die Einzige - die ich je hatte. Wenn ich mit jemandem darüber reden würde, dann mit dir!“

„Du musst dich nicht rechtfertigen. Es ist an mir, dich um Verzeihung zu bitten. Dafür, dass ich dich danach fragte! Mir beweist es, wie ernst dir diese Sache ist. Kannst du eigentlich alles in der alten Sprache ausdrücken?“

„Ich - denke schon!“

„Dann sag bitte noch etwas, ich finde ihren Klang so - harmonisch.“

Myriam musste nicht lange überlegen.

„Sono dyfa halim“

„Es klingt herrlich! Und was bedeutet es?“

„Es heißt, MEINE EINZIG WAHRE FREUNDIN!“

„Sono dyfa halim“, wiederholte Wiroja und nickte Myriam dabei zu.

Die Zeit verging wie im Flug, und ehe sie sich versahen, war die Nacht hereingebrochen. Die Freundinnen setzten sich wieder hinaus und betrachteten die Sterne.

„Es ist so schön! Es sieht aus, wie ein schwarzes Gewand auf dem Perlen aufgenäht sind“, sinnierte Myriam.

„Ja! Meine Mutter sagte immer, es sei der Mantel der
'großen Mutter', die ihn über uns legt, um uns zu
beschützen."
Sie nahm Myriams Hand und drückte sie.
„Ich habe Angst um dich! Obwohl wir uns erst so kurz
kennen, bist du mir so lieb geworden wie eine Schwester."
„Auch ich fürchte mich, aber kein bisschen davor, dass ich
sterben könnte. Tief in mir weiß ich, dass es meine
Bestimmung ist hier zu sein. Du brauchst keinerlei Angst
um mich zu haben. Es wird alles gut."
„Ich bin die Ältere von uns beiden, ich sollte dir Mut
zusprechen, nicht umgekehrt", entgegnete Wiroja und
lächelte verlegen.
Myriam fiel als Erster das leichte Schimmern im Wald auf.
„Wiroja sieh mal da!"
Zusammen beobachteten sie das Leuchten, das immer
heller zu werden schien oder sich auf sie zu bewegte. Als es
aus dem Wald heraustrat, erkannten beide die Umrisse und
wollten ihren Augen nicht trauen.
„Sie trägt die Bezeichnung - Mondwolf - zurecht", flüsterte
Wiroja. „Es sieht aus, als wenn der Mond auf der Erde
spazieren würde."
Die Freundin nickte nur, so sehr war sie von Ferias Anblick
gefesselt. Myriam erhob sich und ging Feria entgegen. Auf
halbem Weg blieb sie stehen und schaute zu Wiroja. Im
Mondlicht erkannte sie Tränen, die auf deren Wangen
glänzten. Myriam rannte zurück und nahm die Freundin in
den Arm, um sie zu trösten.
„Bitte, nicht weinen, es wird alles gut."
Behutsam löste sie sich von Wiroja, um wieder zu Feria zu
gehen.

„Warte, frag sie - ob ich bei dir bleiben kann?“, rief Wiroja
ihr nach.
Kurz darauf vernahm sie das typische Knurren der
Unterhaltung.
„Du kannst ruhig mitkommen“, antwortete ihr Myriam.
Kaum hatte sie den Satz beendet, stand Wiroja schon neben
ihr.
„Hättest du nicht gefragt, hätte Feria dich darum gebeten,
bei mir zu bleiben. Ich glaube, sie macht sich auch Sorgen
um mich.“
„Das ist ja äußerst beruhigend“, entgegnete die Freundin.
Als sie vor Feria stand, verbeugte sich Wiroja.
„Frag sie bitte, ob mir etwas zustoßen kann, falls ich sie
versehentlich berühre.“
Myriam tat, worum sie gebeten wurde.
„Nein, es wird dir nichts geschehen, sagt sie. Bist du jetzt
beruhigt?“
„Nein! Es gibt keinerlei Verständigungsmöglichkeiten. Was
ist, wenn etwas Unvorhergesehenes passiert? Können uns
die Pflanzen vielleicht dabei helfen?“
Erneut übersetzte Myriam, allerdings schien sie noch mehr
zu fragen.
„Feria teilt deine Bedenken, aber sie kann leider nicht mit
Bäumen sprechen. Mir fällt eben aber eine andere
Möglichkeit ein.“
Myriam rannte zum Haus und verschwand darin. Wiroja
und Feria sahen sich fragend an. Die junge Frau zuckte mit
den Schultern. Sie wusste nicht, ob Feria diese Geste
verstand, aber was sollte sie sonst tun. Das Mädchen kam
zurück und trug einen Eimer in der Hand.

„Das könnte funktionieren", erklärte Wiroja lächelnd,
„daran hätte ich selbst denken können!"
Nachdem Myriam den Wassereimer vor Feria abgestellt
hatte, glaubte Wiroja, Überraschung in Ferias
Gesichtszügen zu erkennen.
„Seraphora, eine Freundin braucht deine Hilfe!", rief
Myriam.
Danach wandte sie sich an Feria.
„Bitte erschrecke nicht!"
Trotz ihrer Worte wich Feria einige Schritte zurück, als die
‚Hüterin des Wassers' erschien. Myriam hatte mit Absicht,
den größten Eimer gewählt, den sie finden konnte. So war
es Seraphora möglich, mehr als nur den Kopf in
menschlichen Dimensionen zu bilden. Als diese erkannte,
was da vor ihr stand, verneigte sie sich.
„Niran de arat, Lunaren! Efat ly Seraphora!"
Feria ging einige Schritte auf sie zu und verbeugte sich
ebenfalls.
„Niran de arat, Seraphora! Efat ly Feria!"
„Mein Einfall war also richtig", strahlte Myriam.
„Was haben sie gesagt?", wollte Wiroja aufgeregt wissen.
Doch bevor Myriam antworten konnte, wandte sich
Seraphora an sie.
„Ich sagte: Ich grüße dich Lunaren. Mein Name ist
Seraphora. Und dann hat Feria sich mir vorgestellt. Und
nun", dabei drehte sie sich zu Myriam, „erkläre mir, wie ich
dir helfen kann?"
Das Mädchen zögerte einen Augenblick, bevor sie sich an
ihre Freundin wandte.
„Wiroja, ich möchte nicht das Feria das Gefühl hat, wir
würden sie ausschließen. Wir sind zu dritt und sie ist allein,

was unsere Sprache angeht. Mir ist es wichtig, dass sie versteht, was ich Seraphora erkläre. Daher wollte ich es in der 'alten Sprache' tun, so kann sie alles mitverfolgen. Allerdings bedeutet es auch, du wirst es nicht können. Ich hoffe, du bist damit einverstanden?"

„Wenn du dass bist", erklärte Wiroja, „was sie glaubt und mittlerweile glaube ich es auch, hat sie jedes Recht zu verstehen, was du sagst. Da ich schon weiß, um was es geht, ist es vollkommen in Ordnung. Nur falls sich etwas ändert, möchte ich dich bitten, es mir mitzuteilen."

„Das werde ich. Danke für dein Verständnis!"

Seraphora hatte interessiert zugehört.

„Ich muss sagen, es ist immer wieder eine Freude euch zu treffen. Ihr Zwei sorgt stets für eine Überraschung", erklärte diese lächelnd.

„Was gibt es denn so Wichtiges, weswegen ihr so geheimnisvoll tut?"

Das Mädchen schaute zu Feria, bevor sie Seraphora die Geschichte erzählte. Man sah der Hüterin an, dass sie einige Fragen hatte, aber sie unterbrach Myriam nicht, nur ab und zu sah sie zu der Mondwölfin hinüber, als erwarte sie eine Reaktion. Nachdem alles gesagt war, wanderte Seraphoras Blick zwischen den beiden hin und her, bis er schließlich auf Myriam ruhen blieb.

„Ich hatte von Anfang an das Gefühl, es steckt etwas Besonderes in dir. Aber das hatte selbst ich nicht erwartet", erklärte Seraphora. „Bist du dir mit der Entscheidung ganz sicher?"

„Ich habe dir meine Gründe genannt und bin fest
entschlossen", bekräftigte Myriam ihre Worte. „Aber ich
wäre dir für deine Hilfe mehr als dankbar. Es würde das
Ganze, zumindest von dieser Seite aus, vereinfachen."

„Ich werde hier bleiben und den Übersetzer spielen. Schon
aus dem Grund, da ich miterleben möchte was passiert",
erklärte Seraphora ihrerseits.
„Danke! Sie wird uns helfen", erklärte Myriam Wiroja,
wieder in der normalen Sprache. „Lasst uns beginnen, es ist
schon Mitternacht vorbei."

Das Mädchen legte sich rücklings auf das Moos zwischen
Seraphora und Feria, die Arme seitlich daneben. Feria lag
von ihr aus gesehen links. Wiroja kniete hinter Myriam, so
konnte sie deren Kopf in ihren Schoss legen.
„Bist du soweit?", fragte Feria.
„Lass mir einen Augenblick Zeit mich darauf
vorzubereiten. Ich hebe die Hand, wenn ich so weit bin."

Wenn der Mond diese Geschichte erzählen würde, würde
sie wahrscheinlich so beginnen: Drei Lebewesen, wie sie
unterschiedlicher nicht sein könnten, umringten ein Viertes.
Sie blickten auf es hinab, als wenn sie es anbeteten.

Alle sahen zu Myriam und warteten. Dann hob sie den
Arm. Feria hob die linke Pfote und schaute auf diese
hinunter. Sie spürte, wie sich ihr Herz zusammenzog. Sie
holte tief Luft und schloss die Augen.

Mutter! Verborgene Göttin! Wacht über Myriam! Lasst sie die sein, die ich so lange gesucht habe. Aber vor allem, bringt sie gesund zurück!
Dann senkte sie ihre Pfote auf Myriams Arm herab.

6 Der Schmerz der Vergangenheit

Von einem Moment zum anderen verloren Zeit und Raum
für Myriam ihre Bedeutung. Keiner ihrer Sinne meldete
sich, sie empfand nichts, sie existierte nur. Irgendwann
bemerkte sie ein kaltes, weißes Licht, auf das sie sich mit
dem Kopf voran zubewegte. Je näher sie ihm kam, umso
mehr wurde sie sich ihres Körpers wieder bewusst und dem
Druck, der auf ihm lastete. Immer mehr wurde dieser
zusammengepresst. Instinktiv zog sie die Beine an,
während ihr physischer Körper, der auf der Wiese lag, alle
Bewegung mit ausführte. Sie hatte das Gefühl, die Luft
würde ihr aus den Lungen gedrückt. Sie streckte alle
Gliedmaßen aus und versuchte schneller zum Licht zu
kommen. Als sie glaubte ersticken zu müssen, übertrat sie
die Schwelle und fiel ins Tageslicht. Aber noch immer
konnte sie nicht richtig atmen. Sie war in einem
durchsichtigen Sack gefangen, der um ihren Kopf lag. Doch
im nächsten Moment spürte sie etwas warmes, weiches, das
über ihr Gesicht fuhr und sie davon befreite. Dieses Etwas
rieb über ihren gesamten Körper und die Lebensgeister
kehrten zurück.

„Feria, was war das eben? War es das, wonach es aussah?",
fragte Seraphora
„Ich weiß es nicht, da der Austausch bei uns weiblichen
Thymarin anders vonstattengeht. Aber ich würde sagen, sie
hat eine Geburt durchgemacht!"
Seraphora erklärte Wiroja was sie vermuteten und das es
besser wäre Myriam nicht festzuhalten, da sie sonst Gefahr
laufen würde, ihr etwas zu brechen.

Kaum hatte Myriam sich daran gewöhnt, hatte sie den
Geschmack von frischem Blut im Mund. Ihre erste
erfolgreiche Jagd. Das Kaninchen lag mit gebrochenen
Augen vor ihr. Im nächsten Moment spürte sie ein kräftiges
Ziehen im Bauch, ihre erste Mondblutung war eingetreten.
Immer schneller wechselten jetzt die Erlebnisse. Dann
verspürte sie ein Gewicht auf dem Rücken. Ein stechender
Schmerz im Unterleib wurde von einem angenehmen
Kribbeln abgelöst, das ihr ein wohliges Knurren entweichen
ließ. Ihre erste Paarung. Ihr Bauch schwoll an, bis er sie zu
zerreißen drohte. Ihr Leib presste in Wellen, um etwas
heraus zu drücken. Noch einmal ein ziehender Schmerz, der
sofort von einem Gefühl des Glücks überdeckt wurde, als
sie ihr Baby vor sich sah. Nur kurz währte der Moment.
Gefolgt wurde dieser, vom Schmerz eines großen Verlustes,
als sie erfuhr, dass ihr Lebensgefährte bei der Jagd
umgekommen war. Von da an begannen sich die Erlebnisse
auf ähnliche Weise zu wiederholen, unterbrochen von den
verschiedensten Erfahrungen, die im jeweiligen Leben
einen tiefen Eindruck hinterlassen hatten. Irgendwann
tauchte auch der erste Mensch in den Erinnerungen auf,
aber es war keine angenehme.

Während all dieser Zeit hatten Wiroja, Seraphora und Feria
schweigend die Bewegungen von Myriams Gestalt
betrachtet. Jeder interpretierte sie auf seine Weise, um zu
erahnen, was Myriam erlebte. Doch plötzlich veränderte
sich deren Verhalten.
Ihr Körper verkrampfte sich, sie fing an zu weinen.
Sorgenvoll sahen die Drei sich an.

Myriam hatte über zweihundert Mal ihre Geburt und die
Entbindung des Nachwuchses erlebt. Den Verlust des
Partners oder eines Sohnes. Jetzt stand sie wieder ihrem
Lebensgefährten gegenüber. Sie stritten darüber, welches
Geschlecht ihr nächstes Baby haben sollte. Ihr Gefährte und
König verbot ihr, eine Tochter zur Welt zu bringen. Für den
'großen Krieg', der unweigerlich kommen würde, brauchte
er Söhne. Er hasste die Menschen zu sehr, um auch nur im
Geringsten die Möglichkeit in Betracht zu ziehen, sich mit
ihnen friedlich zu einigen. Wieder einmal brachte sie einen
Sohn zur Welt und sah ihn heranwachsen. Dann kam der
Tag, an dem ihr König sich von ihr verabschiedete und alle
Erben mit sich nahm, um mit ihnen in den 'großen Krieg' zu
ziehen. Sie erlebte mit, wie ihr jüngster Sohn von einem
Speer durchbohrt wurde und starb. Wie ein anderer mit
Pfeilen gespickt in seinem eigenen Blut verendete. Sie sah
alle ihre Söhne, Verwandten und Freunde sterben. Zum
Schluss musste sie mit ansehen, wie ihr Mann getötet und
von den letzten Hunden zerrissen wurde.

Myriam wälzte sich hin und her. Ihr Gesicht war von
Tränen überströmt. Ihr Herz verkrampfte sich. Als sie den
König sterben sah, riss sie die Augen auf. Ein Schrei, indem
sich der gesamte, angestaute Schmerz entlud, zerriss die
Stille der Nacht. Myriam bewegte sich nicht mehr.

Feria, Seraphora und Wiroja sahen erschrocken und mit
ungläubig geweiteten Augen auf das Mädchen hinab.
Langsam richtete Feria sich auf, ohne den Blick von
Myriam abzuwenden. Sie riss den Kopf in den Nacken und

ein Heulen, in dem ihr gesamter Schmerz und die Trauer
über den Verlust lagen, entfuhr ihrer Kehle. Mit weiten
Sprüngen verschwand sie im Wald. Immer wieder erscholl
ihr Wehklagen in der Nacht.

Erst jetzt realisierte auch Wiroja, was wirklich geschehen
war. Sie schaute auf die Freundin hinab, die mit geöffneten
Augen in ihrem Schoss lag. Weinend beugte sie sich zu
Myriam hinunter.
„Du kannst nicht tot sein! Du hast gesagt, dass dir nichts
passiert und du - du hast mich noch nie belogen. Du darfst -
mich nicht alleine lassen, du bist doch meine beste -
Freundin!"
Mit langsamen Bewegungen schloss sie Myriams Augen,
legte deren Kopf auf das Moos und strich ihr die Haare
glatt. Wie in Zeitlupe stand sie auf, schlich zu ihrem
'Geburtsbaum' und warf sich an seinen Stamm. Ihre Beine
versagten den Dienst. Sie rutschte am Stamm herab, wobei
sich ihre Tränen auf der Rinde verteilten.
„Du warst für mich - wie eine Schwester und ich werde
dich nie - niemals vergessen. Ich halte mein Versprechen.
Am Teich werde ich deine Hasel pflanzen und dich - immer
besuchen!"

Seraphora starrte auf das Mädchen hinab, das sie erst so
kurz kannte. Sie war verwirrt. Sie hatte geglaubt, Gefühle
solcher Art nicht empfinden zu können. Jetzt wurde sie
eines Besseren belehrt. Es war ihr bekannt, was weinen
bedeutete, aber als Wesen des Wassers war sie dazu nicht
fähig. Sie wusste nur wenig über Myriam, aber was sie
wusste, hatte sie beeindruckt.

„'Große Mutter', ein edles Wesen steht vor deiner Tür. Lass es ein in dein Heim. Sie hat es wahrlich verdient an deinem Tisch einen Platz zu finden!"
Seraphora zog sich zurück und auf der Lichtung kehrte Stille ein.

Schon seit geraumer Zeit hatten zwei listige Augen das Treiben auf der Lichtung beobachtet. Der Duft, der ihm eine angenehme Erinnerung bescherte, hatte ihn hierher gelockt. Aber da war auch noch der Geruch des Wolfes, der ihm Angst machte und ihn daran gehindert hatte, sich zu zeigen. Jetzt lag nur noch der anziehende Geruch in der Luft. Vorsichtig näherte er sich seinem Ziel.

Myriam war wieder in die Dunkelheit gefallen. Aber es war diesmal anders. Sie erkannte weit vor sich ein warmes, weiches Licht, das sie zu rufen schien. Als sie daran dachte dort hinzugelangen, fühlte sie, wie sie sich darauf zubewegte. Eine frohe Vorahnung machte sich in ihr breit. Bald konnte sie es nicht mehr erwarten, in dieses Licht einzugehen.
Myriam warte!
Myriam war in ihre Vorfreude vertieft und empfand die Störung als lästig.
Kennst du mich?
Myriam kannte die Stimme. Als sie die passende Erinnerung gefunden hatte, entstand eine Wölfin vor ihr. Sie erinnerte sich an die Höhle und war sogleich mit ihr dort. Überrascht schaute sie sich um.

„Wie kommen wir hier her?"

„Du hast deinen physischen Körper verlassen und in diesem
Reich wird alles, woran du denkst, im selben Moment
Wirklichkeit. Gedanken haben eine schöpferische Kraft. Es
ist das woran du gedacht hast!"

Myriam schaute an sich herunter. „Wenn ich meinen Körper
verlassen hätte, wäre ich tot. Außerdem besitze ich meinen
Körper noch!"
„Für deine Freundinnen bist du tot. Dein physischer Körper
weilt immer noch auf der Erde. Diesen hier hast du mit
deinen Gedanken erschaffen."
„Aber ich bin ein Mensch!", beharrte Myriam weiter.
„Wenn ich tot bin, bin ich tot, so haben es mich meine
Eltern gelehrt."
„Es ist nicht der Mensch Myriam, der hier vor mir steht.
Der liegt auf der Erde und wird von seinen Freundinnen
vermisst. Du - bist das 'höhere Wesen', das diesen Körper,
mit Namen Myriam, bewohnt hat und als solches kannst du
nicht sterben. Du weißt, wer ich bin?"
„Du bist Eria, Ferias Mutter. Willst du mich davon
abhalten, ins Licht zu gehen?"
„Niemand kann oder wird dir den Eintritt verwehren, wenn
du ihn wünschst", erklärte Eria. „Nein, ich bin hier um dich
an etwas zu erinnern. Ich habe dich schon einmal gerufen,
weißt du noch warum?"
„Du hattest eine Bitte an mich. Du wolltest, dass ich rette,
wo es scheinbar nichts mehr zu retten gibt", erinnerte sich
Myriam.
„Und an was erinnerst du dich noch?"
„Ich sollte mich mit jemandem verbinden, um diese
Aufgabe zu bewältigen."

„Das ist richtig! Mit meiner Tochter Feria, bestätigte Eria.
„Mehr war mir nicht bekannt. Du wähltest deine Gestalt
und die Zeit, an der du sie treffen wolltest.“
„Ich - wählte?“
„Natürlich! Jeder von uns wählt sein Aussehen, die Zeit, die
Eltern, einfach alles um die Aufgabe zu bewältigen, die
man sich selbst gestellt hat.“
„Ich fühle, dass es so ist, wie du sagst. Aber da ich hier bin,
habe ich keinen Körper mehr in den ich zurückkehren
könnte.“
„Du kannst immer in deinen Körper zurück“, erklärte Eria.
„Solange du noch nicht ins Licht gegangen bist und er stark
genug ist, dir als Gefäß zu dienen. Sobald du im Licht
aufgegangen bist, nimmt der materielle Körper, den du
gewählt hattest, den Weg alles Vergänglichen.“
„Ist er denn nicht tot, wo ich doch schon so lange hier
bin?“, fragte Myriam überrascht.
„Myriam - hier gibt es keine Zeit. Dein Körper ist jung und
stark. Wann immer du es willst, kannst du in ihn
zurückkehren. Es bedarf nur eines Gedankens von dir.“
„Du willst, dass ich zurückgehe“, fragte Myriam abermals
überrascht.
„Ich möchte, dass du dich erinnerst, warum du diesen Weg
gewählt hast und du dir sicher bist, für welchen du dich
entscheidest. Da du dich erinnerst, ist es an dir zu wählen.
Aber warte noch, sonst kannst du mir keine Fragen mehr
stellen“, beeilte sich Eria anzufügen.
„Was meintest du damit, dass ich dein Äußeres erschaffen
habe?“
„Als du meine Stimme hörtest, erschufst du in deinen
Erinnerungen ein Bild. Ich habe schon erklärt, dass

Gedanken schöpferisch sind und hier, wo es keine Zeit gibt, handelt das Universum sofort. Du musst es so verstehen: Der Gedanke befielt, das Universum setzt um!“

Es dauerte einen Augenblick, bis Myriam fortfuhr „Willst du damit sagen, dass alles, was ich mir hier wünsche, im gleichen Augenblick passiert bzw. mir zur Verfügung steht?“

„Ja, genauso ist es!“

„Es wäre schön, wenn es auch auf der Erde so wäre“, bekannte Myriam mit sehnsüchtiger Stimme.

„Und dieser Satz beweist nur, dass du die Konsequenzen noch nicht erfasst hast“, hielt Eria dagegen.

„Was meinst du damit?“, wollte Myriam wissen.

„Hast du noch nie jemandem etwas Schlechtes gewünscht und es hinterher bereut?“, fragte Eria mit verständnisvollem Lächeln.

„Doch“, entgegnete Myriam kleinlaut.

„Und denkst du, dass es anderen Lebewesen auch schon so ergangen ist?“

„Ja, bestimmt!“

„Dann kannst du dir sicherlich auch vorstellen, was geschehen würde, wenn alle Wünsche direkt in Erfüllung gegangen wären?“

„Es wäre viel Schreckliches vorgefallen!“

„Das ist einer der Gründe, warum es auf der Erde die Zeit gibt. Allerdings werden auch dort alle Wünsche erfüllt, deren Intensität stark genug ist und es keinen ihm entgegengesetzten Wunsch gibt!“

„Ich verstehe, was du mir damit sagen möchtest. Ich habe noch so viele Fragen, weiß aber nicht wo ich anfangen soll."
Das ist auch nicht notwendig", entgegnete Eria. „Wenn dir etwas wichtig genug ist, kannst du mich jederzeit dazu befragen!"
„Auch von der Erde aus? Wie?", fragte Myriam verwirrt.

„Im Schlaf, in deinen Träumen. Bevor du einschläfst, konzentriere dich darauf und glaube daran, dass ich es dir beantworte. Wenn du erwachst, wirst du die Auskunft haben. Nur ist es an dir, die Antwort zu akzeptieren, ob sie dir gefällt oder nicht!"
„Gilt das für alle Fragen?"
„Für alle, deren Lösung ich dir nennen darf", hörte sie die Stimme, die plötzlich leiser wurde.
„Welche nicht und warum gehst du?"
„Die, die deine Zukunft betreffen. Ich bin es nicht die geht, sondern du hast dich entschieden zurückzukehren. Du solltest einen Augenblick später, als dem Zeitpunkt als du deinen Körper verlassen hast, in diesen zurückkehren. Grüße Feria von mir! Und vergiss nicht, du bist ein Teil von ihr, aber sie ist ebenso ein Teil von dir", hörte Myriam nur noch als Wispern.
Das Nächste was sie bemerkte, war ihr nasses Gesicht.

Langsam öffnete sie die Augen. Sofort wurde sie von einer roten, warmen Zunge begrüßt. Myriam erkannte den Fuchs, dem sie schon einmal begegnet war.
„Ja ich freue mich auch, dich zu sehen. Es ist schön, wieder hier zu sein."

Bei diesen Worten richtete sie sich auf, nahm ihn in den Arm und kraulte dessen Kopf. Der Morgen graute bereits. Außer dem Eimer, den sie selbst dort hingestellt hatte, war niemand mehr hier. Sie konzentrierte sich kurz auf ihre wölfischen Fähigkeiten, was von ihrem kleinen Begleiter mit einem empörten Fauchen quittiert wurde. Sie ließ ihn los, was er sofort ausnutzte und verschwand.

Im gleichen Augenblick hörte sie das leise Jammern aus Richtung des Hauses. Sie drehte sich herum und folgte den Geräuschen. Es dauerte nicht lange, da sah sie Wiroja, mit dem Kopf an den Stamm gelehnt, vor ihrem 'Geburtsbaum' sitzen. Die Freundin kehrte ihr den Rücken zu. Myriam hörte das leise Schluchzen und sah, wie deren Körper immer wieder geschüttelt wurde. Ihr Blick war trotz des wenigen Lichtes so gut, dass sie die Tränen auf Wirojas Wangen erkennen konnte. Wie sollte sie es anstellen, ohne die Freundin zu erschrecken?

Als Erstes legte sie ihre wölfische Seite ab. Danach räusperte sie sich und wartete auf eine Reaktion, aber nichts geschah. Zu sehr war Wiroja in ihrer Trauer gefangen.

„Ist es noch zu früh - oder kann ich einen Becher Tee bekommen?", fragte Myriam und ließ ihre Stimme so weich klingen, wie es ihr möglich war.

Auch jetzt dauerte es geraume Zeit, bis der Verstand das registrierte, was die Ohren schon lange vernommen hatten. Zuerst setzte das Schluchzen aus. Langsam hob sich der Kopf und zuletzt drehte Wiroja ihn zu Myriam herum. Noch immer rannen die Tränen aus den jetzt weit aufgerissenen Augen. Ein Strahlen erschien auf Wirojas Gesicht. Sie versuchte hastig aufzustehen, doch ihre Beine waren vom eingeknickten Sitzen eingeschlafen und

gehorchten ihr nur widerwillig. Als sie es endlich geschafft
hatte, stolperte sie Myriam entgegen und fiel in deren
Arme.

„Wir haben geglaubt, du bist tot!"
„Im Prinzip war ich das auch!"
„Aber - wieso lebst du dann wieder?", fragte Wiroja
erschrocken.
„Weil ich mich dafür entschieden habe, eine Aufgabe zu
Ende zu bringen."
„Wie sollte das möglich sein?"
„Das ist eine längere Geschichte, die ich dir gerne bei
einem Becher Tee erzählen werde. Aber sag mir bitte zuerst
wo Feria ist."
„Das weiß ich nicht! Auch sie glaubt an deinen Tod. Sie
schrie ihren Schmerz hinaus in die Welt, danach ist sie
fortgerannt, ohne noch ein Wort zu sagen. Wie willst du sie
finden?"
„Ganz einfach", lächelte Myriam, „ich werde sie rufen!"
„Rufen?", fragte Wiroja verwirrt.
Noch während sie sprach, hatte die Freundin ihre Augen
geschlossen. Als sie diese wieder öffnete, waren es
Wolfsaugen, die Wiroja anblickten.
„Bleib bitte hier", bat Myriam und ging einige Schritte auf
die Lichtung hinaus.
Dort holte sie tief Luft, streckte den Kopf zum Himmel und
es erklang ein Geheul, welches jedem anderen Wolf zur
Ehre gereicht hätte. Kopfschüttelnd erwartete sie Wiroja.
„Du überraschst mich immer wieder", wurde sie von ihr
empfangen.

„Ehrlich gesagt, ich mich auch", erwiderte Myriam lachend. „Wie ist es jetzt mit dem Tee, wir haben noch etwas Zeit bis Feria ankommt?"

„Bist du dir sicher? Ich meine, ob sie weiß, dass du es warst?"

„Ganz sicher! So wie wir uns an den Stimmen erkennen, so können die Wölfe es auch untereinander. Wir sollten also in aller Ruhe noch unseren Tee genießen."

Myriam hatte, als sie eben zurückgekommen war, gleich den Eimer mitgebracht. Jetzt ging sie in die Hütte um den Kessel zu füllen, der noch über der Glut hing. Als sie hörte, wie die Tür sich schloss, schaute sie zurück und bedeutete Wiroja am Tisch Platz zunehmen. Sie schob die Glut auseinander, legte kleine Zweige und etwas Holz auf und schon bald, züngelten die ersten Flammen im Kamin. Myriam nahm den Eimer mit und stellte ihn auf den Tisch. Wiroja sah sie fragend an.

„Ich denke, auch sie hat ein Recht darauf die Wahrheit zu erfahren!"

Doch noch ehe sie weitersprechen konnte, erhob sich daraus Seraphoras Kopf.

„Myriam du lebst? Haben wir uns alle so getäuscht?"

„Nein, das habt ihr nicht! Bevor du weiter fragst, ich wollte gerade Wiroja erklären, was sich zugetragen hat. Wir warten nur darauf, dass der Tee fertig wird."

Kaum waren die getrockneten Blätter überbrüht, füllte sich der Raum mit dem Duft der Kräuter. Beide Hüterinnen schauten das Mädchen erwartungsvoll an. Erst nachdem dieses einen Schluck genommen hatte, begann sie zu berichten. Dabei erfuhr sie auch, dass ihr Körper die Erlebnisse in Bewegungen umgesetzt hatte. Ihr schoss

sofort die Schamröte ins Gesicht, als sie an die vielen
Paarungen dachte, die sie durchlebt hatte.

„Es waren nicht deine Erlebnisse und der Körper hat es
immer nur interpretiert", versuchte Wiroja sie zu beruhigen.
Hatte aber wenig Erfolg.

Als Myriam vom 'großen Krieg' erzählte, fing sie wieder an
zu weinen, als die Erinnerungen über ihr
zusammenschlugen. Danach wurde es still. Erst als Myriam
sich beruhigt hatte, schaute sie den anderen in die Augen.
Wiroja hatte die Arme auf den Tisch gestützt, ihr Gesicht in
die Hände gelegt und weinte. Seraphora starrte nur auf die
Tischplatte. In ihren Gesichtszügen lag eine Härte, die
Myriam noch nie an ihr gesehen hatte. Empörung und
Unverständnis lagen darin.

Wiroja beruhigte sich nur sehr langsam. Immer wieder
wurde sie von Weinkrämpfen geschüttelt. Seraphora sah
von ihr zu Myriam.

„Es ist kein Wunder, wenn dein Körper und Verstand sich
weigerten, so etwas länger durchzumachen", erklärte
Seraphora. „Ich habe keinerlei Erfahrung mit menschlichen
Emotionen. Wenn ich allerdings sehe, wie Wiroja allein
durch die Erzählung leidet, kann ich erahnen um wie viele
Male schlimmer es sein musste, es zu durchleben. Aber
selbst meine Vorstellung reicht wahrscheinlich nicht an die
Realität heran und ich bin dankbar dafür. Umso mehr
verwundert es mich, dich wieder hier zu sehen!"

„Hierfür gibt es einen guten Grund", entgegnete Myriam.

Die Freundin hatte sich so weit beruhigt, dass Myriam mit
ihrer Erzählung fortfahren konnte. In Wirojas Gesicht
zeichnete sich mehr und mehr Unverständnis ab, während

Seraphora immer nur zustimmend nickte. Kaum das
Myriam geendet hatte, wurde sie von Wiroja mit Fragen
überschüttet.

„Den ersten Teil der Geschichte kann ich ja noch
nachvollziehen, denke ich. Aber den Zweiten begreife ich
nicht. Es klang beides ähnlich, aber die Auswirkungen auf
deinen Körper waren vollkommen unterschiedlich. Kannst
du mir erklären - warum?"
Jetzt war auch Seraphora gespannt auf die Begründung.
„Ich dachte, du hättest mich verstanden?", sagte Myriam zu
Seraphora.
In diesem Moment blitzte es in Myriams Augen gelb auf
was Wiroja mit einem enttäuschten Gesichtsausdruck
quittierte, da sie glaubte, das ihre Fragen jetzt nicht
beantwortet würden.
„Feria ist angekommen", erklärte sie seufzend.
„Es ist noch genügend Zeit", entgegnete ihr die Freundin,
„damit ich wenigstens eure dringendsten Fragen
beantworten kann!"
„Aber …?", setzte Wiroja an, wurde aber von Myriam
unterbrochen.
„Das war, bevor die Verbindung vollendet war! Sie ist
gerade an Odom vorbeigekommen."
„Aber das sind mehrere Meilen", sagte Wiroja überrascht.
„Ich versicherte dir doch, es ist noch etwas Zeit! Was deine
Frage angeht, es klingt tatsächlich ähnlich. Der gravierende
Unterschied liegt im 'Inneren Wesen'! Im ersten Teil befand
sich mein 'Wahres Ich', immer in meinem Körper. Alles was
ich erlebte, erlebte ich wie in einem Traum. Daher hat auch

mein Körper dies miterlebt. Im zweiten Teil hatte mein 'Ich'
ihn verlassen!"

„Wie ist das möglich?", fragte Wiroja ungläubig. Mir ist
bekannt, dass unser 'Ich' den Körper wechseln kann, das hat
ja auch die alte Hüterin getan. Aber das wir ohne Körper
existieren können, hab ich noch nie gehört!"

„Das ist der große Irrtum, dem auch ich unterlag, bis zu
dem Moment, wo ich es selbst anders erlebt habe.
Tatsächlich existieren wir schon vor Anbeginn der Zeit. Wir
entscheiden, wann und in welchem Gefäß wir auf die Erde
gehen. Damit hauchen wir diesem Leben ein. Anders
ausgedrückt, wir können ohne Körper existieren - er ohne
uns nicht! Solange er stark genug ist und wir eine
Verbindung aufrechterhalten, sind wir in der Lage ihn zu
verlassen und zurückzukehren, wie wir es wollen!"

„Das ist das Fantastischste, das ich je gehört habe",
erwiderte Wiroja kopfschüttelnd. „Selbst wenn ich es
glauben muss, da du ja hier vor mir sitzt und keinen Anlass
hast mich zu belügen. Aber wieso wissen wir dann nichts
davon!"

„Dafür gibt es mehrere Gründe, aber das würde jetzt zu
weit führen sie alle zu erläutern. Aber den Wichtigsten hast
du selbst genannt. Der Unglaube! Wir glauben nicht, dass
es so ist und deshalb ziehen wir es nicht in Erwägung. Auch
wenn die Beweise dafür eindeutig sind, suchen wir eher
nach Gründen die Tatsache zu widerlegen, als nach solchen
sie zu untermauern. Und falls es misslingt, war es eben
doch ZUFALL!"

Jeder hing seinen Gedanken nach was diese Worte zu
bedeuten hatten oder welche Tragweite sie hatten.

„Feria ist da", durchbrach Myriam die Stille und erhob sich.

„Ich werde mich zurückziehen“, erklärte Seraphora. „Auch ich habe genügend zum Nachzudenken.“

Schon war sie verschwunden.

„Kommst du mit hinaus?“, fragte Myriam.

„Nein, ich denke, ihr zwei habt genug miteinander zu bereden. Außerdem verstehe ich euch sowieso nicht. Ich werde noch einen Tee trinken und nachdenken.“

7 Das Wesen des Feuers

Bevor Myriam die Hütte verließ, rief sie den Wolf in sich.
Sie wollte ihrer neuen Schwester die Achtung erweisen, die
sie für sie empfand. Als sie hinaustrat, sah sie Feria von der
anderen Seite der Lichtung her auf sich zu rennen. Myriam
hatte sich vorgenommen langsam und andächtig zu gehen,
aber jetzt war ihr alles egal. Mit strahlendem Gesicht rannte
sie ihr entgegen. Feria war stehengeblieben und hatte sich
auf den Rasen gelegt. Sie wollte nicht auf Myriam hinunter
sehen, sondern ihr auf gleicher Höhe begegnen. Endlich
hatte ihre Suche ein Ende und sie eine Schwester
gewonnen. Nie hätte sie es für möglich gehalten, beim
Anblick eines Menschen etwas anderes als Hass zu
empfinden. Dann war Myriam bei ihr.
Ohne zu zögern, warf sich Myriam ihr an den Hals und
drückte sie mit aller Kraft. Beide genossen diesen
Augenblick bis zum letzten Moment. Nur langsam löste
Myriam sich von Feria, um ihr in die Augen zu sehen und
danach zu verbeugen.
„Ich habe gesagt", begann Feria, „dass es mir eine Ehre
sein wird dich Schwester zu nennen. Und so, Myriam
meine Schwester, heiße ich dich in der Familie der
Thymarin willkommen. Unter Schwestern ist es nicht
üblich sich voreinander zu verbeugen", fügte sie lächelnd
hinzu.
„Die Ehre ist ganz auf meiner Seite und ich wollte ihr so
Ausdruck verleihen!"
„Ich habe es auch so verstanden, nur ist es nicht notwendig.
Ich habe erlebt was du durchgemacht hast und damit hast
du unserer Familie schon mehr als genügend Ehre erwiesen.

Zum anderen sehe ich in deine Augen und erkenne, wie sehr du dich mit mir verbunden fühlst. Das ist mehr als ich mir je erhofft hatte."

Feria hob ihre Pfote, zog Myriam vorsichtig an sich und legte ihren Kopf auf deren Schulter. Ihre Wangen berührten sich und beide schlossen die Augen.

„Ich soll dir Grüße ausrichten", sagte Myriam leise und löste sich wieder von Feria, die sie verwundert ansah.

„Grüße, von wem?"

„Von deiner Mutter!"

„Von meiner Mutter?", rief Feria überrascht. „Aber wie - sollte dies möglich sein?"

„Am einfachsten wird es sein, ich verrate dir alles, was ich erlebt habe!"

„Du brauchst es mir nicht zu erzählen, wir können uns auch wieder verbinden!"

„Verzeih bitte, aber ich möchte es lieber aussprechen, von Verbindungen habe ich momentan genug gehabt."

„Es bedarf keiner Entschuldigung. Ich kann es verstehen nach allem was du durchgemacht hast."

Also begann Myriam, die ganze Geschichte noch einmal zu erzählen. Noch während sie dies tat, wurden ihre Sätze immer wieder von einem lauten Gähnen unterbrochen. Kaum hatte sie geendet, schloss sie ihre Augen und schlief ein. Feria lächelte. Sie war stolz auf ihre Schwester. Jetzt war sie allerdings etwas ratlos. Auch sie verspürte Müdigkeit, aber vor allen Dingen Hunger. In ihrer Trauer hatte sie die Hinweise des Körpers übergangen, dafür meldeten sie sich jetzt umso stärker. Sie musste jagen, aber sie wollte Myriam nicht einfach so liegen lassen. Vorsichtig schob sie ihre Zunge unter Myriam, während sie mit einer

Pfote versuchte, diese herumzurollen. Nach mehreren
Versuchen hatte sie es geschafft. Myriam lag auf der Zunge
in ihrem geöffneten Rachen. Langsam trottete Feria zum
Haus. Dort klopfte sie vorsichtig mit der Pfote gegen die
Tür.

Wiroja sprang erschrocken auf. Sie glaubte, der Eingang
flöge gleich aus seiner Halterung. Sie rannte hinüber und
riss ihn auf. Mit einem Schrei stolperte sie zurück. Als sie
in Ferias geöffneten Rachen blickte, setzte sie sich auf ihr
Hinterteil. Erst danach entdeckte sie Myriam, die auf Ferias
Zunge lag.

„Myriam! Bei der 'großen Mutter' was ist passiert?“
Schnell stand sie auf und eilte zu ihrer Freundin. Beruhigt
stellte sie fest, Myriam schlief nur. Feria neigte den Kopf
und Myriam rutschte über die Zunge in Wirojas Arme.
Diese hatte Mühe sie festzuhalten, da Myriams Rücken nass
und glitschig war. Sie griff unter beide Arme, aber musste
mehrmals nachfassen bis Myriam ihr nicht mehr entglitt.
Mühsam hielt sie diese aufrecht, nickte Feria zu und
bedeutete ihr, mit einer Handbewegung, sich zu entfernen.
Feria schien sie verstanden zu haben, denn sie trottete
davon. Um ihr Gleichgewicht ringend schloss Wiroja mit
einem Fuß die Tür.

„Myriam, du musst mir schon etwas helfen! Ich kann dich
nicht tragen“, sprach sie die Freundin an.
Doch sie bekam nur eine gebrummelte, unverständliche
Antwort. Myriam schien sie aber verstanden zu haben, denn
Wiroja spürte, wie die Belastung auf ihren Armen nachließ.
Zusammen stolperten sie nach hinten ins Schlafzimmer.
Dort entledigte sie Myriam ihrer Kleidung. Kaum war das
geschehen, ließ sich Myriam aufs Bett fallen, drehte sich

herum, zog die Beine an und war wieder eingeschlafen.
Kopfschüttelnd lächelnd deckte Wiroja sie zu. Danach
schaute sie an sich hinunter. Auch ihr Kleid war jetzt nass
und verschmiert. Nachdem sie sich umgezogen hatte,
schloss sie leise, nach einem letzten Blick auf Myriam, die
Tür.

Myriam schlief bis zum Morgen des übernächsten Tages.
Sie zog sich an, ging in den großen Raum fand ihn aber leer
vor. Da das Wasser noch heiß war, konnte Wiroja nicht
allzu weit sein. Myriam machte sich einen Tee und ging
hinaus. Dort saß die Freundin auf der Bank.
„Guten Morgen!"
„Guten Morgen", antwortete Wiroja mit einem Lächeln.
Gleichzeitig deutete sie ihr mit einer Handbewegung an,
sich zu ihr zu setzen.
„Die letzten Tage waren hart für dich, und deinen Körper,
sollte ich vielleicht hinzufügen", begann Wiroja das
Gespräch.
„Du hast fast zwei Tage geschlafen!"
„Zwei Tage?", wiederholte Myriam überrascht.
„Aber ich denke, das Schlimmste hast du jetzt
überstanden!"
„Ich habe da so meine Zweifel", entgegnete Myriam.
„Was willst du damit sagen? Was sollte noch schlimmer
werden?"
„Es ist nur eine Vermutung. Es geht um etwas das Eria,
Ferias Mutter, gesagt hat. Ich kann die Tragweite ihrer
Worte aber nicht überschauen. Wenn mein Verdacht zutrifft,
warten noch einige Überraschungen auf mich."

„Willst du mir nicht sagen, worum es geht? Vielleicht kann ich dir helfen?“
Myriam schüttelte den Kopf.
„Dabei nicht. Ich weiß ja selbst nicht, um was es sich handeln könnte!“
Wiroja sah ihre Freundin mit großen Augen an.
„Du machst mir Angst!“
„Bitte! Du musst dich nicht fürchten. So schlimm wird es nicht werden!“
„Das hast du vor deiner Verbindung auch gesagt und dann bist du gestorben!“
„Aber ich bin auch wieder zurückgekommen und wir haben am nächsten Morgen Tee getrunken. Genau, wie ich es versprochen hatte“, entgegnete Myriam lächelnd.
„Du hast Recht, aber gefallen tut es mir trotzdem nicht!“
Wiroja berichtete, wie Feria sie ihr gebracht hatte und wie schwer es war sie ins Bett zu bekommen.
„Wo ist Feria?“
„Sie wird wohl gegen Mittag wieder hier sein. Sie kam ab und zu um sich zu erkundigen, wie es dir geht. Ich habe Seraphora gerufen, um es ihr mitzuteilen.“
„Das ist gut! Ich brauche noch etwas Zeit, um nachzudenken. Ich wollte gleich zum See spazieren, um mir darüber klar zu werden, was das alles für mich bedeutet und was ich als Nächstes tue.“
Sie tranken in Ruhe ihren Tee aus, bevor Myriam sich auf den Weg machte.
„Ich denke, ich werde zur Mittagszeit zurück sein“, verabschiedete sie sich von Wiroja.

Mit gemischten Gefühlen sah diese ihr nach, bevor sie ins Haus ging, um einiges zu erledigen, was in den letzten Tagen unerledigt geblieben war.

Als Myriam zur angesagten Zeit zurückkehrte, sah sie Feria in der Sonne liegen. Sie schien zu schlafen. Aber Myriam konnte genau spüren, wie diese sie beobachtete. Bereits am See war sie sich Ferias Nähe bewusst geworden. Myriam ging aber zuerst in die Hütte, um mit Wiroja zu sprechen.

„Hast du eine Entscheidung getroffen?", wurde sie begrüßt.

„Nein, es gibt zu Vieles was ich nicht oder noch nicht verstehe. Aber in einem bin ich mir sicher, mein Leben wird nicht langweilig. Ich kann jetzt auf die Sinne eines Wolfes zurückgreifen. Wer weiß schon was sich sonst noch in mir verändert hat. Auf alle Fälle werde ich heute meine Eltern besuchen und Feria fragen, ob sie mich begleitet."

„Hältst du das wirklich für eine gute Idee? Vergiss nicht, es hatte einen Grund, dass man dich aus dem Dorf verbannt hat. Außerdem wird es bereits dunkel sein, bis du dort ankommst. Wo willst du übernachten?"

„Du hast recht, mit dem was du über die Verbannung gesagt hast, aber es ging nicht von meinen Eltern aus. Sie sollen wissen - dass es mir gut geht. Was die Dunkelheit angeht, so ist es Absicht. Du vergisst, ich kann mit den Augen eines Wolfes sehen, und die finden sich sehr gut im Dunkeln zurecht. So kann ich allen ausweichen, die mir begegnen, ohne dass sie mich bemerken."

Wiroja nickte. „Wie ich dich kenne, wirst du sowieso tun, was du für das Richtige hältst. Aber ich bin trotzdem froh, wenn Feria dich begleitet und du wieder heil zurück bist!"

Die beiden Frauen umarmten sich herzlich zum Abschied.

Als Myriam sich Feria näherte, konnte sie deren Freude
über ihr Erscheinen spüren. Kurz bevor sie diese erreichte,
hob Feria den Kopf und öffnete die Augen. Myriam schlang
ihre Arme um deren Kopf und berührte mit ihrer Stirn
deren. Sie war glücklich.
Meine Schwester, dachte sie nur.
Meine Schwester, erklang es wie ein Echo in ihrem Kopf.
Feria kannst du meine Gedanken hören?

*Hören ist wahrscheinlich das falsche Wort, aber ja ich kann
hören, was du denkst.*

*Aber wieso auf einmal, es war doch vor zwei Tagen noch
nicht?*

*Ich weiß es nicht! Es ist auch für mich das erste Mal, dass
ich so etwas erlebe. Ich glaube, es hat mit unserer
Verbundenheit zu tun. Je intensiver die Gefühle füreinander
werden, umso stärker wird sie.*
Myriam zuckte zusammen. Konnte Feria jetzt alle ihre
Gedanken und Erinnerungen lesen? Aber dann musste es
umgekehrt genauso sein. Sie hörte aber nichts.
Feria? dachte sie dann wieder gezielt.
Ja, was ist? hörte sie jetzt die Antwort.
*Ich habe festgestellt, es funktioniert nur, wenn ich meine
Gedanken auf dich richte. Jetzt ist nur noch die Frage ...?*
Myriam hatte sich von Feria gelöst. Sobald keine
körperliche Verbindung zwischen ihnen bestand, fand auch
kein Gedankenaustausch statt. Wieder lehnte Myriam sich
gegen ihre Schwester.

Es wäre nett, wenn du deinen Satz beendest, bevor du dich löst, hörte sie sofort.

Entschuldige, ich wollte nur feststellen, ob es auch ohne körperliche Verbindung geht; jetzt ist dies geklärt.

Myriam teilte ihr mit, was sie vorhatte. Feria war davon ebenso wenig begeistert wie Wiroja. Würde sie aber begleiten, da sie sie nicht allein lassen wollte. Myriam ging noch einmal in die Hütte zurück, um die Kleidung anzulegen, die sie getragen hatte, als sie hier eintraf. Auch ihren Bogen mit den Pfeilen hängte sie um. Sie vertraute zwar auf Ferias Kräfte, aber man konnte ja nie wissen was passieren würde. Als Myriam so weit war, verabschiedete sie sich noch einmal von Wiroja und machte sich auf den Weg. Sie lief an Feria vorbei.

„Lass uns gehen", sagte sie nur kurz, ohne stehen zu bleiben.

Sie war schon einige Schritte weitergegangen, als sie bemerkte, dass Feria ihr nicht folgte. Myriam schaute über die Schulter und sah ihre Schwester immer noch an der gleichen Stelle liegen. Überrascht blieb sie stehen und drehte sich herum.

„Was ist, kommst du doch nicht mit?"

Feria trottete langsam zu ihr.

„Willst du wirklich laufen?"

„Was sollte ich denn sonst tun? Jetzt erzähle mir nicht, dass mit allen neuen Fähigkeiten, ich auch das Fliegen gelernt habe", fügte sie lachend hinzu.

„Nein, aber du könntest dich auf mich setzen, dann wären wir schneller."

„Das ist richtig, aber ich wollte dich nicht danach fragen, weil ich deinen Hass auf die Menschen kenne!"

„Mein Hass auf die Menschen hat mit dir nicht das Geringste zu tun!"

„Hat er doch, denn ich bin ein Mensch, wenn auch vielleicht nicht mehr ganz. Und was ist mit Wiroja, verachtest du sie?"

„Nein", gab Feria zögerlich zu.

„Wieso nicht, sie ist auch ein Mensch, und zwar ein Ganzer?"

„Aber sie ist eine Hüterin!", entgegnete Feria mürrisch.

„Wie dem auch sei. Alles, um was ich dich bitte ist, dass du deinen Hass noch einmal überdenkst. Ich habe gesehen und erlebt, worauf er sich begründet und kann ihn verstehen. Aber diese Menschen sind tot! Diejenigen, die dir heute begegnen, hatten keinen Anteil an den Geschehnissen. Wie du selbst sagst, sind wir nicht alle gleich."

Sie sahen sich eine Zeitlang nur an.

„Vielleicht hast du Recht", flüsterte Feria.

„Möchtest du dich jetzt auf mich setzen?", wiederholte sie dann mit einem Lächeln.

„Gerne, aber du musst dich wieder hinlegen, so bist du zu hoch", erklärte Myriam mit strahlenden Augen.

Feria legte sich so flach auf den Boden, wie es ihr möglich war. Trotzdem dauerte es einen Augenblick, bis Myriam es geschafft hatte. Als Feria sich aufrichtete, hatte Myriam Mühe nicht herunterzufallen. Es war ein beklemmendes Gefühl, als sie den Boden unter sich zurückweichen sah. Feria gab ihr ein paar Tipps, wie sie ihre Beine am besten einsetzen konnte und wo sie mit den Händen den sichersten Halt fand. Erst danach setzte sie sich in Bewegung. Obwohl

Feria nur trottete, schaukelte ihre Reiterin hin und her. Es
dauerte eine Weile, bis diese sich an den Rhythmus
gewöhnt hatte. Erst jetzt begann sie, ihre Reise und den
Ausblick zu genießen.
Feria lief über die Waldwege, die viel Platz boten, um
Myriam nicht zu gefährden. Trotzdem musste diese einigen
tieferen Ästen ausweichen. Ihre Fähigkeit sich gedanklich
zu unterhalten leistete hier wertvolle Hilfe. Nach der Hälfte
des Weges schlug Feria eine schnellere Gangart ein,
nachdem sie es mit Myriam abgesprochen hatte. Ihr
Vorwärtskommen war nicht so, wie Feria es gehofft hatte.
Da der Himmel sich mit Regenwolken bedeckte, wurde es
schneller Dunkel als geplant. Wenigstens den ersten Teil der
Reise wollte Feria noch im Tageslicht hinter sich bringen.
Im letzten Licht des Tages erreichten sie den Waldrand
beim Dorf.
Feria legte sich wieder, etwas abseits des Weges, auf den
Boden damit ihre Schwester absteigen konnte. Myriams
Beine zitterten, als sie an Feria gelehnt darauf wartete, dass
das Schaukeln in ihrem Blick aufhörte. Erst danach setzte
sie sich neben Feria und konzentrierte sich auf ihren
'wölfischen Blick'.
Sofort wich die Dunkelheit und sie konnte das Dorf vor
sich liegen sehen. Ihre linke Hand hatte sie auf Ferias Pfote
gelegt, um sich lautlos unterhalten zu können. Beide
beobachteten sorgfältig, was sich vor ihnen abspielte. Erst
als Ruhe im Dorf eingekehrt war, löste sich Myriam und
ging langsam den Weg hinunter. Ihr Blick war auf jenes
Haus gerichtet, welches für sie bis vor kurzem noch ihr
Zuhause gewesen war. Doch das schien in einem anderen
Leben gewesen zu sein.

Sie stand an der vorderen Ecke des Hauses und schaute sich
um. Nichts bewegte sich. Ihr Herz schlug hart gegen die
Rippen und das Blut rauschte in den Ohren. Noch konnte
sie zurück ohne von jemandem gesehen worden zu sein.
Feria wäre bestimmt glücklich darüber.
Es hatte Myriam viel Überredungskunst gekostet, Feria
davon zu überzeugen, sich nur im absoluten Notfall zu
zeigen. Es würde alles nur noch komplizierter machen,
wenn die Dorfbewohner sie sahen. Abgesehen davon was
sonst noch ausgelöst würde.
Leise schlich sie zur Tür und hob die Hand. Sollte sie
wirklich anklopfen? Sie überlegte kurz, entschied sich aber
dagegen. Vorsichtig öffnete sie die Tür und schlüpfte
hinein. Erst im letzten Augenblick dachte sie daran ihre
Augen zu verändern, damit diese wieder ihr natürliches
Grün zeigten.
Es dauerte einen Moment, bis sie sich an die Dunkelheit
gewöhnt hatte. Nach und nach begannen sich Konturen
herauszuschälen.
Alles erschien ihr unverändert, als wäre sie nie weg
gewesen. Roen saß, wie so oft, rechts vor dem Kamin und
sah in die Flammen. Myriam sah an ihm vorbei zur Tür, die
zu ihrem früheren Zimmer führte. Sie stand einen Spalt
weit offen und hier hatte sich doch etwas verändert.
Myriam konnte den schwachen Schein dahinter erkennen,
der sich leicht bewegte. Ihre Eltern hatten dort eine Kerze
aufgestellt. Eine Seelenkerze, wie man sie hier nannte. Dies
machte man nur, wenn man jemanden sehr vermisste. Man
wollte ihm den Weg nach Hause leuchten, damit er
zurückfand. Normalerweise stellte man diese ins offene
Fenster, aber der Laden war fest verschlossen, wie sie von

außen gesehen hatte. Ihre Eltern vermissten sie. Aber aus einem Grund der Myriam interessierte, konnten oder wollten sie dies nicht öffentlich machen.

Myriam schaute wieder zu Roen. Er wirkte kraftlos und müde; nicht wie sie es von ihm gewohnt war. Eher das Gegenteil. In diesem Augenblick kam ihre Mutter aus dem Schlafzimmer und Myriam erschrak. Rias Blick war zu Boden gerichtet, aber wie hatte diese sich verändert. Ihre einst dunklen Haare waren gänzlich grau geworden. Die sonst lächelnden Augen lagen tief in den Höhlen, von schweren Falten umrahmt. Den Rücken gebeugt, als würde sie eine ständige Last mit sich tragen.

Myriam überlegte, wie lange sie fort gewesen war. Sie konnte nicht glauben, dass diese dramatische Veränderung in etwas mehr als einer Woche stattgefunden haben sollte. Der Schmerz, den sie verspürte, ließ sie lauter ausatmen als beabsichtigt. Laut genug damit Ria den Kopf hob, um sich umzusehen.

Als diese erkannte, wer dort im Dunkel des Zimmers stand, sackten ihr die Knie ein. Verzweifelt nach Halt suchend, griff sie an die Stange mit den Kochgefäßen. Dies führte dazu, dass sie einige davon herunterwarf, bevor ihre Hand Halt fand. Durch das Scheppern aufgeschreckt hob Roen den Kopf, um erst Ria und dann seine Tochter anzusehen. Hatte Myriam erwartet ihre Eltern freudestrahlend auf sich zu rennen zu sehen, so wurde ihre Erwartung jetzt enttäuscht. Beide starrten sie nur an ohne ein Wort zu sagen. Schon regte sich in ihr das Gefühl doch einen Fehler begangen zu haben, als sie entschied hierher zugehen. Ihr Unbehagen wuchs, je länger diese Situation andauerte. Als nach einer gefühlten Ewigkeit immer noch keine Regung von ihren Eltern eintrat, senkte Myriam den Kopf und drehte sich herum, um das Haus genauso leise zu verlassen, wie sie es betreten hatte. Eine Träne löste sich aus ihrem Augenwinkel, um einsam ihren Weg zu suchen. Myriam wusste nicht, was genau sie erwartet hatte, aber das war es nicht gewesen.

„Myriam warte", hörte sie plötzlich Rias zittrige Stimme hinter sich.
Ria musste die Stange, an der sie Halt gefunden hatte, losgelassen haben. Dieses Geräusch war unverkennbar. Langsam, mit immer noch gesenktem Kopf drehte das Mädchen sich wieder herum. Als sie den Kopf hob, kam Ria mit wackeligen Schritten auf sie zu. Myriam bewegte sich nicht. Erst nachdem Ria auffordernd die Arme ausgebreitet hatte, lief sie zu ihr. Als wäre diese Geste ein Signal gewesen, brachen sich alle angestauten Gefühle ihre Bahn.
Von einer Sekunde zur anderen sah Myriam alles nur noch verschwommen, ebenso erging es Ria. Schluchzend lagen sie sich in den Armen. Immer wieder streichelte Ria über den Kopf ihrer Tochter, küsste deren Stirn und flüsterte deren Namen, wie sie es auch früher gemacht hatte.
Myriam legte den Kopf auf die Schulter ihrer Mutter und schloss einen Moment die Augen. Nachdem ihr Blick sich wieder geklärt hatte, sah sie zu Roen, der immer noch auf dem Stuhl saß.
Auch er weinte. Als er ihren Blick auf sich gerichtet sah, wandte er sich ab, um ihr nicht in die Augen sehen zu müssen. Die gekrümmte Haltung und das Beben seiner Schultern zeugten davon, welche Qualen er durchlitt.

Ria spürte, wie sich Myriam anspannte. Sie schob diese leicht von sich, um sie anzusehen. Der Blick ihrer Tochter ging an ihr vorbei. Ria drehte sich herum und sah Roen zusammengesunken im Stuhl sitzen. Leise seufzend sah sie Myriam in die Augen.

„Er …“, setzte Ria zu einer Erklärung an, die aber durch den Finger, den Myriam ihr auf die Lippen legte, im Ansatz unterbunden wurde.

Ria sah das Mädchen überrascht an, das langsam den Kopf schüttelte. Behutsam löste sich Myriam und ging um ihre Mutter herum. Rias Blick folgte ihrer Tochter, wie sie ruhig zu Roen ging und ihm fürsorglich eine Hand auf die Schulter legte.

„Papa?“

Dieses eine Worte reichte, um Roens Herz zum Bersten zu bringen. Er hatte geglaubt den heftigsten Schmerz hinter sich zu haben, aber ein einzelnes Wort aus dem Mund seiner Tochter, belehrte ihn eines Besseren. Die Hand eines Riesen schien sein Herz zerquetschen zu wollen. Unermüdlich kämpfte es darum, ihn am Leben zu halten und die Qualen zu verlängern. Immer weiter sank er in sich zusammen.

Er spürte, wie sich die Hand drehte und eine Zweite ihn an der anderen Schulter berührte. Er konnte spüren, wie Myriam vor ihm in die Knie ging. Roen hatte Angst sie anzusehen. Er nahm all seine noch verbliebene Kraft zusammen, um die eine Frage auszusprechen, die er sich selbst, seit jenem verfluchten Tag, immer und immer wieder stellte.

„Kannst du mir - jemals verzeihen?“

Myriam schob ihre Hände unter Roens Kinn, hob dessen
Kopf langsam an und schaute in das tränenüberströmte
Gesicht.
„Ich habe dir schon längst verziehen! Ich bin nicht
gekommen um anzuklagen, sondern euch euren Frieden
zurückzugeben!"
Es dauerte eine Weile, bis der Sinn dieser Worte in Roens
Bewusstsein eindrang. Als er es verstand, war ihm noch
etwas anderes bewusst geworden. Myriam war nicht mehr
das kleine, unschuldige Mädchen, das er im Wald
ausgesetzt hatte! Sein Schmerz - wich der Neugier.
Langsam hoben sich die Augenlider. Verschwommen
erkannte er die grünen Augen seiner Tochter.
Sie nahm seine Hände und stand auf. Der Aufforderung
folgend, setzte er sich an den großen Tisch, an dem jetzt
auch Ria Platz nahm. Myriam ging in ihr ehemaliges
Zimmer und holte die Kerze um sie auf der Tischplatte
abzustellen, bevor sie sich ebenfalls setzte.

Ria und Roen sahen ihre Tochter erwartungsvoll an, die sie
zaghaft anlächelte.
„Diese Kerze", begann Myriam, „und eure Reaktionen
beweisen mir, dass das was geschehen ist, nicht von euch
ausging. Ich würde gerne wissen, was der Grund dafür
war!"
Ihr Vater zuckte zusammen.
„Keine Sorge", fügte sie schnell hinzu und legte ihre Hand
auf seine, „ich stehe zu dem, was ich eben sagte. Mir geht
es gut und ich bin glücklich, dort wo ich jetzt lebe."
Mit kurzen Worten erzählte sie, was sie seit ihrem
Erwachen unter der alten Eiche erlebt hatte. Dass diese

Odom hieß, verschwieg sie ebenso wie ihre Erlebnisse mit
Seraphora und Feria. Ihre Eltern waren einfache Menschen
und sie würden es nicht verstehen. Sie verstand es ja selbst
kaum. Als sie geendet hatte, sah sie Roen an.
„Würdest du mir jetzt verraten, was damals vorgefallen
ist?" Sie erkannte, wie schwer es ihrem Vater fiel darüber
zu reden, aber dann begann er doch, von Kor und den
Vorwürfen zu berichten. Noch während er erzählte, wurde
ihre Aufmerksamkeit von etwas anderem gestört. Als er
geendet hatte, nickte sie nachdenklich.
„Dort wo ich jetzt lebe, kann ich die sein, die ich bin. In
gewisser Weise bin ich euch sogar dankbar dafür. Ihr
braucht euch also keine Vorwürfe zu machen. Alles ist so,
wie es sein soll!"
Ihre Eltern starrten sie überrascht an.
„Was ist?"
„Deine Ohren", antwortete Ria, „sie zucken, ebenso wie die
Nasenflügel!"
Sie schloss die Augen und konzentrierte sich auf ihre Sinne.
Jetzt wurde ihr bewusst, wodurch sie abgelenkt worden
war. Die Geräusche vor der Hütte hatten sich verändert,
auch roch die Luft anders.
„Es brennt im Dorf, die Bewohner schreien wild
durcheinander", erklärte Myriam als sie die Augen wieder
öffnete.
Roen ging zur Tür und schaute hinaus.
„Sie hat Recht! Kors Haus steht in Flammen! Ich gehe
hinunter und helfe."
„Warte!", rief Ria, „ich werde mitkommen!"
„Ich ebenfalls", erklärte Myriam, nachdem sie neben ihren
Vater getreten war.

„Hältst du das für eine gute Idee?", hielt Roen dagegen „Es gibt genügend Leute die Wassereimer tragen können, um zu löschen! Vergiss nicht, für die meisten im Dorf bist du eine Hexe und tauchst in dem Moment auf, wo das Haus des Mannes brennt, der dich aus dem Dorf verbannt hat!"
„Ich hege keinen Groll gegen Kor und habe damit nichts zu tun!"
„Ich glaube dir", entgegnete Roen, „aber viele werden es anders sehen." Roen sah seiner Tochter ins Gesicht und lächelte. „Ich denke, dass es einiges gibt, was du uns nicht erzählt hast und es ist wahrscheinlich auch besser so. Wenn ich dir in die Augen sehe, erkenne ich, die Zeiten als ich dir sagte was du zu tun hast, sind vorbei! Aber tu mir wenigstens den Gefallen und halte dich im Hintergrund."

Dies fiel Myriam nicht schwer. Gleiches hatte sie Feria versprechen müssen.
Kaum hatten alle die Hütte verlassen, trennten sich ihre Wege. Ihre Eltern liefen direkt auf Kors Haus zu, während Myriam einen Bogen schlug. Schon von weitem erkannte sie die Kette von Wasserträgern, die sich vom Brunnen bis zum Haus gebildet hatte. Die Gebäude der einzelnen Bauern standen weit auseinander. Dadurch bestand nur wenig Gefahr, dass die Flammen übergreifen würden; trotzdem gab es viele Helfer.
Die Nacht war kühl, da das aufziehende Gewitter frischen Wind mitbrachte. Dadurch fiel sie mit dem Cape, das sie sich aus ihrem Zimmer geholt und weit ins Gesicht gezogen hatte, nicht besonders auf. Schon längst hatte sie ihre Sinne aktiviert. Sie musste nur darauf achten, dass die Kapuze

immer tief über ihr Gesicht reichte und der Brand es nicht beleuchtete. Myriam näherte sich vorsichtig.

Das Feuer war im hinteren Teil des Hauses ausgebrochen und fraß sich buchstäblich in Windeseile durch das Gebäude. Die ersten Flammen schlugen bereits aus dem Dach. Schon jetzt war abzusehen, wer den Kampf gewinnen würde. Es hatte einfach zu lange nicht geregnet und das Holz war trocken wie Zunder.
Myriam schaute sich nach ihren Eltern um. Sie sah Roen neben dem Brunnen wild mit den Armen gestikulieren. Er redete auf einen der Nachbarn von Kor ein, aber Kor selbst sah sie nicht. War er vielleicht noch im Haus?
In diesem Moment sah sie ihn von der Seite her angerannt kommen und auf die Flammen zustürzen. Roen stellte sich ihm in den Weg. Er musste all seine Kraft aufwenden, um den Hünen aufzuhalten. Kor gebärdete sich wie rasend und erst mit der Hilfe zweier Nachbarn schaffte Roen es, ihn davon abzuhalten, sich ins Feuer zu stürzen. Myriam sah Kors tränenüberströmtes Gesicht. Sofort suchte sie nach Kors Tochter, denn dessen Frau lag in den Armen von Ria.
„Nara!"
Dieser Schrei und Kors ausgestreckter Arm, der auf die Flammen deutete, zeigten Myriam, wo Nara zu finden war. Ihr Herz zog sich zusammen. War das Mädchen noch am Leben? Myriam hoffte, dass sie das was sie bei ihren Eltern unbewusst getan hatte, jetzt kontrolliert wiederholen konnte.
Sie blendete alle ihr bekannten Geräusche nach und nach aus. Sie schloss die Augen und langsam wurde es still um sie herum. Erst verstummte das Fauchen des Feuers, dann

das Knacken des brennenden Holzes, das Rauschen des
Windes, das Gemurmel der Menschen und zuletzt, das
Pochen ihres eigenen Herzens.

Sie spannte ihre Wahrnehmungsfähigkeit aufs äußerste an
und wartete. Zuerst dachte sie, ihre überreizten Sinne
spielten ihr einen Streich; mehr der Wunsch etwas zu finden
sie irreleitete. Aber dann wiederholte es sich.

Ein schwaches Husten und röchelndes Atmen. Nara lebte,
aber wie lange noch?

Myriam öffnete die Augen. Wie ein Hammerschlag trafen
sie die Geräusche, die wieder geballt auf sie eindrangen und
kurz aufstöhnen ließen. Sie schaute sich um. Ihre Mutter
war noch mit Kors Frau beschäftigt. Ihr Vater stand bei Kor,
der zusammengesunken neben dem Brunnen auf dem
Boden kniete. Alle Helfer starrten gebannt in die Flammen.
Myriam eilte durch die Menge zu ihrem Vater.

Seine Aufmerksamkeit galt dem Brand, der bereits das
gesamte Haus einnahm, wodurch er sie nicht bemerkte. Sie
berührte ihn an der Hand und spürte, wie er
zusammenzuckte. Erschrocken riss er die Augen auf und
wollte sie sofort wegbringen, doch sie weigerte sich.
Stattdessen deutete sie ihm an, sich zu ihr
herunterzubeugen, damit sie ihm etwas zuflüstern konnte.
Er aber ignorierte ihre Geste und versuchte sie fortzuzerren.
Für so etwas haben wir jetzt keine Zeit! dachte Myriam bei
sich und zog ihn ungehalten am Kragen zu sich herunter.
„Nara lebt noch! Frag Kor, ob ich helfen darf!"

Diese Frage hatte ihr Wiroja ans Herz gelegt. Immer wieder
hatte sie betont, wie wichtig es ist erst zu fragen, bevor man
hilft. Auch die noch so gut gemeinte Hilfe konnte zu

Problemen führen, da man die Absichten des Anderen nicht
kannte. Man weiß nie, was in den Köpfen der Menschen
vor sich geht. Nicht immer ist alles so, wie es für einen
selbst aussieht.

„Aber wie …?“
Mit einer Handbewegung unterband Myriam weitere Worte.
„Dafür ist jetzt keine Zeit! Frag ihn einfach!“
Sie erkannte in seinen Augen, in welchem Zwiespalt er sich
befand. Sie ging an ihm vorbei und zog ihn mit zu Kor.
Dann zog sie ihn am Arm herunter.
„Kor - hier ist jemand, der dich sprechen will“, hörte sie ihn
sagen.
Kor sah zu ihnen auf. Erst verstand er nicht, aber dann
erkannte er sie.
„My …!“
Sofort legte sie ihm die Hand auf den Mund.
„Wir haben keine Zeit, also hör mir einfach nur zu“,
flüsterte sie. „Nara lebt noch, aber ich weiß nicht wie lange,
also beantworte nur meine Fragen! Es ist möglich, dass ich
sie retten kann, soll ich helfen? Und wenn ich es tue, wird
es wahrscheinlich nötig sein, dass du mich vor den Bürgern
beschützt, wirst du es tun?“
Dieses Versprechen musste sie Feria geben, immer auch an
ihre eigene Sicherheit zu denken und sich nicht unnötig in
Gefahr zu begeben.
Genau in diesem Moment, sah sie einen fernen Blick auf
das brennende Haus vor ihrem geistigen Auge. Feria war
schon in der Nähe. Myriam konnte ihre Wut über das, was
sie hier tat spüren.

Nur wenn es keine andere Möglichkeit mehr gibt, sendete sie einen Gedanken, *du hast es versprochen!* Myriam wusste, Feria konnte so ihre Gedanken nicht hören, aber sie hoffte, dass sie ihre Emotionen verstand.

„Aber wie …?", riss Kor sie aus den Überlegungen.

Dass Männer nicht einfach eine Frage beantworten können, dachte sie wütend bei sich.

„Ja oder nein?", bohrte sie etwas ungehalten nach, „die Zeit läuft uns davon!"

Kor sah sie verständnislos an.

„Ja! Und ja, ich werde dich mit all meinen Kräften verteidigen!"

Myriam nickte.

„Bleibt beide bei mir, und egal was ich tue, euch wird nichts geschehen, vertraut mir einfach!"

Sie wartete keine weiteren Reaktionen ab, sondern ging zum Brunnen, in der Hoffnung noch genügend Zeit zu haben.

Die anderen Bewohner hatten mittlerweile die Löschversuche aufgegeben, so war Myriam dort unbehelligt. Trotzdem sprach sie leise.

„Seraphora, eine Freundin ruft nach dir!"

Sie sah Kor und ihrem Vater ins Gesicht und konnte darin lesen, was sie dachten. Für beide stand Myriam am Brunnen und redete in einer Sprache, die diese nicht verstanden, mit dem Wasser. Sie musste verrückt geworden sein. Aber schnell wandelte sich der Ausdruck, als sie Worte hörten, die in gleicher Sprache erklangen und aus dem Brunnen zu kommen schienen, in überraschtes Erstaunen.

„Ich bin hier Myriam und ich weiß, weswegen du mich rufst. Leider kann ich dir hier nicht helfen!"

Das Mädchen hatte das Gefühl, dass die Welt um sie herum
zerbrach. Wie sehr hatte sie gehofft, Nara retten zu können.
Kor musste ihren erschrockenen Blick richtig gedeutet
haben, denn schon füllten sich seine Augen wieder mit
Tränen. Aber so leicht wollte Myriam ein Leben nicht
aufgeben.
„Wieso kannst du nicht helfen?“
„Ich könnte schon, aber ich darf es nicht!“
„Du - darfst nicht?“, fragte sie ungläubig.
„Es gibt Gesetze oder vielmehr Regeln an die wir
Elementare uns halten müssen. Eines besagt, dass wir uns
niemals wissentlich in den Wirkungsbereich eines anderen
Elementars einmischen dürfen!“
„Ich verstehe, auch wenn ich nicht weiß was ein Elementar
ist. Aber das muss bis später warten. Hast du eine andere
Idee, was ich tun kann. Es fällt mir schwer, das Mädchen
sterben zu lassen?“
„Wie wäre es, wenn du einfach die 'Hüterin des Feuers'
rufst und bittest dir zu helfen?“
„Die 'Hüterin des Feuers'? Ich glaube, so langsam verstehe
ich, was ein Elementar ist. Kannst du mir ihren Namen
sagen?“
„Tut mir Leid, auch das darf ich nicht. Nur der Elementar
selbst hat das Recht zu wählen, wem er sich zu erkennen
gibt!“
„Dann hoffe ich, sie wird mich für würdig halten!“
„Ich denke, darüber brauchst du dir weniger Sorgen zu
machen. Vielmehr um etwas anderes!“
„Und das wäre?“
„Ich kenne sie. Du musst ihr offen entgegentreten sonst
wird sie dich nicht anerkennen.“

„Was meinst du mit offen?“
„Unverhüllt, dein Cape. Wenn du es so trägst, wird sie glauben du fürchtest dich vor ihr und nicht erscheinen. Aber wenn du das Cape abnimmst, gibst du dich auch allen Menschen zu erkennen! Es ist ganz allein deine Entscheidung, ob du dieses Risiko eingehen willst. Auch Feria bittet dich, es zu unterlassen!“
„Würdest du ihr bitte ausrichten, sie möchte sich bereithalten. Aber nur eingreifen, wenn es keine andere Möglichkeit gibt.“
„Dann möge die 'große Mutter' es richten, dass es nicht notwendig sein wird.“
Selbst wenn Myriam noch Zweifel gehabt hätte, was sie tun sollte, ein Blick in Kors flehende Augen und die Antwort lag deutlich vor ihr. Myriam registrierte den erwartungsvollen Blick ihres Vaters. Dabei sah sie auch ihre Mutter und Dina, Kors Frau, hinter ihm stehen. Auch die anderen Bewohner schienen zu fühlen, hier geschah etwas Ungewöhnliches, was mit der vermummten Gestalt zu tun hatte. Myriam konnte spüren, wie sich die Aufmerksamkeit immer mehr auf sie richtete. Dabei hatte sie doch genau das vermeiden wollen.
Bevor sie dieses Wagnis auf sich nahm, wollte sie Gewissheit, Nara noch lebend anzutreffen. Noch einmal blendete sie alle überflüssigen Geräusche aus und hörte das röchelnde Atmen des Mädchens. Zufrieden nickend öffnete sie wieder die Augen und schaute hinüber zum brennenden Haus.
Die Flammen schlugen hoch und davor hatte sich ein großer, freier Platz gebildet. Sie wandte sich an Kor und Roen.

„Bleibt bitte hier und haltet die Leute im Auge. Ich muss
jetzt alleine gehen, es wäre für euch zu gefährlich."
Sie nickte ihren Eltern zu und schritt langsam dem Feuer
entgegen. In der Mitte zwischen Haus und Brunnen blieb
sie stehen. Hier war die Hitze noch erträglich. Myriam
spürte die Blicke der Umstehenden auf sich. Erst schob sie
die Kapuze zurück, um danach das gesamte Cape auf den
Boden rutschen zu lassen. Sofort erhob sich ein erstauntes
Raunen. Auch ein einzelner Ruf, „Hexe", war zu hören.
Myriam hatte die Stimme erkannt. Es war Netter gewesen,
dessen Sohn das Rückgrat gebrochen worden war. Sie
schob diese Gedanken zur Seite um sich auf das zu
konzentrieren, was vor ihr lag.
Myriam hob beide Arme seitlich an. Klar und überzeugt
erklang ihre Stimme. Obwohl sie in normaler Lautstärke
sprach, übertönten ihre Worte selbst das Knacken des
Feuers. Jeder konnte sie hören, als ob der Wind ihre
Sprache verstärkte.

„Hüterin des Feuers! Ich - Myriam, bitte um dein
Erscheinen!"
Ihr Ruf schien zunächst ungehört zu bleiben, doch plötzlich
schoss eine Flammenzunge auf sie zu, um viel zu dicht vor
ihr anzuhalten. Schreie gingen durch die Menge und
Myriam hoffte, keiner würde versuchen ihr zu Hilfe zu
eilen. Die Hitze versengte ihr leicht die Haare. Sie konnte
kaum atmen, wich aber nicht zurück. Sie wollte sich keine
Blöße geben, alles hing von diesem Moment ab. Nach einer
schier endlosen Zeit zogen sich die Flammen ein Stück
zurück. Myriam atmete mehrmals tief durch, um die
Benommenheit abzuschütteln. Es hatte den Anschein, als

würde sich die Flammenzunge noch weiter zurückziehen, aber stattdessen schob sich eine Flammenwand vom Haus auf sie zu. Nur langsam formte sich ein Körper heraus, der immer wieder im Rhythmus der Flammen zu zerfließen schien. Einzig die glutroten Augen fixierten sie regungslos.

„Du bist also Myriam", vernahm sie die rauchige Stimme der Hüterin.

„Mein Name ist Myriam, was ich bin, siehst du vor dir", entgegnete sie ungerührt.

Knacksende Geräusche folgten dieser Bemerkung, was Myriam als Lachen interpretierte.

„Das, wage ich zu bezweifeln", hörte sie und es klang, als hätte jemand Wasser auf die Glut geschüttet. „Hast du keine Angst vor mir? Du könntest sterben bei dem was du tust!"

„Angst, nein! Achtung, ja!"

„Du achtest mich? Ich zerstöre, was ihr aufgebaut habt und nehme ein Leben!"

„Es ist die Eigenschaft des Feuers zu brennen. Von der kleinsten Kerzenflamme bis zum größten Brand ist es immer dasselbe Feuer. Ich habe gesehen, dass dort wo eine Feuersbrunst wütete, hinterher neues Leben entstand. Auch deine Kraft ist Teil des Werdens und Wandels des Lebens."

„Du sprichst weise Worte für einen so jungen Menschen. Es ist überhaupt ein Wunder, das du diese Sprache beherrschst!"

Myriam konzentrierte sich, um festzustellen ob Nara noch lebte.

„Bemühe dich nicht! Das Mädchen ist noch am Leben und daran wird sich auch in keiner Weise etwas ändern, solange wir uns unterhalten."

„Und danach?"

„Das hängt davon ab, wie ich mich entscheide und dies
wiederum, von unserem Gespräch."
Wieder erklang dieses knackende Lachen.
Sie spielt mit mir. Sie weiß genau, warum ich hier bin.
Myriam ärgerte sich über diese Erkenntnis.
„Du weißt, weshalb ich gekommen bin! Wirst du das
Mädchen verschonen?"
„Warum sollte ich? Sie hat es selbst herbeigeführt, indem
sie eine Kerze umstieß. Es ist das Ergebnis ihrer eigenen
Handlung, für die sie die Konsequenzen zu tragen hat. Aber
ihr Leben bedeutet mir nichts. Es ist nur immer etwas
Besonderes Fleisch zu verzehren!"
Myriam erschrak über diese Erklärung. Die Hüterin konnte
sehr genau die Mimik eines Menschen deuten.
„Hat dich meine Antwort erschreckt? Ich kann kein Leben
zerstören! Leben ist ewig, es wandelt sich nur. Einzig das
Gefäß, in dem es wohnt, kann ich vernichten und selbst
dieses wird nur verwandelt. Seine Bestandteile sind immer
noch existent, wusstest du das etwa nicht?"
Myriam war enttäuscht. Was konnte sie einer solchen
Argumentation entgegensetzen. Wie erklären, dass es ihr
um das Leben in diesem Gefäß ging.
„Doch, es ist mir bewusst", antwortete sie widerwillig.
„Aber den meisten Menschen sind diese Zusammenhänge
unbekannt. Für jene ist die Hülle gleichbedeutend mit dem
Leben. Deswegen geht es ihnen um die Existenz in diesem
bestimmten Gefäß!"
Die Hüterin schob sich Myriam entgegen.
Merkwürdigerweise nahm aber die Hitze nicht zu, wie es zu
erwarten gewesen wäre.
„Und dir?"

„Mir auch!"
Myriam hatte die ganze Zeit in die Flammen gesehen, was
ihre Augen ermüdete. Schon jetzt bildeten sich vereinzelt
Sternchen in ihrem Blickfeld. Wie lange konnte sie dieser
Belastung noch standhalten, bis sie zum ersten Mal
wegsehen musste?
„Da sie mir nichts bedeutet, mache ich dir ein Angebot. Gib
mir für sie ein anderes fleischliches Gefäß und du sollst sie
haben!"
Myriam schöpfte Hoffnung.
„Du meinst, wenn ich dir Fleisch bringe, lässt du sie
gehen?" *Ein Stück geschlachtetes Vieh wird sicher
aufzutreiben sein.*
„Ein lebendes Gefäß!"
Myriam war verzweifelt! Dieser Satz hatte ihre
aufkeimende Hoffnung wieder zunichtegemacht.
„Du verlangst von mir - ein Leben gegen ein anderes
einzutauschen?"
„Ich verlange gar nichts! Ich habe dir lediglich ein Angebot
gemacht!"
„Das kann ich nicht!"
„Du willst damit sagen, dass du dich weigerst, das Leben
eines Tieres gegen das eines Menschen einzutauschen?"
„Ich achte jedes Leben, gleichgültig in welcher Form es
sich zeigt. Wer wäre ich, wenn ich mir anmaßen würde
darüber zu urteilen, welche Form die wichtigere, welches
Leben höher einzustufen ist. Nein! Ich kann und werde es
nicht tun!"
„Willst du nicht den Eltern des Kindes diese Entscheidung
überlassen?"

Myriam überlegte, ob sie diesen Weg wählen sollte, um
Nara zu retten. Aber würde es nicht bedeuten, dieses eine
Leben die Konsequenzen tragen zu lassen, für die Handlung
eines anderen? Natürlich wäre Kor sofort bereit ein Tier zu
opfern. Aber würde sie das, von ihrer Verantwortung dem
Leben des Tieres gegenüber entbinden, da sie doch Kors
Entscheidung vorher schon kannte? Nein, sie würde sich für
immer für den Tod dieses Tieres verantwortlich fühlen. So
leid es ihr tat, aber wenn es keine andere Lösung gab,
musste Nara selbst die Konsequenzen für ihr Handeln
tragen. Myriam schüttelte den Kopf.
„Nein, es ist meine Entscheidung. Ich werde nicht die
Verantwortung in die Hand eines anderen legen, nur weil es
so bequemer ist!"
Die beiden so ungleichen Lebewesen schauten sich einen
Moment lang nur in die Augen.
„Und was ist mit deinem Leben? Wärst du bereit es für sie
zu geben?"
Ohne zu zögern, kam Myriams Antwort.
„Ich würde es tun, aber ich bin an ein Versprechen
gebunden, das ich erfüllen muss!"
Zu retten, wo es scheinbar nichts mehr zu retten gibt, schoss
es ihr durch den Kopf.
Ihre Augen füllten sich mit Tränen. Es war ihr egal, ob sie
sich jetzt der Hüterin gegenüber eine Blöße gab.
„Ich danke dir für dein Erscheinen, auch wenn ich mir
einen anderen Ausgang erhofft hatte", flüsterte sie nur noch.
Müde und kraftlos wendete sie sich ab. Jetzt konnte sie die
Tränen nicht mehr zurückhalten. In ihrer Vorstellung sah
sie, wie Nara vom Feuer verzehrt wurde.
„Warte!"

Diese Stimme war weich und warm und erinnerte an die zarte Flamme einer Kerze oder an die kleinen Flämmchen, die über einer Glut tanzten. Nichts war geblieben von der rauchig, knackigen Stimme zuvor. Myriam drehte sich herum und richtete sich auf. Erst nachdem sie sich die Tränen aus den Augen gewischt hatte, erkannte sie die jetzt veränderte Hüterin.

Die vorher unruhig, zerfließenden Formen waren verschwunden. Ruhig stand eine junge Frau in gelbrotem Gewand vor ihr. Nur die pulsierenden, sich verwischenden Farben erinnerten daran, dass es sich um Flammen handelte. Die rote Glut der Augen war einem warmen gelb gewichen.

„Mein Name ist Lodanis - und es ist mir eine Ehre dich kennen zu lernen, Myriam."

Nie hätte das Mädchen diese Wandlung für möglich gehalten. Tief verbeugte sich die Hüterin vor ihr. Myriam legte ihre rechte Hand aufs Herz und verneigte sich ebenfalls.

„Die Ehre ist ganz auf meiner Seite", antwortete sie tief bewegt.

„Ich muss mich bei dir entschuldigen", fuhr Lodanis fort. „Schon viele sind zu mir gekommen, um sich meine Macht zu erkaufen und andere den Preis dafür zahlen zu lassen. Du aber bist erschienen, um zu bitten und warst nicht bereit die Verantwortung von dir zu weisen. Ich habe nicht erwartet einmal einen Menschen zu treffen, der weiß - was Ehre ist und im Besonderen keinen so jungen. Wenn du mir vertraust, so kannst du hineingehen und das Mädchen heraus geleiten, ohne das euch ein Leid zugefügt wird."

„Ich vertraue dir, ebenso wie ich Seraphora vertraue und ihr
würde ich bedenkenlos mein Leben anvertrauen!"

„Du kennst die 'Hüterin des Wassers'?"

„Ja, und sie war es auch, die mir riet mich an dich zu
wenden, um Nara zu retten!"

„Du verwunderst mich immer mehr! Die meisten Menschen
wissen nicht einmal von unserer Existenz und Du kennst
sogar zwei Hüter."

Myriam neigte leicht beschämt den Kopf.

„Ich bitte um Verzeihung, aber ich kenne jetzt - drei Hüter.
Wiroja, die ‚Hüterin des Waldes' ist auch meine Freundin,
ich wohne bei ihr."

„Du bist mit drei Hütern bekannt, nennst sie Freund und
bittest dafür um Verzeihung? Du bist wahrlich erstaunlich.
Es wird mir eine Freude sein, euch aufzusuchen. Wenn du
erlaubst und das hier überlebst?"

„Die Freude ist ganz auf meiner Seite und Wiroja wird
ebenso erfreut sein, dich kennen zu lernen. Aber was meinst
du mit 'falls ich das überlebe'? Du sagtest doch, mir würde
nichts geschehen!"

„Jetzt droht dir von mir keine Gefahr! Ich kann dir freies
Geleit gewähren, weil du nicht für dich bittest, sondern für
jemand anderen. Aber wenn du selbst in diese Situation
kommst, kann ich es nicht. Es ist mir untersagt, mich in die
Geschicke der Menschen einzumischen. Es sei denn, mich
bittet ein anderer darum. Von mir aus darf ich es nicht,
selbst wenn ich es bedauern würde. Ich hoffe diese
Menschen", damit deutet sie mit einem Kopfnicken auf die
Dorfbewohner, „besitzen ebenso viel Weisheit wie du.
Ansonsten befürchte ich das Schlimmste!"

„Sie werden mich als Hexe verbrennen wollen, es war
schon einmal ihre Absicht!"
„Das dachte ich mir. Und trotzdem bist du hier?"
„Es sind nicht alle so. Auch war ich nur zufällig in der
Nähe. Aber ich kann nicht tatenlos zusehen, wenn ich eine
Möglichkeit sehe zu helfen, auch wenn es ein Risiko für
mich bedeutet."
„Zufällig? Ein Risiko? Du könntest deinen Körper verlieren
und was ist dann mit dem Versprechen, das du gabst?"
„Es hat sich alles etwas anders entwickelt, als ich es geplant
hatte."
„Wie dem auch sei, gibt es jemanden der für dich sprechen
würde?"
„Ich denke, Seraphora wäre dazu bereit!"
„Sie ist eine Elementarhüterin, auch sie darf sich nicht in
die Belange der Menschen einmischen. Was ist mit Wiroja,
ist sie hier?"
„Nein, und selbst wenn, sie spricht die 'alte Sprache' nicht!"
„Also gibt es niemanden?"
„Doch es gibt jemanden. Aber bei ihr wäre es mir lieber, sie
würde darauf verzichten. Sie würde sich dadurch selbst in
noch größere Gefahr begeben und ihr Tod wäre für mich
schlimmer als mein eigener."
„Obwohl ich dich erst seit kurzem kenne, achte ich dich für
das, was du sagst und wie du handelst. Mehr - als ich es für
möglich gehalten hätte. Sollte es dazu kommen, wisse das
es mir leidtut und ich entschuldige mich dafür!"
Lodanis verbeugte sich abermals tief und Myriam glaubte,
so etwas wie feurige Tränen in ihrem Gesicht zu sehen.
„Eine Entschuldigung ist nicht notwendig. Du bist, was du
bist. Alles ist gut und noch ist es nicht soweit", antwortete

Myriam und verbeugte sich ihrerseits. „Es war mir eine
Ehre dich kennenlernen zu dürfen und jetzt hole ich besser
Nara!“
Myriam drehte sich um und schaute zu ihren Eltern, die sie
ängstlich ansahen.
*Feria meine geliebte Schwester, verstehe das bitte jetzt
nicht falsch*, dachte sie mit aller Kraft und schritt in die
Flammen.

Alle Umstehenden hatten weder etwas gehört noch von
Lodanis gesehen. Einige wunderten sich darüber, dass das
Haus nicht weiter abbrannte, doch mehr nicht. Für sie gab
es nur Myriam, die vor dem Feuer stand und sich ab und zu
verbeugte. Als diese jetzt in die Flammen trat, ging ein
Aufschrei durch die Menge.
„Myriam nein!“, schrie Roen und wollte ihr nacheilen aber
diesmal war es Kor, der ihn festhielt.
Ria nahm ihren Mann, der bitterlich weinte, in die Arme.
Lange Zeit war nur das Schluchzen zweier Familien und
das Fauchen des Feuers zu hören. Die Ersten hatten schon
begonnen sich auf den Heimweg zu machen, als abermals
ein Aufschrei ertönte.
„Da!“
Zuerst war nicht viel zu erkennen, außer einer dunklen
Masse, die sich im Feuer bewegte. Doch es reichte aus,
damit sich alle Augen wieder auf die Flammen richteten.
Schier unendlich lange dauerte es, bis sich daraus Myriam
herausschälte, die Nara, mehr hinter sich her schleifend als
gehend, bei sich hatte. Dina und Ria rannten ihnen entgegen
und diesmal hielt sie niemand auf. Doch beide wichen
wieder ein Stück zurück, als die Hitze für sie zu groß

wurde. Ungeduldig gestikulierend mussten sie warten. Als
Myriam den Kopf hob und ihre Mutter sah, mobilisierte sie
ihre Kräfte. Auch atmen fiel ihr wieder leichter. Endlich
konnte sie Nara loslassen und fiel erschöpft zu Boden.
Roen und Kor nahmen ihre Töchter auf den Arm, um sie
etwas weiter vom Feuer entfernt, vorsichtig auf die Erde zu
legen. Beide Mädchen, wenn auch entkräftet, lebten. Das
ganze wurde von Freudenrufen begleitet.

So wie der Beifall verebbte, wurden plötzlich andere Töne
laut. Es dauerte nicht lange, bis das erste Mal das Wort
Hexe zu hören war. Kor und Roen sahen sich an und
nickten einander zu. Doch bevor sie sich erheben konnten,
krachten Knüppel auf ihre Köpfe, wodurch sie bewusstlos
zusammenbrachen. Ria und Dina warfen sich schreiend
über ihre Töchter, um sie zu schützen. Während Dina
ignoriert wurde, wurde Ria unsanft hochgerissen und zur
Seite geschleudert. Sofort sprang sie auf, um sich abermals
schützend über Myriam zu werfen. Doch schon im Ansatz
wurde sie festgehalten und ein Schlag ins Gesicht warf sie
zu Boden.
„Bleib liegen oder willst du auch auf den Scheiterhaufen,
Mutter einer Hexe!"
Trotz ihrer Tränen erkannte Ria den Sprecher. Es war Netter
gewesen. Hilflos musste sie mit ansehen, wie dieser und
Warden ihre Tochter ergriffen und zum Pfosten neben dem
Brunnen schleiften. Normalerweise diente dieser dazu,
Tiere zum Tränken anzubinden. Myriam war noch viel zu
geschwächt, um sich zu wehren. Erst als sie an den Stamm
gebunden wurde, fiel die Müdigkeit von ihr ab, aber da war
es bereits zu spät.

Sie schaute sich um. Versuchte den Leuten in die Gesichter
zu sehen, die Holz und Stroh um sie herum aufschichteten.
Doch jeder vermied es ihr in die Augen zusehen.
Wahrscheinlich aus Angst, sie könnte denjenigen mit einem
Blick verhexen. Sie kannte alle, die gekommen waren, um
erst zu helfen und sie jetzt brennen zu sehen.
Merkwürdigerweise verspürte sie weder Wut noch Zorn,
auch keine Angst, nur Bedauern. Bedauern darüber, dass sie
nun ihr Versprechen nicht einhalten konnte und ihre
Schwester enttäuscht hatte. Myriam wusste, Feria war in
der Nähe, sie sah es vor ihrem inneren Auge. Konnte sich
sogar selbst sehen. Auch wenn Feria jetzt eingreifen würde,
es befanden sich mittlerweile so viele Männer hier, dass es
ein Blutbad geben musste. Und es war nicht sicher, ob Feria
es überleben würde. Nein, nur dass nicht, lieber wollte sie
sterben.
Verzeih mir, Feria! Bring dich in Sicherheit!
Ihre Aufmerksamkeit wurde von Netter in Anspruch
genommen, der mit einer Fackel vor ihr stand.
„Haben wir dich doch noch erwischt, Hexe!"
Aber Myriam achtete nur auf die Stimme und das Gesicht,
das aus der Fackel drang.
„Es tut mir leid Myriam, ich wollte, ich könnte anders
handeln", sagte Lodanis so zärtlich, dass es schwer
vorstellbar war, dass es das Feuer war, das mit ihr sprach.
„Es ist nicht deine Schuld!", antwortete Myriam.
„Hört ihr, selbst jetzt versucht sie noch mich zu verhexen!",
brüllte Netter. „Dem werde ich ein Ende bereiten!", schrie
er und senkte die Fackel.
Lautes Knurren ließ ihn zusammenzucken und
herumfahren.

Feria nicht, bring dich in Sicherheit! wiederholte Myriam in Gedanken, mit Tränen in den Augen.

Das Knurren erscholl abermals, doch Netter versperrte ihr die Sicht. Sie konnte nicht erkennen, was hinter ihm geschah und dachte auch nicht daran, auf ihr 'gedankliches Sehen' zu achten. Netter ließ plötzlich die Fackel fallen und sprang zur Seite. Diese fiel ins Stroh, das sofort Feuer fing. Der Qualm trieb Myriam in die Augen, die dadurch noch mehr zu tränen begannen. Nur verschwommen nahm sie wahr, was sich vor ihr abspielte.

Der Schemen der vor ihr zur Seite wich, musste Netter sein und dahinter vermutete sie Feria. Aber die Umrisse waren zu klein. Wer, oder was war es dann? Schon begannen die ersten Flammen an ihrer Kleidung zu züngeln und sie spürte deren Hitze.

„Fass sie nicht an!", hörte sie eine raue, ihr unbekannte männliche Stimme in der 'alten Sprache' rufen.

Sofort zogen sich die Flammen von ihr zurück. Myriam schüttelte den Kopf um die Tränen aus den Augen zu bekommen, und da die Flammen jetzt anders brannten, gelang es ihr nach einiger Zeit. Aber trotzdem glaubte sie nicht, was sie jetzt erkannte.

Vor dem Feuer stand, mit gefletschten Zähnen und blutunterlaufenen Augen Spell, der Hund vom alten Warden. Immer wieder drehte er sich, um jeden anzuknurren der versuchte sich ihm zu nähern.

„Spell, bist du es wirklich?", fragte Myriam, immer noch an sich selbst zweifelnd.

„Ja Myriam, ich bin es!"

„Aber wieso sprichst du die 'alte Sprache' und was machst du hier?"

„Die Sprache ist ein Vermächtnis meiner Mutter und ich
versuche, dein Leben zu retten. Ich habe alles verstanden,
was du und Lodanis besprochen habt. Hörst du mich
Lodanis, ich bitte um ihr Leben!“
In den Flammen erschien Lodanis Gesicht. Auch ohne dass
sie etwas gesagt oder getan hatte, kannte Myriam bereits
die Antwort. Lodanis trauriger Blick, und diesmal war
Myriam sicher, dass sie weinte, sagten genug.
„Es tut mir unendlich leid Spell, aber das zählt nicht. Es
muss ein Mensch sein, der für sie bittet! Ich wollte, es wäre
anders“, fügte sie mit einem Kopfschütteln hinzu.
Spells knurren wurde noch bedrohlicher.
„Und was ist mit deinem Angebot? Gilt das auch für
Myriam?“
„Von welchem Angebot sprichst du?“, fragte Lodanis
überrascht.
„Nein Spell, das erlaube ich nicht“, rief Myriam
dazwischen, die sofort wusste, worauf er hinaus wollte.
„Mein Leben für das ihre“, antwortete er unbeeindruckt von
Myriams Einspruch.
„Verstehe ich dich richtig? Du willst dich für einen
Menschen opfern?“, fragte Lodanis skeptisch.
„Nicht für irgend einen, für sie!“
„Nein Spell, das kannst du nicht tun, das würde ich mir
niemals verzeihen“, bettelte Myriam.
„Myriam, hast du nicht gesagt, jedes Lebewesen muss
selbst darüber entscheiden, für wen es bereit ist zu sterben?
Also ist es meine Entscheidung und nicht die deine. Ich bin
alt und habe keine Kinder, an die ich mein Vermächtnis
weiter geben könnte. Du dagegen bist jung. Mit dir wird
das Wissen und die Hoffnung weiter leben. Erlaube mir,

meinem Leben und meinem Tod einen Sinn zu geben,
indem ich das beschütze, was mir lieb und teuer ist. Das zu
behüten, was mir auf dieser Welt das Wichtigste war, seit
ich es das erste Mal sah!"
Myriam wollte etwas erwidern, aber die Tränen erstickten
die Worte.
Lodanis bitte nicht - es wird nichts ändern.

Verschwommen nahm sie wahr, wie die Flammen vom
Scheiterhaufen auf Spell übersprangen. Die lauten Schreie
und rennenden Menschen registrierte sie nur unbewusst.
Als die Seile zerrissen, die Myriam gehalten hatten, wäre
sie fast umgefallen, konnte sich aber im letzten Augenblick
abfangen. So oft sie auch ihre Augen von den Tränen
befreite, genauso schnell füllten sie sich wieder. Sie schaute
auf das hinab, was noch vor kurzem ein Lebewesen und
Freund gewesen war. Kein Schmerzenslaut war von ihm zu
hören gewesen.

*Spell, deinen Namen und dein Andenken werde ich in Ehren
halten. Ich werde niemals vergessen, welches Opfer du für
mich gebracht hast. Sollte ich einmal Kinder haben, wirst
du in ihren Erinnerungen weiterleben.* Auch wenn sie es
nur gedacht hatte, für Myriam war es ein Schwur.

Lodanis war gnädig gewesen. Sie hatte mit hoher Hitze
gebrannt, um die Schmerzen kurz zu halten. Schon bald war
nicht mehr als ein Häufchen Asche übrig das vom Wind
verweht wurde.
Myriam sah sich um. Die meisten Dorfbewohner waren
davon gerannt. Nur Netter und der alte Warden standen mit

hasserfüllten Augen in der Nähe. Als Myriam sich umdrehte, standen ihre Eltern und Kor mit seiner Familie hinter ihr. Auch Nara schien es so weit gut zu gehen, denn sie lächelte Myriam verlegen an. Roen nahm sie in den Arm und wollte seine Tochter fortführen, als Warden zu schimpfen anfing.

„Sie ist eine Hexe und du Kor als unser Bürgermeister musst dafür sorgen, sie auf den Scheiterhaufen zu bringen! Jetzt hat sie auch noch meinen armen Hund auf dem Gewissen! Dein Haus ist schon in Flammen aufgegangen. Muss sie erst das gesamte Dorf niederbrennen, bevor du uns glaubst?"

Kor blieb stehen und schaute Warden wütend an.

„Myriam war bei uns, als das Feuer ausbrach", entgegnete Roen, „sie hat damit nichts zu tun. Komm, Myriam, lass uns nach Hause gehen", fügte er hinzu und wandte sich ab.

„Das hätte ich auch an deiner Stelle gesagt", fing Warden erneut an, „du bist ja für diese Brut verantwortlich!" Myriam konnte spüren, wie ihr Vater zusammenzuckte, hielt ihn aber fest. Es war sinnlos. Der Hass und die Angst saßen zu tief und Schläge waren noch nie ein gutes Argument gewesen.

„Für meine zerfetzte Hand wirst du eines Tages bezahlen, das schwöre ich dir", schrie Warden und drohte Myriam mit der Faust.

Jetzt war sie es, die zusammenzuckte. Ihre Augen fingen an zu leuchten und sie fuhr herum. Roen wollte sie nachhause bringen. Doch eine Handbewegung ihrerseits reichte aus damit er sie los ließ. Myriam fixierte Warden mit ihrem Blick und schlich auf ihn zu. Diesem stand die Angst ins Gesicht geschrieben, doch er bewegte sich nicht. Netter

hingegen wich mit jedem Schritt, den das Mädchen auf
Warden zuging, einen zurück. Zuletzt standen sich nur sie
und Warden gegenüber, der am ganzen Leib zitterte und
gebannt auf ihre Augen starrte.
„Zeige mir deine Hand!", befahl Myriam, deren Stimme
einen merkwürdigen Nachhall hatte.
Wie in Trance hob Warden seine verletzte Hand und hielt
sie ihr entgegen. Gebannt warteten die Umstehenden, was
jetzt passieren würde. Selbst Netter war wieder einige
Schritte näher gekommen.
Myriam ergriff die Hand und untersuchte diese.
„Die Sehnen sind durchtrennt" sagte sie, als wäre es das
normalste der Welt.
Dann rollte sie Wardens Finger zusammen und legte ihre
Hände um die verletzte Hand. Dabei schaute sie Warden ins
Gesicht. Es schien nichts weiter zu geschehen. Doch im
Dunkel der Nacht konnte man einen leichten Schimmer, der
sich zwischen ihren Händen bildete, erkennen. Er dauerte
nur einen kurzen Moment. Myriam ließ die Hand los und
Warden schaute ungläubig auf seine Finger, die er wieder
bewegen konnte.
Das Leuchten in Myriams Augen erlosch. Ein erstauntes,
„Oh", entwich ihr, dann brach sie ohnmächtig zusammen.
Roen fing sie im letzten Moment auf. Zweifelnd wanderte
sein Blick von Wardens Hand zu Myriam, die schlapp in
seinen Armen lag. Dann lächelte er.
„Jetzt können wir heimgehen", erklärte er zufrieden und
setzte sich in Bewegung.

8 Vertrauen

Als Myriam erwachte, dröhnte ihr Kopf und sie hatte
Probleme sich zurechtzufinden. Fahles Licht fiel durch das
Fenster herein. War es früher Morgen oder später Abend,
sie wusste es nicht? Langsam erkannte Myriam ihre
Umgebung. Sie lag in ihrem alten Zimmer im Bett. Ihr
Kleid lag über dem Fußende und leise Stimmen drangen
durch die leicht geöffnete Tür. Wie war sie hier her
gekommen? Hatte sie die Ereignisse nur geträumt? War sie
krank gewesen und alles, was sie erlebt hatte, waren nur
fieberhafte Fantasien?
Vorsichtig richtete sie sich auf, was ihr Kopf sofort übel
nahm. In ihm brummte es, als hätte sich darin ein Schwarm
Hornissen häuslich eingerichtet. Myriam kniff die Augen
zusammen und wartete, bis ihr Kopf sich beruhigt hatte.
Erst danach versuchte sie aufzustehen. Auf wackeligen
Beinen und sich am Bett abstützend, torkelte sie zum
Fußende um ihr Kleid anzuziehen.
Nachdem sie es übergestreift hatte und an sich heruntersah,
konnte sie schwach die verbrannten Stellen daran erkennen.
Zumindest war dies kein Traum gewesen, was aber immer
noch nicht erklärte, wie sie hierher kam. Sie schlurfte zum
Fenster, um es zu öffnen. Die frische Luft half ihr, die
restlichen Insekten aus ihrem Kopf zu vertreiben. Jetzt war
sie auch in der Lage etwas anderes wahrzunehmen.
Vor ihrem 'inneren Auge' erschien ein Bild, welches sie von
Feria empfing. Auch die Freude, die diese empfand, konnte
sie deutlich spüren. Feria musste wieder am Waldrand
liegen, dort wo Myriam sie verlassen hatte. Ein
Glücksgefühl breitete sich in Myriam aus, nicht alles nur

geträumt zu haben. Andererseits hätte sie auf einiges, was sie in der letzten Zeit erlebt hatte, gerne verzichtet. Bevor sie Ferias Blick ignorierte, glaubte sie eine Person zu erkennen, die sich vom Waldrand fortbewegte und plötzlich …

Ich hoffe, Wiroja kommt bald zurück und ich erfahre, wie es meiner Schwester geht. Es war unverantwortlich von ihr sich so in Gefahr zu bringen. Sie weiß doch, wie lange ich nach ihr gesucht habe.

Überrascht lauschte Myriam der Stimme in ihrem Kopf. *Feria bist du das?*

Was sie sich nur … Myriam?

Ja! Wieso kann ich deine Gedanken hören, obwohl ich dich nicht berühre?

Ich nehme an, wie haben wieder einen weiteren Schritt in unserer Verbindung getan. Wodurch dieser ausgelöst wurde weiß ich allerdings nicht. Auf alle Fälle vereinfacht es die Sache ungemein. Wie geht es dir, du hast mir Angst gemacht?
Mir geht es gut! Es lief nicht alles so wie geplant!

Das habe ich bemerkt, kam Ferias bissige Antwort! Aber …

Später!, unterbrach Myriam sie. *Feria, ich möchte mich erst mit meinen Eltern unterhalten. Ich liebe dich meine Schwester*, fügte sie hinzu, als sie Ferias Unmut spürte.

Myriam spürte, wie sich Ferias Gedanken zurückzogen. Sie
schloss das Fenster und ging zur Tür. Jetzt hatte sie weniger
Probleme beim Laufen. Das Kor und Roen dahinter waren,
konnte sie deutlich hören. Leise öffnete sie diese.
Roen saß mit dem Rücken zu ihr am Tisch, Kor ihm
gegenüber. Darauf standen eine Flasche mit Kornbrand und
zwei halb gefüllte Gläser. Beide hatten ihre Köpfe
zusammengesteckt wie zwei Verschwörer.

„Ich habe es selbst gesehen und erlebt", erklärte Roen,
„aber glauben kann ich es nicht und noch weniger erklären.
Ich liebe meine Tochter, auch wenn sie sich verändert hat.
Sie hat uns erzählt was sie im Wald erlebte, aber nichts
davon erklärt die Geschehnisse der letzten Stunden."
Kor nickte und in diesem Moment sah er Myriam in der Tür
stehen. Er richtete den Oberkörper auf und sah sie lächelnd
an.
„Da ist ja unsere kleine Fee!"
Myriam war verwirrt, was hatte diese Bemerkung nun
schon wieder zu bedeuten. Sie setzte zu einer
diesbezüglichen Frage an, als es an der Tür klopfte.
Alle sahen überrascht dort hin. Myriam wollte sie öffnen,
als sie von ihrem Vater zurückgehalten wurde. Roen blickte
zu Kor. Dieser nickte und erhob sich. Erst jetzt ging Roen
zum Eingang. Kor hatte sich seitlich vor Myriam postiert
um sie, falls nötig, zu beschützen. Zufrieden öffnete Roen
die Tür.

Eine junge Frau, die ihm unbekannt war und einen Korb im Arm hatte, stand vor ihm.

„J - ja?", stotterte Roen.

„Ich suche Myriam, ist sie hier?"

Roen überlegte noch, was er antworten sollte, als er von seiner Tochter zur Seite geschoben wurde.

„Wiroja! Wie schön dich zu sehen! Komm doch herein!"

Mit diesen Worten zog sie ihre Freundin ins Haus. Roen sah ihnen verblüfft nach, während er die Tür schloss. Als Myriam die fragenden Blicke bemerkte, stellte sie sich neben die junge Frau und drehte diese so, dass Kor und Roen ihnen gegenüberstanden.

„Das ist Wiroja, bei der ich im Wald wohne. Sie hat mich gefunden und bei sich aufgenommen. Ich habe dir von ihr erzählt!"

Wiroja konnte die Beklommenheit fühlen, die von Roen ausging. Kurzerhand ging sie auf ihn zu, streckte ihm die Hand entgegen und sagte:

„Ich freue mich, sie endlich persönlich kennenzulernen!"

Roen nahm zögerlich ihre Hand und stammelte:

„Ebenfalls."

„Und sie müssen dann Onkel Kor sein?", wandte sie sich an diesen.

Auch ihm streckte sie die Hand entgegen.

„Einfach nur Kor, das reicht", entgegnete er und schüttelte ihre Hand zur Begrüßung.

„So, nach dem wir jetzt die Förmlichkeiten erledigt haben, sollten wir uns setzen", nahm Myriam das Gespräch wieder auf.

Als alle am Tisch Platz genommen hatten, wandte sich Myriam abermals an Wiroja.

„Wo kommst du plötzlich her oder war ich so lange
weggetreten?“

„Du hast nur einige Stunden geschlafen“, beantwortete
Roen den zweiten Teil der Frage.

„Also, wie bist du so schnell hierhergekommen oder bist du
uns nachgegangen?“

„Uns?“, fragte Roen. „Also bist du nicht allein
gekommen!“

Myriam fiel sofort auf, dass dies keine Frage gewesen war.
Sie schüttelte leicht den Kopf, als sie ihn ansah, wandte
sich aber erneut Wiroja zu.

„Beantwortest du bitte meine Frage – wahrheitsgemäß“,
fügte Myriam noch hinzu.

Wiroja nickte und die beiden Männer rückten etwas näher,
damit sie auch ja nichts verpassten.

„Nein, ich bin dir nicht gefolgt. Am späten Abend weckte
mich Seraphora. Sie war ungehalten, weil es so lange
dauerte, bis ich sie gehört hatte. Sie erzählte mir mit kurzen
Worten, was sich hier ereignet hat und dass du danach in
Ohnmacht gefallen bist, oder Schlimmeres. Feria hatte sie
darum gebeten und war schon auf dem Weg zurück um
mich zu holen. Sie musste mit einer enormen
Geschwindigkeit unterwegs gewesen sein. Kaum hatte ich
meine Sachen gepackt und war vor die Tür getreten, kam
sie schon den Weg herauf.“

„Aber selbst dann hättest du noch nicht hier sein können, es
sei denn …“, überlegte Myriam laut.

„Ja“, bestätigte Wiroja, die ihre Gedanken gelesen zu haben
schien!

„Aber wie hast du es geschafft?“, fragte Myriam ungläubig.

„Sie hat es mir gesagt!“

„Sie - hat es dir gesagt? Also hatte ich recht. Bei der
Verbindung habe nicht nur ich ihre Sprache gelernt, sondern
Feria auch die unsere", strahlte Myriam und fiel ihrer
Freundin um den Hals.
Nachdem sie sich wieder gesetzt hatte, schaute sie in zwei
verständnislose Gesichter.
„Ich habe verstanden, dass du mit mehreren Leuten
unterwegs gewesen sein musst, von denen ich niemanden
kenne", begann Roen. „Auch habe ich keine Fremden
gesehen", wobei er Kor anschaute.
Dieser schüttelte den Kopf, da auch er keine bemerkt hatte.
„Andererseits", fuhr Roen fort, „müssen sie so nahe
gewesen sein, dass sie alles mitverfolgen konnten, was
gestern Abend geschah. Vielleicht waren sie sogar daran
beteiligt. Wenn Wiroja, wie ich vermute, jenseits der alten
Eiche wohnt, ist es praktisch unmöglich, jetzt hier zu sein.
Sie ist aber hier. Also entweder war sie doch schon vorher
in der Nähe oder diese Feria, wer auch immer das ist, kann
förmlich fliegen! Myriam ich kann verstehen, dass du uns
nicht vertraust, nach dem was wir dir angetan haben. Aber
ich versichere dir, es war die einzige Chance dir ein
Überleben zu ermöglichen. Ich wäre dir dankbar, wenn du
etwas mehr Licht in diese Angelegenheit bringen würdest!"
Roen sah sie flehend an, als Kor sich räusperte.
„Wenn du möchtest, werde ich das Haus mit meiner Familie
verlassen, damit ihr euch aussprechen könnt. Obwohl ich
zugeben muss, dass auch ich daran interessiert bin zu
verstehen, was hier passiert ist. Es gibt so vieles, was ich
nicht erklären kann!"

Myriam sah zu Wiroja. Diese nickte nur und gab ihr die
Hand. Das Mädchen atmete tief durch und wandte sich den
beiden Männern zu.
„Es wird nicht nötig sein, dass du gehst Onkel Kor“, sagte
sie betont. „Ich weiß, dass ihr immer nur das Beste für mich
wolltet. Ich denke, es ist an der Zeit euch eine Erklärung für
diese seltsamen Ereignisse zu geben. Allerdings werdet ihr
wahrscheinlich vieles davon nicht glauben oder verstehen.
Ich verspreche euch aber, die Wahrheit zu sagen, möchte
jedoch damit warten, bis Ria aufgestanden ist.“
Roen und Kor nickten zustimmend. Man konnte ihnen die
Erleichterung ansehen.

Myriam hatte sich mit Wiroja in ihr altes Zimmer
zurückgezogen, um einiges zu besprechen. Das meiste von
dem was passiert war, wusste die Freundin bereits,
zumindest in groben Zügen. Myriam wollte ihrerseits
wissen, was Feria dazu veranlasste mit Wiroja zu sprechen.
Offen blieb die Frage, was Myriam in der Zeit gemacht
hatte, an die sie sich nicht erinnerte. Vielleicht konnten ihre
Eltern später dazu etwas sagen.
Während die Freundinnen sich unterhielten, hörten sie
draußen die Männer reden. Die Stimmung war deutlich
gelassener als vorher. Einmal hörten sie die beiden sogar
herzhaft lachen. Kurz darauf vernahm Myriam das erste
Mal die Stimme ihrer Mutter im großen Zimmer. Dies war
das Signal für die beiden Freundinnen sich ebenfalls wieder
dorthin zu begeben.
Als sie eintraten, kamen auch Dina und Nara aus dem
Nachbarzimmer. Myriam umarmte ihre Mutter und stellte
ihr Wiroja vor. Ria nahm diese in den Arm und bedankte

sich herzlich für alles, was sie für Myriam getan hatte.
Myriam wollte sich setzen als Kor sie ansprach.

„Myriam ich möchte jetzt nachholen, was ich eigentlich schon lange hätte tun sollen. Du hast unsere Tochter vor dem Flammentod gerettet und dafür kann ich dir niemals genug danken. Ich habe nichts, was ich dir geben könnte und dem gleichkommt, was du uns zurückgegeben hast. Aber ich verspreche dir, dass ich niemals mehr an dir zweifeln werde!"

Kor nahm Myriam in den Arm und drückte sie. Diese erwartete schon ihre Rippen brechen zu hören, als er sie endlich losließ. Nachdem er sie wieder frei gegeben hatte, stand Dina vor ihr.

„Ich kann Kor nur zustimmen! Ich weiß nicht wie oder was du getan hast, aber du hast mir meine Tochter zurückgebracht. Dafür stehe ich für immer in deiner Schuld."

Auch Dina nahm sie in die Arme und Myriam hörte, wie sie leise weinte. Froh darüber dies endlich hinter sich zu haben, Myriam mochte es nicht im Mittelpunkt zu stehen, wollte sie sich zum Stuhl begeben, als sie abermals festgehalten wurde.

Nara hatte ihre Arme um Myriams Hüfte geschlungen und drückte sich an sie. Myriam lächelte und streichelte ihr über den Kopf. In diesem Moment wusste Myriam, warum sie das alles auf sich genommen hatte und sie es jederzeit wieder tun würde. Behutsam befreite sie sich aus der Umklammerung und Dina nahm das Mädchen in Empfang. Nachdem Myriam sich endlich setzen konnte, wollte Kor Nara hinausführen.

„Warte Kor! Nara war eine Hauptperson bei dem, was
passiert ist. Wenn sie wissen möchte, wie dies geschehen
ist, kann sie von mir aus gerne hier bleiben. Vielleicht ist es
sogar besser, wenn ein Kind von den Dingen hört, die seit
langer Zeit in Vergessenheit geraten sind.“
Kor schaute Nara fragend an, die ihm mit großen Augen
zunickte. Nachdem endlich alle saßen, dieser Raum hatte
noch nie so viele Besucher auf einmal erlebt, richteten sich
alle Blicke auf Myriam. Selbst Wiroja war ein Stück zur
Seite gerückt, damit sie ihre Freundin besser ansehen
konnte. Myriam schaute in erwartungsvolle Gesichter, als
sie zu berichten begann.

„Ihr wundert euch wahrscheinlich darüber, dass ich euch
nicht böse bin, für das, was ihr getan habt. Aber hättet ihr
anders gehandelt, hätte ich das, was ich erfahren habe,
niemals erlebt. Bei einigen Wesen, von denen ich berichte,
werde ich euch Erklärungen geben können, bei anderen
nicht. Einerseits um ihre Existenz zu schützen, andererseits
möchte ich ohne ihr Einverständnis keine Geheimnisse
preisgeben.“
„Du sagst Wesen“, unterbrach sie Dina, „also handelt es
sich nicht um Menschen?“
„Nein! Tatsächlich gibt es um uns herum viel mehr
intelligente Lebensformen, als ich es für möglich gehalten
hätte. Was ich als Erstes lernen musste, war das Verständnis
für die Verwobenheit des Lebens und die Harmonie die
daraus resultiert. Eine der wichtigsten Grundlagen ist, sich
nur dann in die Geschicke eines anderen einzumischen,
wenn dies auch erwünscht ist. Also immer mit dem
Einverständnis desjenigen, um den es geht.

Aber ich fange am besten mit dem Tag an, an dem ich ohne Erinnerungen erwachte."

Aufmerksam hörten alle zu und unterbrachen sie nicht ein einziges Mal. Myriam berichtete ausführlich von allem, was sie erlebt hatte. Bis zu dem Punkt, als sie mit Nara aus den Flammen kam.

„Den Rest kennt ihr!"

„Es sah aber am Brunnen nicht so aus, als wäre sie dir wohlgesonnen", widersprach Ria, „und was ist mit Spell passiert?"

Traurig schaute Myriam zu ihrer Mutter.

„Spell!"

Tränen rannen ihr über die Wangen.

„Du hast recht", fuhr Myriam fort, „davor hatte mich die ‚Hüterin des Feuers' gewarnt.

Wie ich schon erwähnte, gibt es Regeln, an die sich Hüter insbesondere Elementarhüter halten müssen. Eine Grundregel ist, sich niemals aus eigenem Willen in die Angelegenheiten der Menschen einzumischen.

Bei Nara konnte sie eingreifen, weil ich für Nara gebeten habe. In meinem Fall ging es nicht, bis einer für mich sprach."

„Wer hat sich für dich eingesetzt, ich habe nichts davon mitbekommen?", fragte Roen. „Sage es mir, damit ich mich bei ihm bedanken kann!"

„Das ist nicht mehr möglich", antwortete Myriam und fing an zu weinen, „es war Spell!"

„Spell?", erschallte es im Chor.

Selbst Wiroja sah sie überrascht an.

„Aber wie?", fragte Roen, „die Hüterin hat ihn doch verbrannt?"

„An meiner Stelle!"

Roen setzte schon zur nächsten Frage an, als Myriam abwehrend die Hand hob.

„Spell sprach für mich so, wie ich es für Nara getan hatte. Nur durfte die Hüterin es in seinem Fall nicht anerkennen, so leid es ihr auch tat.

Es musste ein Mensch sein, der für mich bittet.

Da Spell alles verstanden hatte, was ich mit ihr besprach, wusste er auch von dem Handel, den sie mir bei Nara angeboten hatte."

Myriam machte eine kurze Pause, aber keiner fragte danach, also fuhr sie fort.

„Spell bot ihr an, an meiner statt zu verbrennen und das hat sie akzeptiert. Ich habe sie angefleht - gebettelt es nicht zu tun!"

Myriam vergrub ihren Kopf in den Armen auf der Tischplatte und weinte bitterlich. Alle sahen sie nur an und sprachen kein Wort. Geduldig warteten sie, bis Myriam sich wieder soweit beruhigt hatte, um weitersprechen zu können.

„Er hat sich für mich geopfert und die Hüterin gewährte ihm die Gnade eines schnellen Todes. Spell verdanke ich, dass ich jetzt hier sitze."

Wieder trat Stille ein.

„Du sagst", begann Ria langsam, „du kennst ihre Namen, nennst sie aber immer nur die Hüterin. Ist es verboten oder hat es einen anderen Grund?"

„So wie ich es verstanden habe, ist es eine Regel und aus Achtung vor den Hütern, halte ich mich daran."

„Und was geschah hinterher?", fragte jetzt Kor.

Myriam sah ihn überrascht an.

„Was soll danach passiert sein? Wir wollten nach Hause gehen und dann bin ich in meinem Bett aufgewacht. Mehr weiß ich nicht!"
Myriam sah die Überraschung, die ihre Antwort auslöste.
„Was ist noch passiert?"
Kor sah zu Roen, der an seiner Stelle antwortete.
„Du hast Wardens Hand geheilt!"
„Was?", entfuhr es Myriam und Wiroja gleichzeitig.
Selbst Feria war davon überrascht worden, wie Myriam deutlich spüren konnte.
„Aber wie soll ich das gemacht haben, ich habe keine Heiler Fähigkeiten?"
„Das weiß ich nicht", antwortete Roen.
„Das Einzige, was ich dir sagen kann ist, dass Warden dich angeschrien hat und du dich ruckartig zu ihm umgedreht hast. Deine Stimme klang etwas verändert, als du zu ihm gingst, soweit ich mich erinnere. Dann sagtest du ihm, er solle dir seine Hand zeigen. Anschließend hast du seine Hand zwischen deine Hände genommen, und als du sie wieder losgelassen hast, war sie geheilt."
Myriam schüttelte den Kopf.
„Daran kann ich mich nicht erinnern und verstehen kann ich es noch weniger. Habt ihr sonst nichts bemerkt, außer dass meine Stimme anders klang?"
Myriam schaute alle nacheinander an, doch alle schüttelten den Kopf, bis ihr Blick auf Nara traf, die verlegen nach unten zu sehen schien.
„Nara?", fragte Myriam mit samtweicher Stimme, „hast du noch etwas anderes bemerkt?"
Langsam hob das Mädchen den Kopf und nickte.
„Würdest du es mir bitte erzählen?"

Nara lächelte verträumt, als sie zu berichten begann.

„Als Mr. Warden dich anschrie, fing das Grün deiner Augen plötzlich an zu leuchten und deine Stimme war verändert. Dann, als du seine Hand hieltest, leuchtete es zwischen deinen Händen. Als es aufhörte, hast du die Hand losgelassen."

„Danke!", lächelte Myriam ihr zu. „Hast du das mit dem Ausspruch der ‚kleinen Fee' gemeint?", fragte sie Kor.

„Ich habe es gesagt, weil man Feen heilende Kräfte zuschreibt, ja."

„Das missfällt mir", sagte Myriam mehr zu sich selbst, wobei ihre Stimme besorgt klang. „Es gefällt mir nicht, da ich mich nicht daran erinnern kann. Außerdem besteht die Möglichkeit, dass Netter glaubt, ich könnte seinen Sohn heilen. Wozu ich nicht in der Lage bin! Aus seiner Sicht wird es so aussehen, als wolle ich nicht und das wird seinen Hass noch mehr schüren. Ich denke, wir sollten bald gehen!"

„Bevor du gehst", bat Ria, „hätte ich noch eine Frage. Mir ist aufgefallen, dass, wenn du von Feria sprichst, dein Gesicht einen ganz besonderen Ausdruck annimmt. Du hast uns nicht viel über sie erzählt, aber sie scheint dir viel zu bedeuten. In welcher Beziehung steht ihr zueinander?"

Myriam musste darüber lächeln, wie genau Ria sie kannte.

„Feria bedeutet mir mehr, als mein eigenes Leben und sie ist meine - Schwester!"

„Deine Schwester?", erklang es wieder im Chor.

„Meine - Seelenschwester!"

„Ich weiß nicht, wie es den anderen geht", begann Roen, dem das Unverständnis ins Gesicht geschrieben stand, „aber ich verstehe nicht, was das bedeutet. Ich weiß, dass

du keine Schwester hast und die Bezeichnung
Seelenschwester ist für mich unverständlich. Kannst du mir
erklären, was das genau zu bedeuten hat?"
Myriam lächelte ihren Vater an.
„Ich habe mit dieser Reaktion gerechnet. Auch mir waren
bis vor kurzem solche Dinge noch fremd. Wenn mir jemand
davon erzählt hätte, hätte ich sie wahrscheinlich nicht
geglaubt.
Dass ich sie als 'Seelenschwester' bezeichne, liegt daran,
dass sie ein weibliches Wesen ist, mit dem ich auf einer
anderen Seins-Ebene verbunden bin. Mir ist bewusst, es ist
schwer zu verstehen. Ich sehe, höre und fühle alles, was sie
sieht, hört und fühlt und umgekehrt. Ich kann ihre
Gedanken hören und sie die meinen. Diese Verbindung ist
stärker, inniger als eine rein körperliche!"
Obwohl alle hier einiges erlebt hatten in der letzten Nacht,
konnte Myriam erkennen, dass es ihnen schwerfiel ihren
Worten zu glauben. Einzig Nara lächelte sie an und strahlte.
„Und auch ihr missfällt, wenn wir mehr über sie erfahren?",
wandte sich wieder Ria an sie.
„Nein, Sie hat mir die Erlaubnis gegeben, euch alles zu
berichten. Aber bei ihr möchte ich es nicht. Nicht zu diesem
Zeitpunkt. Ich halte es für besser so, aber es wird der Tag
kommen, an dem ihr sie kennen lernen werdet. Aber an
einem anderen Ort!"
Da keine weiteren Fragen gestellt wurden, erhoben sich
Myriam und Wiroja. Myriam war schon vorher aufgefallen,
dass Nara unruhig hin und her rutschte und mit ihrer Mutter
tuschelte. Jetzt zog sie ständig an deren Ärmel, als wolle sie
diese dazu bringen irgendwas zu tun.

„Möchtest du mich etwas fragen Nara?", wandte Myriam
sich direkt an das Mädchen.
Nara schaute sie erschrocken an, als wäre sie bei etwas
Verbotenem ertappt worden. Verlegen sah sie zu ihrer
Mutter, die ihr aufmunternd zunickte. Unsicher wandte sie
sich an Myriam.
„Ich wollte wissen - ob es erlaubt ist - die 'alte Sprache' zu
lernen?"
Myriam nahm sie lächelnd auf den Arm.
„Möchtest du es gerne?"
Aufgeregt nickte das Mädchen.
„Es gab schon früher Menschen, die die 'alte Sprache'
beherrschten, also spricht wohl nichts dagegen. Das
Problem wird eher sein, jemanden zu finden der die Zeit
dafür hat und sich dazu bereit erklärt sie zu lehren. Leider
habe ich diese Zeit nicht, aber ich werde sehen, was ich für
dich tun kann!"
Bei den letzten Worten hatte sie Wiroja angesehen, die ihr
leicht zunickte. Beiden war wohl die gleiche Idee
gekommen. Nachdem Myriam Nara abgesetzt hatte,
begannen die Freundinnen sich von jedem zu
verabschieden. Zuletzt verabschiedete Myriam sich von
ihrem Vater.
„Wenn du mich treffen willst, gehe zu der Eiche und ruf
nach mir, ich werde es erfahren. Wenn es mir möglich ist,
innerhalb eines halben Tages dort einzutreffen, so werde ich
kommen. Länger solltest du nicht warten, denn dann bin ich
weiter fort."
Roen schaute sie überrascht an.
„Hast du vor wegzugehen?"

„Ich habe ein Versprechen gegeben und ich habe meine
Zweifel, dass sich dieses - hier einlösen lässt!“
Sie drückten sich herzlich.
„Pass auf dich auf“, flüsterte Roen bevor er Myriam losließ.
„Und ihr auf euch“, gab sie ebenso leise zurück.
„Lass uns aufbrechen!“, wandte sie sich an Wiroja.
„Du solltest das hier mitnehmen“, hörte sie Ria hinter sich
sagen.
Als sie sich umdrehte, hielt diese ihr einen Packen
entgegen.
„Es ist deine restliche Kleidung. Du musst ja nicht immer in
denselben Sachen herumlaufen“, fügte sie lächelnd hinzu.
Myriam nahm das Bündel und wandte sich zur Tür. Wiroja
hatte diese bereits geöffnet um das Haus zu verlassen, als
Myriam sie am Arm festhielt.
„Roen, Kor, könntet ihr uns bis zum Waldrand begleiten?“
Roen wollte schon fragen, als ihm Myriams entrückter
Blick auffiel.
„Natürlich!“, kam es wie aus einem Mund.
„Es hat vielleicht nichts zu bedeuten, aber Feria teilt mir
mit, es sind Männer am Waldrand aufgetaucht und sie zieht
sich zurück.“

Die Sonne stand schon hoch, als die Vier aus dem Haus
traten. Zusammen gingen sie langsam auf den Wald zu.
Wiroja hatte Myriams Hand ergriffen, da diese sich auf ihr
'inneres Sehen' konzentrierte. Roens und Kors Blicke waren
auf den Waldrand gerichtet, aber nichts bewegte sich dort.
Keine Bewegung deutete darauf hin, dass dort jemand
verborgen liegen sollte.

„Es sind Warden und Netter! Sie verstecken sich im Wildrosenstrauch, ein Stück weiter hinten im Wald“, meldete Myriam.

„Das habe ich vermutet“, erklärte Kor.

„Am besten wir gehen bis zum Anfang des Waldweges und fordern sie dann auf sich zu zeigen“, schlug Roen vor und schaute Kor fragend an.

Als dieser nickte, setzten sie sich wieder in Bewegung. Zwischen den ersten Büschen blieben sie erneut stehen. Kor ging noch einen Schritt weiter.

„Warden! Netter! Zeigt euch, wir wissen, dass ihr euch hier versteckt habt!“

Keinerlei Regung.

„Ihr sitzt im Wildrosenstrauch! Kommt heraus oder müssen wir euch holen?“, versuchte Kor es erneut, doch noch immer regte sich dort nichts.

Kor sah fragend zu Myriam, die ihm bestätigend zunickte. Von allen unbemerkt machte Wiroja einen Schritt zur Seite und legte ihre Hand auf eine der Ranken, die hier wuchsen. Sie schloss kurz die Augen und …

„Au, verflucht!“

Zwei Köpfe schossen an der vorher angegebenen Stelle nach oben. Warden und Netter kamen zum Vorschein. Ihre Gesichter schmerzverzerrt, rieben sie sich ihre Hinterteile. Roen schaute zurück und so entging ihm das leichte Lächeln Wirojas nicht. Doch da Kor sofort zu den Verschwörern ging, richtete er seine Aufmerksamkeit wieder auf diese.

„Kommt heraus und erklärt, was ihr vorhattet“, rief Kor ihnen zu.

Roen postierte sich neben Kor, während die beiden Frauen zurückblieben. Kurze Zeit später standen sich die Männer gegenüber. Warden hielt sich etwas verlegen dreinblickend hinter Netter, der sich provozierend aufgebaut hatte.

„Was willst du?", wandte sich Roen an ihn.

„Ich will", zischte Netter wütend, „das Myriam meinen Sohn heilt!"

„Das kann sie nicht", entgegnete Roen ruhig.

„Sie hat Wardens Hand geheilt, also kann sie auch ihn heilen!"

Am Klang von Netters Stimme konnte man erkennen, wie dieser seine Wut zu unterdrücken versuchte. Obwohl sich auch in Roen die Wut bemerkbar machte, blieb er ruhig. Sorgfältig wählte er seine Worte.

„Es ist richtig, dass sie Wardens Hand geheilt hat, aber sie weiß nicht wie. Deshalb ist es ihr nicht möglich, deinem Sohn zu helfen."

Obwohl Roen nur die Wahrheit gesagt hatte, war Netters Reaktion darauf so, wie Myriam es befürchtet hatte.

„Das ist eine Lüge! Sie hat meinen Bor schon immer gehasst und deshalb hat sie ihn auch zum Krüppel gemacht!"

Sein Gesicht war vor Wut verzerrt und hochrot angelaufen. Mit einer geschmeidigen Bewegung hielt er plötzlich ein Messer in der Hand.

„Ich will weder euch, noch sie verletzen. Sie soll nur meinen Sohn heilen, dann kann sie gehen!"

Myriam konnte sehen, wie Kor und Roen sich anspannten. Die Oberkörper leicht nach vorne gebeugt standen sie wie zwei Raubtiere bereit zum Sprung. Die Spannung stieg, und wenn keine Änderung eintrat, war ein Kampf

unausweichlich. Soweit wollte Myriam es aber nicht
kommen lassen. Sie bemerkte, wie sich die Ranken neben
Netter zu bewegen begannen, und wandte sich an Wiroja.
„Noch nicht, nur im Notfall", flüsterte sie ihr zu.
Im nächsten Moment hatte sie die Distanz überbrückt und
schob sich zwischen den beiden Männern hindurch. Die
Schimpftirade die Feria ihr übermittelte, ignorierte sie
ebenso, wie die Warnungen ihres Vaters. Noch bevor
Myriam etwas sagen konnte, wandte sich Netter an sie.
„Myriam - bitte komm mit mir! Heile meinen Sohn, Er ist
alles, was ich noch habe."
Sie machte zwei Schritte auf ihn zu und stand direkt vor
ihm. Lange schaute sie ihm tief in die Augen, während sein
Messer ihren Bauch berührte.
„Noch keinen Tag ist es her, da wolltest du mich auf dem
Scheiterhaufen brennen sehen", begann sie mit weicher
Stimme und fixierte ihn mit den Augen. „Du warst eine der
treibenden Kräfte, als ich das Dorf verlassen musste. Jetzt
stehst du hier und bist bereit Leid über andere zu bringen,
als ob es dein eigenes ungeschehen machen könnte."
Myriam hörte, wie ihr Vater nach diesen Worten
geräuschvoll die Luft einsog, doch sie ließ Netter nicht aus
den Augen.
„Jetzt stehst du hier, bittest mich um Hilfe und drohst mir
gleichzeitig mit deinem Messer. Willst du mich noch immer
töten? Nun hast du die Gelegenheit dazu!"
Netters Blick wurde unsicher und Myriam konnte spüren,
wie die Messerspitze sich senkte.
„Ich hasse Borenor nicht und in der Tiefe deines Herzens
weißt du das auch. Ich bin über das, was ihm zugestoßen
ist, ebenso betroffen wie du."

Netters Augen füllten sich mit Tränen, das Messer entglitt seiner Hand und bohrte sich neben seinem Stiefel in den Boden.

„Wenn ich ungeschehen machen könnte", fuhr Myriam fort, „was damals geschah, ich würde es sofort tun. Aber ich kann es nicht. Ich habe keinerlei Erinnerung an das, was letzte Nacht passierte. Wie es möglich war, dass ich Wardens Hand heilte. Alles, was ich dir versprechen kann, ist, wenn ich es herausfinde, werde ich kommen, um deinen Sohn zu heilen."

Netter hatte diesem Blick und den Worten nichts entgegenzusetzen. Seine Beine gaben nach und weinend setzte er sich auf dem Waldboden. Myriam schaute kurz auf ihn hinunter, dann wandte sie sich um. Kor und Roen sahen sie einmal mehr verblüfft an.

„Ich denke, jetzt können Wiroja und ich alleine weiter gehen. Ihr solltet ihn zurück ins Dorf bringen!"

Sie nickte ihrer Freundin zu, ging an Netter vorbei und folgte dem Weg in den Wald hinein, ohne sich noch einmal umzusehen.

Wiroja beeilte sich, Myriam einzuholen. Als sie um die nächste Wegbiegung kam, fand sie diese mit dem Rücken an einem Stamm gelehnt. Zitternd saß die Freundin auf dem Boden, die Hand auf den Bauch gepresst.

„Bist du verletzt?"

Myriam schaute zu ihr hoch und schüttelte den Kopf.

Wiroja setzte sich daneben und nahm sie in den Arm.

Myriam legte den Kopf auf Wirojas Schulter, bis ihr Zittern aufhörte.

„Ich weiß nicht - wie oft ich diesen Stress und die Angst
noch aushalte", erklärte Myriam leise.
„Da bist du nicht die Einzige", bestätigte Wiroja.
„Du hast ein Talent dich in Schwierigkeiten zu bringen",
fügte Feria in der 'alten Sprache' hinzu, als sie neben
Myriam auftauchte.
Myriam empfand es als unhöflich in der Gegenwart
Wirojas, aber sie war zu erschöpft um das jetzt zu
besprechen.
„Ich möchte nur noch nachhause und schlafen", sagte sie
stattdessen und erhob sich.
Sie schmiegte sich an ihre Schwester und kraulte diese
hinter dem Ohr.
„Kannst du uns zusammen nachhause bringen?"
„Es wird schon gehen, so schwer seid ihr beide nicht",
antwortete Feria und benutzte diesmal die menschliche
Sprache. „Ich hoffe nur, du bleibst auch oben, so müde, wie
du bist!
„Ich werde mich hinter sie setzen und sie festhalten",
erklärte Wiroja. Wenn du nicht wie letzte Nacht durch den
Wald jagst, wird es schon klappen."
„Das ist nicht meine Absicht", antwortete Feria und diesmal
glaubte Wiroja ein Lächeln erkennen zu können.
Obwohl Feria sich so flach wie möglich hinlegte, musste
Wiroja der Freundin beim Aufsteigen helfen. Nachdem
auch sie selbst aufgestiegen war, setzte die Mondwölfin
sich langsam in Bewegung, aber über einen leichten Trab
ging sie nicht hinaus. So dauerte es bis zum späten
Nachmittag, bis sie endlich die Hütte erreichten.

9 Wege der Vorsehung

Nachdem Feria die beiden abgesetzt hatte, ging sie noch auf
die Jagd. Auf der letzten Meile hatte sie gespürt, wie auch
ihr die Kräfte schwanden. Sie hätte zwar letzte Nacht schon
jagen gehen können, wollte aber die Hütte nicht aus den
Augen lassen. Auch den Frauen knurrte der Magen, aber sie
waren zu müde um sich noch einmal an den Kamin zu
stellen. Schnell schlüpften sie aus den Kleidern. Kaum
lagen sie im Bett, waren sie auch schon eingeschlafen.
Beide schliefen, bis die Sonne hoch stand und sie durch das
Knurren ihrer Mägen geweckt wurden. Nach einem
ausgiebigen Frühstück saßen sie auf der Bank neben dem
Haus mit einer Tasse Tee und sahen Feria beim Schlafen zu.
Leise unterhielten sie sich. Das Gespräch kreiste
hauptsächlich um ein Thema. Was hatte es mit dieser
mysteriösen Heilung auf sich. Verzweifelt versuchte
Myriam sich daran zu erinnern, aber die Geschehnisse
blieben ihr verborgen. Auch nachdem Feria erwacht war,
kamen sie in diesem Punkt nicht weiter. Myriam hoffte,
dass Seraphora oder Lodanis ihr weiterhelfen konnten.
Da die Tür für Feria zu klein war, Myriam aber wollte, dass
diese alles mitbekam, einigten sie sich darauf vor der Hütte
ein Lagerfeuer zu entfachen. Als das Feuer brannte, holte
Wiroja noch den Wassereimer und stellte ihn ein Stück
entfernt daneben. Alle platzierten sich so, dass, sollten
beide Hüterinnen erscheinen, sie diesen gleichzeitig ins
Gesicht sehen konnten. Wiroja saß neben Feria, die ihr
übersetzen wollte, Myriam einen Schritt vor ihnen. Dann
war es soweit. Myriam rief jede Hüterin mit ihrem Namen
und dem Zusatz:

„Eine Freundin bittet um deinen Rat!“

Wie sie es erwartet hatte, war Seraphora die Erste, die mit einem Lächeln erschien. Wie schon bei anderen Gelegenheiten genoss es die Hüterin, mit ihnen in Verbindung zu treten. Es dauerte noch etwas, bis sich auch Lodanis meldete. Diese hielt es scheinbar nicht für nötig sich in einer körperlichen Form zu zeigen, sondern ließ nur ihre Stimme vernehmen.

Myriam stellte ihr Wiroja als die 'Hüterin des Waldes' und Feria als ihre Seelenschwester und angehörige der Lunaren vor. Erst jetzt nahm Lodanis eine körperliche Form an. Sie schien etwas eigen darin zu sein, Lebewesen, von denen sie nichts wusste, in menschlicher Form gegenüberzutreten. Wenn dem so war, konnte es sich nur um Feria handeln, denn wie sie von Seraphora wusste, erkannten sich Hüter untereinander.

Myriam berichtete kurz, was sie erfahren und nicht verstanden hatten.

„Habt ihr von so etwas schon einmal gehört oder könnt ihr mir sonst irgendwie helfen?“, beendete sie ihre Erklärung.

„Ich sollte mittlerweile wissen“, begann Seraphora, „für dich gelten andere Maßstäbe. Aber ich gebe zu, du überraschst mich immer wieder. Leider muss ich dir sagen, ich habe von einem Wesen …“

„Einem Menschen“, warf Myriam ein.

„Einem Wesen - wie dir noch niemals gehört“, wiederholte Seraphora. „Du magst zwar wie ein Mensch aussehen, aber das was sich in diesem Körper vereint, übertrifft einen Menschen bei weitem!“

Myriam wusste nicht, ob sie erfreut oder erschrocken über diese Bemerkung sein sollte. Verwirrt wandte sie sich

Lodanis zu. Diese wiederum musterte erst lange Myriam, danach ebenso Wiroja und Feria. Sie schien zufrieden mit dem Ergebnis zu sein, denn leicht nickend wandte sie sich wieder Myriam zu.

„Aus den Worten Seraphoras entnehme ich, es gibt noch einige Mysterien, die dich umgeben. Es wird interessant sein, dich und deine Seelenschwester näher kennenzulernen. Ich habe es dir schon einmal gesagt", fuhr Lodanis fort. „Es ist eine Seltenheit, wenn ein Mensch einen Hüter kennt, aber du umgibst dich gleich mit Dreien und unterhältst dich mit ihnen, als wäre es das Normalste der Welt. Zusätzlich kennst du eine Lunarin, von denen ich glaubte, dass sie nicht mehr existieren, und stellst sie als deine Seelenschwester vor. So gesehen könnte man das Andere fast schon als normal bezeichnen. Ich kann Seraphora nur beipflichten! Du magst das Äußere eines Menschen besitzen, aber was in dir steckt, ist weit mehr. Aber um auf deine Frage zurückzukommen. Auch mir ist nichts über einen solchen oder ähnlichen Fall bekannt."
Myriam ließ enttäuscht die Schultern sinken.
„Existieren die Feen noch?", übersetzte Feria, Wirojas Frage.
Überrascht sah Lodanis erst Wiroja und dann Feria an. Erst jetzt war ihr aufgefallen, dass diese Wiroja übersetzte.
„Sie beherrscht die 'alte Sprache' nicht?", stellte Lodanis fest. „Ein Umstand, den ich bei einer Hüterin unerwartet finde. Wenn du es wünschst, wird es mir eine Ehre sein, sie dir beizubringen!"
Das wiederum war etwas, mit dem niemand gerechnet hätte, am wenigsten Wiroja. Dem entsprechend war auch ihre Reaktion, als Feria ihr übersetzte. Sie starrte die

Hüterin mit offenem Mund und sichtlicher Überraschung
an. Nachdem sie sich wieder gefangen hatte, stand sie auf,
stellte sich vor Lodanis und verneigte sich.
„Es ist mir eine Ehre, deine Schülerin sein zu dürfen!"
Nachdem Feria übersetzt hatte, lächelte Lodanis und
verbeugte sich ebenfalls. Zur weiteren Überraschung sagte
sie in gebrochener Menschensprache:
„Wenn du so weit, dann du mich rufen auch in deiner
Sprache!"
Myriam hielt den Augenblick für günstig, Klarheit in einer
ähnlichen Angelegenheit zu bekommen.
„Ist es erlaubt, Menschen die 'alte Sprache' zu lehren, auch
wenn sie keine Hüter sind?"
So wie die beiden Hüterinnen Myriam anblickten, konnte
man eindeutig erkennen, dass es nichts gab, was sie mehr
überraschte als diese Frage. Die Länge der Pause, die nun
eintrat, zollte von der wahren Größe ihrer Verwunderung.
Myriam überlegte schon, ob sie einen Fehler gemacht hatte,
als Seraphora antwortete.
„Es gibt kein Privileg auf die 'alte Sprache'. Jeder, der es
wünscht, kann sie erlernen, soweit er dazu in der Lage ist.
Es ist nur, seit unzähligen Generationen hat kein Mensch
mehr daran Interesse gehabt! Du warst die Erste, die sich
seit sehr langer Zeit ihrer wieder bediente, auch wenn es
nicht ganz freiwillig war. Die 'alte Sprache' dient nur dem
Zweck, eine Kommunikation zwischen den verschiedenen
Wesen zu ermöglichen."
Seraphora schien auf eine Antwort zu warten, aber Myriam
nickte nur.
„Aus deiner Frage entnehme ich, es gibt einen Menschen,
der die Sprache lernen möchte. Kenne ich ihn?"

„Nein, aber Lodanis!“

„Ich?“

„Ja, es ist das kleine Mädchen, das du mir aus den Flammen übergeben hast!“

„Verbinden, wo es scheinbar keine Verbindung gibt“, sagte Lodanis leise zu sich selbst.

Trotzdem bewirkte es, dass zwei Wesen bei diesen Worten zusammenzuckten.

„Bist du dir sicher, will sie es wirklich?“, hakte Seraphora nach.

Myriam erinnerte sich an Naras strahlendes Gesicht, als sie ihr dieselbe Frage stellte.

„Ja das bin ich!“

Seraphora strahlte.

„Dann werden wir eine Möglichkeit finden dem Mädchen seinen Wunsch zu erfüllen. Da Lodanis sich angeboten hat Wiroja zu lehren, so wird es mir eine Ehre sein, die Kleine zu unterrichten!“

Myriam war glücklich über dieses positive Ergebnis. Sie würden eine Möglichkeit finden, aber wahrscheinlich musste sie dazu noch einmal ins Dorf zurück, um es zu arrangieren.

„Gibt es die Feen noch?“, wiederholte Feria die Frage, wodurch sich die Aufmerksamkeit auf sie richtete.

„Mir ist nichts Anderweitiges bekannt“, antwortete Lodanis. „Allerdings kann ich es nicht genau sagen. Äußerlich sehen sie aus wie Menschen mit grünen Augen. Solange sie ihre Fähigkeiten nicht gebrauchen, gibt es keine Unterschiede. Also ist es durchaus möglich, dass sie unerkannt unter euch leben. Soweit ich weiß, gibt es nur zwei Wesen, die sie direkt erkennen können.“

„Und welche sind das?", fragte Myriam, die wieder
Hoffnung schöpfte.

„Der ‚Hüter der Erde' und der des Äthers!"

„Des Äthers - was soll das sein?"

„Der Äther liegt zwischen der materiellen und der rein
geistigen Welt! Aber ich denke, er wird euch nicht helfen",
fügte Lodanis hinzu.

„Ich glaube, es gibt noch eine andere Möglichkeit", warf
Seraphora ein. „Wenn ich mich nicht sehr täusche, kann
Wiroja hier eher helfen!"

„Wiroja? Wie kommst du darauf?", fragte Myriam
überrascht.

Als sie ihren Namen hörte, sah Wiroja erstaunt zu
Seraphora und wartete ungeduldig auf die Übersetzung.
Von da an sprach Seraphora in der Menschensprache und
Myriam übersetzte für Lodanis.

In diesem Moment entschied Lodanis, ebenfalls ihre
Kenntnisse der menschlichen Sprache zu verbessern. Sie
beherrschte diese genügend um einem Menschen die 'alte
Sprache' zu erklären, aber um ein Gespräch in ihr zu führen,
reichte es nicht. Überrascht stellte sie fest, dass sie sich
sogar darauf freute, die Menschen besser kennen zu lernen.
Vielleicht bahnte sich hier etwas an, das sonst nur in Sagen
und Legenden Erwähnung fand. Lodanis nahm sich vor, mit
Seraphora darüber zu sprechen.

„Feen sind ein sehr naturverbundenes Volk", fuhr Seraphora
fort und riss damit Lodanis aus ihren Überlegungen. „Das
Leben in seiner Vielfalt ist ihnen heilig. Viele können mit
Pflanzen oder Tieren kommunizieren. Ihre Verbundenheit
mit der Tier- und Pflanzenwelt ist so groß, dass ein Teil von

deren Kräften auf die Feen übergegangen ist. Was sie für die Menschen zu mystischen Wesen werden ließ.
Ich denke Wiroja, als 'Hüterin des Waldes', kommt der Mentalität einer Fee am nächsten. Wenn sie sich mit den Bäumen verbindet und diese die Nachricht verbreiten die 'Hüterin des Waldes' erbittet die Hilfe einer Fee, habt ihr gute Chancen, gehört zu werden. Allerdings müsste es glaubwürdig sein, sonst wird wohl niemand antworten. Wenn dir das gelingt", wandte sie sich jetzt direkt an Wiroja, „wird es wohl keine Fee geben, die nicht kommen möchte. Soweit mir bekannt ist, hat noch niemals, und ich meine wirklich niemals, eine Hüterin eine Fee um Hilfe gebeten!"
Seraphora schaute zu Lodanis.
„Nein, auch mir ist nichts bekannt!"
Alle Augen richteten sich auf Wiroja.
„Es ist deine Entscheidung", sagte Myriam.
Absichtlich hielt sie ihre Stimme neutral, um die Freundin nicht unter Druck zu setzen.
Wiroja begann zu lächeln. „Glaubst du, ich würde mir die Gelegenheit entgehen lassen, eine leibhaftige Fee zu treffen? Außerdem würdest du für mich dasselbe tun!"
„Ich danke dir! Ich hoffe, ich kann es irgendwann wieder gut machen."
Wiroja schaute Myriam überrascht an.
„Das hast du bereits", flüsterte Wiroja, „du bist hier!"
Die Frauen umarmten sich und einige Tränen rannen.

Lodanis und Seraphora sahen sich an. Beide waren von der Harmonie, mit der die Frauen sich begegneten, beeindruckt.

„Ich störe die holde Zweisamkeit nur ungern“, ließ sich Seraphora vernehmen, „aber hast du auch schon eine Idee, wie du es angehen willst?“

„Ja!“, bestätigte Wiroja und löste sich von Myriam. „Ich werde Odom um Hilfe bitten. Alle Bäume hier kennen und achten ihn. Wenn er uns unterstützt haben wir gute Karten, falls nicht …“

Myriam musste, nachdem sie für Lodanis übersetzt hatte, dieser noch erklären, wer Odom war und was es mit ihm auf sich hatte.

„Es könnte wirklich funktionieren“, sagte Lodanis danach. „Ich würde ihn gerne einmal kennen lernen, aber daraus wird wohl niemals etwas werden. Holz und Feuer vertragen sich einfach nicht!“

„Seit ich diese Beiden kennengelernt habe, habe ich es mir abgewöhnt das Wort niemals zu benutzen“, sagte Seraphora tiefgründig.

„Wann möchtest du Odom besuchen?“, nahm Myriam den Faden wieder auf.

Wiroja überlegte kurz und schaute zum Himmel.

„Es ist erst Nachmittag, aber zu spät um jetzt loszulaufen.“

„Ich bringe dich hin“, meldete sich Feria. „Was du für meine Schwester tust, das tust du auch für mich. Ich werde dir helfen, soweit ich es kann!“

„Danke!“, sagten Myriam und Wiroja wie aus einem Mund.

„Es wird wahrscheinlich die ganze Nacht dauern“, überlegte Wiroja laut. „Es ist besser, wenn ich mir noch etwas zum Essen und Trinken mitnehme.“

Sie sprang auf und ging ins Haus. Kurze Zeit später kam sie bepackt zurück. Zusätzlich hatte sie noch eine Decke mitgenommen. Wiroja hatte gelernt, dass wenn sie sich

lange mit einem Baum verband ihr Körper leicht auskühlte.
Sie verbeugte sich vor Lodanis und Seraphora.
„Wir werden uns morgen wieder sehen!"
Danach umarmte sie Myriam zum Abschied.
„Ich wünsche dir Glück und komm gesund zurück."
„Ich bin guter Dinge", entgegnete Wiroja und schwang sich
auf Feria.
Kaum dass sie richtig saß, sprang Feria auf und rannte los.
Die Zurückgebliebenen schauten den beiden nach, bis diese
unter den Bäumen verschwanden.

„Jetzt heißt es warten", seufzte Myriam und setzte sich
wieder zu den Hüterinnen. Beide schauten Myriam an, was
diese zum Lächeln veranlasste.
„Was ist?", fragte Seraphora, „warum lachst du?"
„Ich dachte nur daran, wie wir hier - sitzen! Wie alte
Bekannte die sich zu einem Plausch getroffen haben"
Bei dieser Vorstellung lächelte Seraphora und Lodanis fing
laut an zu lachen.
„Alt stimmt!", erklärte Lodanis, „zumindest was Seraphora
und mich angeht, bei dir, sieht es eher nicht danach aus und
Bekannte, eher weniger, zumindest was mich angeht.
Dich umgibt Geheimnisvolles! Nichts ist so, wie es der
äußere Schein erwarten lassen würde. Es erfordert Jahre der
Übung, die 'alte Sprache' so zu sprechen, wie du es tust und
doch benutzt du sie, als hättest du nie etwas anderes getan.
Ich weiß, dass unsere erste Begegnung nicht unter den
besten Voraussetzungen stattfand und wir uns nicht lange
kennen, aber ich wäre geehrt, würdest du diese
Geheimnisse mit mir teilen."

Myriam dachte eine Weile darüber nach, bevor sie
antwortete.
„Es wird dich vielleicht überraschen, aber ich selbst habe so
viel gar nicht getan. Es ist viel mehr das Ergebnis der
Entscheidungen, die ich gefällt habe. Aber es ist einfacher,
wenn ich dir meine Geschichte erzähle"

Myriam begann bei den Ereignissen, die zu ihrer
Verbannung aus dem Dorf geführt hatten. Während sie
erzählte fiel ihr auf, dass das Spiel der Farben und
Flammenzungen sich änderte, je nachdem, was sie gerade
berichtete. Normalerweise stand Lodanis in einem hellen
gelb in ihrer körperlichen Form vor ihr. Je aufgewühlter sie
wurde, desto mehr nahmen die Flammen eine rötliche Farbe
an und die Form begann mehr und mehr zu zerfließen.
Sicher war sich Myriam, als sie den Teil ihres Todes
erzählte. Die Flammen waren dunkelrot und die Form war
fast gänzlich verschwunden. Aber auch Myriam zitterte am
gesamten Körper, als sie alles noch einmal gedanklich
durchlebte. Es dauerte eine Weile, bis Myriam sich wieder
gefasst hatte, um weiter zu erzählen. Sie beendete ihre
Geschichte mit dem Abend, als sie Lodanis das erste Mal
begegnete.

Mittlerweile war es dunkel geworden und ein kühler Wind
hatte eingesetzt. Myriam erinnerte sich an die Sachen, die
ihr ihre Mutter mitgegeben hatte, und ging ins Haus um
sich etwas Wärmeres überzuziehen. Als sie zurückkam,
hatten sich Seraphora und Lodanis einander zugewandt. Sie
unterhielten sich leise miteinander. Als Myriam näher kam,
unterbrachen sie das Gespräch. Myriam wollte eine

diesbezügliche Frage stellen, als sie von Ferias Rückkehr abgelenkt wurde.

„Du kommst zurück?", fragte Myriam Feria überrascht.

„Wiroja meinte, es würde sowieso bis zum Morgen dauern und ich wäre doch bestimmt gerne bei dir! Außerdem würde Odom sie frühzeitig warnen, wenn ihr Gefahr drohte und ganz wehrlos sei sie auch nicht. Bis vor kurzem hätte sie noch alleine hier gelebt, also bräuchtest du dir keine Sorgen um sie zu machen!"

Myriam lächelte.

„Das sieht ihr ähnlich und ich freue mich, dass du wieder bei mir bist", sagte sie und schmiegte sich an ihre Schwester.

Wie sie so zwischen Ferias Pfoten lag, überkam sie die Müdigkeit und sie gähnte herzhaft.

„Ich wollte euch noch etwas fragen", stammelte Myriam mit geschlossenen Augenlidern, „aber morgen ist auch noch Zeit."

Plötzlich fuhr sie hoch und riss die Augen auf.

„Verzeiht, ich wollte nicht unhöflich sein! Ich möchte euch für euer Erscheinen danken und dafür, dass ich euch Freunde nennen darf!"

„Es war mir wieder ein Vergnügen dich zu treffen", antwortete Seraphora, „und der Dank ist ganz meinerseits."

„Ich kann mich Seraphoras Worten nur anschließen, doch auch die besten Freunde brauchen einmal Zeit für sich", fügte Lodanis lächelnd hinzu. „Darf ich dich bitten noch Holz nachzulegen, ich möchte mich noch mit Seraphora unterhalten, von Hüterin zu Hüterin!"

Myriam sah verwirrt von Lodanis zu Seraphora.

„Natürlich gerne, aber verstehe ich das richtig, ihr habt
sonst keine Möglichkeit miteinander zu sprechen?“
„Ja, es ist das erste Mal, dass wir uns unterhalten“, erklärte
Lodanis. „Bisher war es weder möglich noch gab es einen
Grund dafür. Ich sagte bereits, du nimmst Dinge für normal,
die es eigentlich, zumindest in der heutigen Zeit, nicht sind
und dies ist mit das Erstaunlichste an dir!“
Myriam verstand nicht, was Lodanis ihr damit sagen wollte,
was sie ihrer Müdigkeit zuschrieb. Sie schlurfte neben die
Hütte, holte noch einige Scheite Holz und legte sie ins
Feuer. Danach zog sie sich mit Feria etwas weiter zurück.
Myriam lag wieder zwischen Ferias Pfoten und wickelte
sich ein. Als sie die Augen kurz öffnete, hatten beide
Hüterinnen ihre körperliche Form aufgegeben. Für einen
zufälligen Beobachter sah es jetzt so aus, als würde dort ein
Feuer brennen, neben dem ein Wassereimer stand. Bevor
Myriam einschlief, registrierte sie noch das Lodanis erregt
sein musste, da sie wieder mehr rot als gelb brannte.

„Was denkst du?“, begann Lodanis, „ist tatsächlich alles
wahr, was Myriam erzählt hat?“
„Wie du weißt, war ich bei einigen Vorfällen zugegen und
kann sie nur bestätigen. Was das andere angeht, habe ich
keinen Grund an ihren Worten zu zweifeln! Tatsache ist, als
ich ihr das erste Mal begegnete, spürte ich etwas sehr Altes
in ihrem Blut. Zuerst glaubte ich, es habe mit der
Verbindung zu den Lunaren zu tun, aber selbst diese sind zu
jung!“
„Was ist, wenn sie wirklich Feenblut in sich trägt?“
„Das könnte natürlich 'das Alte' erklären, aber sie ist keine
Fee und von einem Mischling habe ich noch nie gehört!“

„Wie dem auch sei", begann Lodanis nach einer Pause von neuem, „hältst du es für möglich, dass sie etwas mit der Prophezeiung zu tun hat? Hast du bemerkt wie sie und Feria reagierten, als ich einen Satz aus der Weissagung rezitiert habe?"

„So als wäre er ihnen bekannt, ich habe es mitbekommen. Ob ich glaube, sie habe etwas mit der Prophezeiung zu tun? Sie tut es doch bereits, sie 'Verbindet, wo es scheinbar keine Verbindung gibt', oder siehst du es anders?"

„Nein, gerade deshalb, und wir sind ein Teil davon! Wie sollen wir damit umgehen? Berichten wir ihr von der Prophezeiung?"

„Ich werde es nicht erwähnen", sagte Seraphora nach einer Weile. „Erstens scheint sie sowieso davon, oder etwas ähnlichem, zu wissen und zweitens hat sie schon genug an dem zu tragen, was sie sich selbst aufgebürdet hat, nämlich ihr Versprechen. Ich helfe ihr, wenn sie mich darum bittet, insoweit wie es unsere eigenen Regeln zulassen!"

„Ich werde es genauso handhaben! Ich weiß nicht, wie es dir geht, aber ich bin gespannt, was noch geschieht", beendete Lodanis das Gespräch.

Myriam lief über eine mit Blumen übersäte Wiese, als diese plötzlich unter ihr zu wanken begann. Mit wild wedelnden Armen versuchte sie im Gleichgewicht zu bleiben, oder irgendwo Halt zu finden. Doch da weit und breit nichts war, fiel sie der Länge nach zu Boden. Das Schwanken ging weiter. Sie hatte Mühe die Orientierung zu behalten. Je mehr sie sich konzentrierte, desto mehr stellte sie fest, nicht die Erde bewegte sich, sondern sie war es, die hin und her rollte. Überrascht von dieser Entdeckung verließ sie den Traum und erwachte.

Das Rollen kam von Feria, die sie mit ihrer Schnauze an stupste.

„Hör auf", brummelte Myriam, „warum weckst du mich?"

„Es ist Zeit", antwortete Feria lächelnd und stupste sie noch einmal.

„Du sollst das sein lassen, du Kobold", lachte Myriam und schob mit der Hand Ferias Schnauze zur Seite. „Wozu ist es Zeit, die Sonne geht erst auf?"

„Wiroja, ich sollte sie holen!"

„Ach ja, entschuldige. Ich bin noch halb am schlafen. Ich komme mit."

„Besser nicht! Werde erst einmal wach. Nachher würdest du noch herunterfallen. Außerdem bin ich allein schneller. Es wäre gut, wenn du etwas Warmes vorbereitest. Wiroja wird durchgefroren sein."

„Du machst dir Sorgen um sie", bemerkte Myriam spitz, was von Feria mit einem Brummen quittiert wurde. „Ist schon gut, ich bin auch froh, wenn ihr beide wieder hier seid", erklärte Myriam und kraulte Feria hinter dem Ohr. Feria genoss die Liebkosung und erwiderte sie auf ihre Weise.

„Nun lauf los, ich werde in die Küche gehen und etwas herrichten."

Feria nickte nur und machte sich auf den Weg. Myriam ging zum Haus und kam dabei auch an der Feuerstelle und dem Eimer vorbei. Keine der beiden Hüterinnen war noch anwesend, aber dies hatte sie auch nicht erwartet. Ohne stehen zu bleiben, ging sie in die Küche um Vorbereitungen für Wirojas Rückkehr zu treffen.

Während Myriam das Essen zubereitete, hingen ihre Gedanken dem gestrigen Abend nach. Es wunderte sie noch immer, dass Lodanis und Seraphora noch niemals vorher miteinander gesprochen hatten. Dass die beiden es ausgerechnet jetzt taten, und dazu noch allein sein wollten, konnte kein Zufall sein. Sie verbargen etwas. Einerseits war es ihr gutes Recht, andererseits fand Myriam es unfair, da sie das Gefühl hatte, es würde dabei um sie gehen. Myriam überlegte, ob sie die beiden Hüterinnen diesbezüglich ansprechen sollte. Zwischendurch konzentrierte sie sich immer wieder auf Feria, um zu erfahren, wo diese war. So war es nicht verwunderlich, dass sie genau in dem Augenblick aus dem Haus trat, als Feria aus dem Wald kam. Zuerst sah es so aus, als wäre Feria allein zurückgekommen und Myriam erschrak. Aber im nächsten Moment erinnerte sie sich daran, dass Feria sie wohl darüber informiert hätte, wenn etwas Unvorhergesehenes vorgefallen wäre. Als Feria näher kam, sah Myriam Wiroja dicht gepresst auf deren Rücken liegen, ohne sich zu bewegen. Myriam geriet in Panik und eilte den beiden entgegen.

Was ist passiert? sandte sie Feria sorgenvoll.

Sie ist unterkühlt! Sie hatte kaum genügend Kraft, um auf mich zu klettern!

Bring sie bitte vors Haus, ich werde sie dann schon hinein bekommen!

Doch das war leichter gesagt als getan. Wiroja war nicht mehr in der Lage sich zu rühren oder anderweitig mitzuhelfen. Myriam musste ihre Freundin herunterziehen, wobei diese auf sie fiel. Als sie das bleiche Gesicht sah, machte sie sich Vorwürfe und bekam es mit der Angst zu tun. Ruckartig sprang sie auf und wandte sich mit zitternder Stimme und Tränen in den Augen an Feria.

„Kannst du sie bitte mit deinem Fell wärmen? Ich werde das Feuer hier draußen wieder anfachen!"

Myriam wartete die Antwort nicht ab, sondern rannte ins Haus, um aus dem Kamin brennende Holzscheite zu holen. Kaum hatte sie das erledigt, flitzte sie neben die Hütte um weiteres Holz zu besorgen. Schon nach kurzer Zeit brannte ein großes Feuer. Jetzt stand Feria auf und legte sich hinter Wiroja. Vorher hatte sie einfach über ihr gelegen, so dass diese gänzlich unter dem Fell verschwand. Feria war es in der Nähe der Flammen zu heiß, aber sie blieb, um Wiroja den Rücken zu wärmen. Auch wenn sie es sich selbst nicht eingestehen wollte, sie mochte Wiroja und war besorgt um die Hüterin! So wie Wiroja dalag, stiegen Myriams Sorgen weiter. Die Freundin atmete so flach, dass man es kaum sehen konnte und jegliche Farbe war aus deren Gesicht gewichen.

Was habe ich nur getan? dachte Myriam und begann damit Wirojas Arme und Beine zu massieren.

Du hast ihr nichts angetan, empfing sie von Feria, *sie tat es freiwillig und wusste, auf was sie sich einlässt.*

Feria hatte Recht, aber es tröstete Myriam keineswegs. Unaufhörlich rutschte sie auf den Knien um Wiroja herum, rieb abwechseln die Arme und Beine, um die Blutzirkulation wieder in Gang zu bringen. Aber alles was sie erreichte, war eine leichte Rötung im Gesicht.

„Das reicht nicht im Mindesten", erklärte Myriam aufgeregt, „ich werde versuchen ihr etwas warmen Tee einzuflößen!"

„Das wird kaum gehen", entgegnete Feria, „dazu müsste sie
selbst schlucken und ich bezweifele, dass sie das wird."
„Aber irgendwie muss ich ihr doch helfen!", schrie Myriam
verzweifelt und stieß in ihrer Wut mit dem Fuß gegen den
Wassereimer. Überraschend erschien Seraphoras Kopf über
dem Rand.
„Was ist passiert?"
„Wiroja ist stark unterkühlt und egal was ich versuche, es
zeigt kaum Wirkung!", rief Myriam aufgeregt.
„Ich weiß nicht, was ich noch tun kann?"
„Bring mich zu ihr", sagte Seraphora in einem Ton, der
keinen Widerspruch zuließ.
Myriam wusste zwar nicht was das bringen sollte, aber sie
tat, worum sie gebeten worden war. Kaum hatte sie den
Eimer abgestellt, ergriff Seraphora Wirojas Hand. Keinerlei
Veränderung schien einzutreten.
„Was machst du?", wollte Myriam wissen.
„Ruhe!", war alles, was sie zu hören bekam.
Das erste, was Myriam auffiel, war, dass Wirojas Atmung
tiefer und kräftiger wurde. Nach und nach kehrte die Farbe
in deren Gesicht zurück. Langsam begannen sich die
Augenlider zu bewegen und endlich öffnete sie die Augen.
„Was machst du da?", war das Erste, was Wiroja sagte, als
sie bemerkte, dass Seraphora ihre Hand hielt, und zog sie
weg. „Bah, eiskalt", fügte sie noch hinzu und schüttelte die
Hand trocken.
„Wieder ganz die Alte", erwiderte Seraphora lachend.
Myriam half Wiroja sich aufzusetzen und drückte sie innig.
„Wiroja du lebst, der 'großen Mutter' sei Dank!"
„Nicht mehr lange, wenn du so weiter drückst", entgegnete
 Wiroja und versuchte sich sanft zu befreien.

Myriam stand auf und wandte sich zum Haus.

„Ich werde dir einen heißen Tee holen!“

Auch wenn Myriam sich nichts weiter anmerken lassen wollte, Wiroja hatte die Tränen in deren Augen gesehen. Nachdem Wiroja den ersten Becher Tee getrunken hatte, fühlte sie sich stark genug, wieder aufzustehen.

„Ich habe eine gute und eine schlechte Nachricht mitgebracht. Aber ich möchte vorher etwas essen.“

„Natürlich! Ich habe alles vorbereitet.“

Während die Freundin ins Haus ging, wandte sich Myriam an Seraphora.

„Würdest du mir erklären was du gemacht hast?“

„Kannst du dir das nicht denken? Ich sagte dir doch damals schon, ich bin Teil des Wassers und es ist ein Teil von mir!“

„Das weiß ich, aber ich verstehe trotzdem nicht?“

„Ihr Blut! Blut besteht zum größten Teil daraus.“

„Und was hast du getan?“

„Ich habe ihm befohlen, schneller zu fließen.“

„Das war alles? Das klingt einfach!“

„Ist es auch, wenn man es kann“, sagte Seraphora und fing an zu lachen.

Myriam lachte mit und wollte Seraphora in den Arm nehmen, als die Nässe sie daran erinnerte, dass Seraphora keinen festen Körper besaß. Erschrocken zuckte sie zurück und sah in ein noch immer lächelndes Gesicht.

„Ich danke dir“, sagte Seraphora, „ich weiß, was diese Geste bedeutet. Du solltest das aber nicht bei Lodanis probieren!“

„Ich werde versuchen daran zu denken, aber es kam einfach so über mich!“

„Ich weiß, und genau dies ist es, was dich so
außergewöhnlich macht. Du denkst nicht darüber nach,
welche Art Wesen vor dir steht, sondern lässt dein Herz
sprechen. Du solltest mir nur beim nächsten Mal etwas Zeit
geben!“

„Was würde das ändern?“, fragte Myriam überrascht.
Ohne eine Antwort, begann Seraphora sich zu verändern.
Das Fließen ihres Körpers verlangsamte sich, die Konturen
wurden schärfer und das Wasser nahm an Festigkeit zu.
Myriam schaute in das lächelnde Gesicht einer Eisstatue,
die langsam die Arme hob. Trotz der Kälte drückte Myriam
sich an sie. Doch der Augenblick wurde jäh vom Geräusch
eines zersplitternden Bechers unterbrochen. Seraphora
erschrak und dadurch verlor sie die Kontrolle über ihre
Gestalt. Zum zweiten Mal, in kurzer Zeit, wurde Myriam
nass. Als sie in Richtung des Geräusches sah, erkannte sie
den zerbrochenen Becher in einer Lache, neben der Wiroja
mit offenem Mund in der Tür stand. Myriam musste lachen,
als sie ihre Freundin so dastehen sah.

„Was war das denn eben?“, fragte Wiroja, als ihre
Überraschung nachließ.

„Nach was sah es denn aus? Ich habe Seraphora für deine
Rettung gedankt!“

Myriam erklärte ihr kurz, was Seraphora getan hatte.

„Danke, dass du mich gerettet hast“, wandte sich Wiroja an
Seraphora. „Ich hätte so etwas nicht für möglich gehalten.
Weder das eine, noch das andere“, fügte sie mit einem
Seitenblick auf Myriam hinzu. „So, nachdem ich jetzt
wieder unter den Lebenden weile und mich gestärkt habe,
würde ich euch gerne berichten was ich herausgefunden
habe.“

„Ich werde Lodanis rufen", unterbrach sie Myriam.

„Warte", bat Wiroja, „darf ich?"

„Natürlich!"

Wiroja lächelte, stellte sich vor das Feuer und formulierte ihren ersten Satz in der 'alten Sprache', den sie sich behalten hatte.

„Lodanis, ly halim geri nit werid (Lodanis, eine Freundin ruft nach dir)!"

Als hätte sie nur darauf gewartet, erschien Lodanis Gesicht mit einer leichten Verbeugung und einem Lächeln.

„So! Jetzt wo die ganze Familie wieder …", begann Wiroja, wobei Myriam übersetzte, wurde aber durch das Platschen der zusammenbrechenden Form Seraphoras, und der knallroten Stichflamme mit der Lodanis verschwand, jäh unterbrochen.

„Was ist, hab ich etwas Falsches gesagt?", fragte Wiroja unsicher.

„Ich - weiß es nicht", gab Myriam zaghaft zurück.

Beide schauten sich verständnislos an.

„Lodanis! Seraphora! Bitte entschuldigt, wenn wir euch beleidigt haben sollten", versuchte Myriam die Hüterinnen wieder zum Erscheinen zu bewegen.

Es dauerte eine Weile bis Seraphora, als Erste erschien.

„Seraphora es tut uns aufrichtig leid, wenn wir euch auf irgendeine Weise gekränkt haben sollten, es lag nicht …"

„Beleidigt?", rief Lodanis und bildete im gleichen Augenblick einen Körper. „Wir sind Elementarhüter!"

„Es ist mir bewusst", antwortete Myriam nervös, „aber ich begreife den Zusammenhang nicht."

Das Lächeln in Lodanis und Seraphoras Gesicht hätte sie vielleicht etwas beruhigen können, wäre sie nicht so aufgeregt gewesen.

„Ihr Zwei", begann Lodanis und blickte von Wiroja zu Myriam, „ruft uns als Freundin an. Das hat vor euch noch niemals jemand getan. Es ist für uns beide eine größere Ehre, als ihr euch vorstellen könnt!"

Lodanis schaute zu Seraphora, die zustimmend nickte.

„Wir sind Elementarhüter", begann Lodanis zu erklären, „so etwas wie eine Familie kennen wir nicht, auch wenn wir die Bedeutung dieses Wortes verstehen. Als Wiroja uns als Teil ihres Familienverbandes ansah, war es - als hätte sie unsere Existenz auf eine neue Ebene gehoben. Es ist etwas, das kein Elementarhüter jemals für möglich gehalten hätte. Es hat uns dermaßen verwirrt, dass wir einfach die Kontrolle verloren. Dafür, dass wir euch erschreckt haben, möchten wir uns entschuldigen und danken euch für die Ehre, die ihr uns erweist!"

Lodanis und Seraphora verbeugten sich so tief, dass ihre Köpfe den Boden berührten. Wiroja und Myriam schauten nur sprachlos zu.

„Wolltest du uns nicht etwas berichten?", fragte Seraphora um den Bann zu brechen.

„Ja - ja natürlich", stammelte Wiroja und versuchte sich zu sammeln. „Nachdem ich Odom meine Bitte vorgetragen hatte, war er überrascht und wollte wissen, was mich dazu veranlasst, so etwas Ungewöhnliches zu tun. Also habe ich ihm die Hintergründe erzählt. Danach konnte ich seine Verwirrung spüren. Auch er hatte noch nie von einem solchen Fall gehört und entsprach meiner Bitte. Die gute Nachricht ist, es gibt noch mindestens eine Fee in diesen

Wäldern. Wir warteten ungefähr eine Stunde, bis wir die
erste Antwort bekamen. Die Fee, die sich meldete, war
äußerst ungehalten und hielt es für einen Schwindel. Wenn
ich wahrlich die wäre, die ich vorgab zu sein, bräuchte ich
keine Hilfe von einer Fee. Und wenn Odom der wäre, als
der er sich ausgab, wüsste er das auch!"
„Und was hat Odom daraufhin gesagt?", wollte Myriam
ungeduldig wissen.
„Er sagte: Dass wenn sie die wäre, für die sie sich ausgab,
es für sie leicht wäre festzustellen, ob er der war, der er
vorgab zu sein. Und dann wüsste sie auch, dass es
zwingende Gründe für sein Handeln geben musste!"

„Und dann?", fragte Myriam noch aufgeregter.
„Wenn du mich nicht ständig unterbrichst, erfährst du es",
entgegnete Wiroja lachend, um gleich wieder ernst zu
werden. „Die Fee entschuldigte sich und erkundigte sich
nach dem Grund für diese ungewöhnliche Bitte. Odom
veranschaulichte ihr die Zusammenhänge, ohne einen
Namen zu nennen. Danach kam lange keine Antwort. Als
sie sich wieder meldete, erklärte sie, das, was Odom ihr
erzählte sei schlichtweg unmöglich. Es gab keine Halbfeen
und die Möglichkeit von einer Fee besessen zu sein wäre
geradezu grotesk. Sie wüsste zwar auch nicht, was es zu
bedeuten hätte, aber es gäbe daher auch keinen Grund für
sie zu erscheinen! Das ist die schlechte Nachricht. Es wird
niemand kommen!"
„Hat sich sonst - keine einzige mehr gemeldet?", fragte
Myriam niedergeschlagen.
„Nein! Es tut mir leid, dir keine bessere Nachricht
überbringen zu können."

Myriam stand die Enttäuschung ins Gesicht geschrieben.
„Lass dich nicht entmutigen", meldete sich Feria, „es wird
sich alles aufklären, da bin ich mir sicher!"
„Ich danke dir", lächelte Myriam, „aber das ist es nicht
alleine. Ich hatte gehofft Borenor helfen zu können.
Außerdem hat es Wiroja fast das Leben gekostet, für
nichts", fügte sie hinzu.
„Für nichts würde ich nicht sagen, es …", begann Lodanis,
unterbrach sich aber, als sie Wirojas geistesabwesenden
Blick bemerkte.
Sofort richteten sich alle Augen auf diese.

„Wiroja, was ist?", fragte Myriam erschrocken.
Ohne zu antworten hob diese die Hand, stand auf, ging zu
ihrem Geburtsbaum, legte die Hand an den Stamm und
schloss die Augen. Alle waren überrascht über dieses
Verhalten, warteten aber geduldig, bis sie sich wieder zu
ihnen gesetzt hatte und von selbst zu sprechen begann.
„Dein Vater ist bei Odom", wandte Wiroja sich an Myriam.
„Er bittet dich dringend zu kommen, und wenn es möglich
ist, soll ich dich begleiten! Er läuft ungeduldig vor ihm hin
und her."
„Was hat das jetzt wieder zu bedeuten?", sagte Myriam
mehr zu sich selbst. „Mein Vater ist eigentlich ein sehr
ruhiger Mann. Wenn er so reagiert, muss etwas
Ungewöhnliches vorgefallen sein. Ich hoffe nur, es ist
meiner Mutter nichts geschehen."
„Du wirst es nur erfahren, wenn du ihn aufsuchst",
bemerkte Feria, die Myriams Sorge spürte.
Myriam schaute einzeln in die Gesichter ihrer Freunde.
„Es tut mir leid aber …"

Lodanis hatte die Hand erhoben, um Myriam zu unterbrechen.

„Familie!“, war alles, was sie Myriam erwiderte.

Diese lächelte und verbeugte sich.

„Ich danke euch!“

Die Hüterinnen verneigten sich ebenfalls und verschwanden. „Fühlst du dich in der Lage den Weg mit mir zu gehen oder soll ich meinen Vater alleine aufsuchen?“

„Ich hätte zwar nichts gegen ein Schläfchen einzuwenden, aber ich denke, ich werde es schaffen. Ich sollte nur die Kräutertasche auffüllen. Ich glaube, dein Vater hat deswegen meine Anwesenheit erbeten.“

Sie ging ins Haus, um nach kurzer Zeit mit zwei Taschen wieder zu erscheinen.

„Ich habe noch etwas Proviant eingepackt“, sagte sie, als sie Myriams fragenden Blick sah.

„Die kann ich tragen“, entgegnete diese und nahm, ohne eine Antwort abzuwarten, die Provianttasche von Wirojas Schulter. Sie machten sich auf den Weg. Doch bevor sie den Wald betraten, blieb Myriam stehen und schaute sich nach Feria um.

„Kommst du nicht mit?“

Auch wenn sie die Antwort bereits auf geistigem Wege erhalten hatte, vermied sie es in Wirojas Gegenwart sich nur auf diesem Wege mit Feria zu unterhalten. Feria hatte sie verstanden, deshalb sprach auch sie ihre Antwort laut aus.

„Du hast mich nicht gefragt und es hatte nicht den Anschein, als wäre meine Anwesenheit erwünscht!“

Myriam sah zu Wiroja, die sich mit gespieltem Interesse die Bäume betrachtet. Ein leichtes Lächeln konnte sie nicht unterdrücken, als sie sich wieder an Feria wandte.

„Du bist meine Schwester und deine Anwesenheit muss nicht nötig sein, damit ich mir wünsche, dass du bei mir bist. Ich dachte das wüsstest du?"

„Das weiß ich, aber warum beziehst du mich dann nicht in deine Planung mit ein?"

„Weil ich dir gegenüber ein schlechtes Gewissen habe! Du hast Wiroja und mich überall hingebracht. Ich möchte nicht, dass es den Anschein hat, als wärst du nur ein Reittier für uns!"

Als sie wieder zu Wiroja schaute, hatte diese sich in die Untersuchung von Blättern vertieft.

„Es gibt Dinge, die du tun kannst", erklärte Feria, „Dinge die ich tun kann und manches, das wir beide tun können. Jeder hat seine Fähigkeiten. Wir müssen beide unsere Kräfte in die Waagschale werfen, sonst können wir die Aufgabe, die meine Mutter uns stellte, nicht lösen. Wenn es meine Kraft und Größe ist die gebraucht wird, dann steuere ich sie gerne dazu bei. Du brauchst dir keine Gedanken darüber zu machen, ich würde mich deswegen erniedrigt fühlen. Ganz im Gegenteil! Ich bin dankbar für alles, wobei ich dich unterstützen kann."

Ohne einen Kommentar breitete Myriam die Arme aus und wartete. Feria erhob sich und mit drei weiten Sätzen stand sie vor Myriam, die sich gegen deren Schnauze lehnte, diese umarmte und den Kopf darauf legte. Als Myriam ihren Kopf auf die Seite drehte und die Augen öffnete, lächelte Wiroja sie an.

„Gehen wir jetzt oder dauert es noch etwas länger?", fragte diese mit einem Schmunzeln.
„Ich denke, Feria möchte uns dorthin bringen", antwortete Myriam und kraulte dabei Feria zwischen den Augen.
„Da kannst du dir sicher sein", fügte diese hinzu und legte sich hin.

Kurz darauf machten sie sich auf den Weg. Myriam ließ Feria noch vor der Lichtung, auf der Odom stand, anhalten.
„Traust du deinem Vater nicht?", wollte Wiroja wissen.
„Meinem Vater schon, aber vielleicht ist ihm jemand gefolgt", antwortete Myriam. „Feria würdest du bitte, während wir zu meinem Vater gehen, den Wald um die Lichtung absuchen, ob sich dort jemand versteckt hält?"
Ein kurzes Nicken war die Antwort und schon war sie verschwunden.
„Gehen wir, ich bin in Sorge was passiert ist", erklärte Myriam und trat hinaus auf die Lichtung.
Roen saß auf einer Wurzel und starrte auf den Boden zwischen seinen Füßen. Erst als sie ihn fast erreicht hatten, bemerkte er die beiden Frauen und erhob sich. Noch bevor sie vor ihm standen, fing er hastig zu reden an.
„Myriam, Wiroja es ist gut, dass ihr gekommen seid. Ich weiß nicht was ich sonst hätte tun sollen. Es ist etwas …"
„Jetzt beruhige dich erst mal", unterbrach ihn Myriam.
„Setz dich wieder hin und dann berichte uns in aller Ruhe, was passiert ist!"
Nachdem sich Roen etwas beruhigt hatte, fing er an zu erzählen.
„Es war vor zwei Tagen gegen Mittag, als ein 'Fahrender Händler' zu uns ins Dorf kam. Er hatte eine junge Frau auf

seinem Wagen liegen, die schwer verletzt und ohne Bewusstsein war. Die Dorfbewohner haben ihn zu uns geschickt, wahrscheinlich in der Annahme du wärst noch bei uns. Sie sah wirklich elend aus. Blutüberströmt und ihr Atem ging flach. Wir legten sie in dein Zimmer, und während deine Mutter sie wusch, erzählte mir der Händler, was passiert war.

Es war am Morgen desselben Tages gewesen. Der Reisende hatte erst vor kurzem sein Lager abgebrochen und sich auf den Weg gemacht, als die Frau aus dem Wald gestolpert kam und vor dem Wagen zusammenbrach. Er hatte Probleme die Pferde zu beruhigen, da sie das Blut witterten. Als er die Person erreichte, glaubte er im ersten Augenblick sie sei tot, so wie sie aussah. Doch die junge Frau musste seine Gegenwart gespürt haben. Sie öffnete kurz die Augen und stammelte Bär. Als wäre es das Stichwort gewesen, brüllte dieser in der Nähe. Sofort packte der Händler die Frau auf seinen Wagen und verschwand so schnell er konnte. Unser Dorf war am nächsten, deshalb lenkte er sein Gespann dort hin.“

„Es ist zwar selten, dass Bären Menschen angreifen, aber es ist schon vorgekommen“, bemerkte Myriam, „auch wenn es bei uns noch nicht der Fall war. Ich hoffe, er kommt nicht in unsere Gegend. Aber ich glaube, du bist aus einem anderen Grund gekommen, oder irre ich mich?“

„Nein, du irrst dich nicht“, bestätigte Roen. Nachdem deine Mutter die junge Frau gewaschen hatte, rief sie mich zu sich. Alle Verletzungen waren auf der rechten Körperseite. Am Kopf, an der Schulter und am gesamten Arm. Man konnte genau erkennen, wo die Krallen des Bären sie trafen. Aber das wirklich Merkwürdige war, dass sich die

Wunden, bis auf jene am Kopf, geschlossen und sogar der Heilungsprozess schon eingesetzt hatte. Aus der Wunde am Kopf sickerte noch immer Blut. Wir verbanden sie und im Laufe des Nachmittags hörte auch diese auf zu bluten. Bis dahin sah alles gut aus, aber gegen Morgen setzte Fieber ein. Von den Verwundungen an Arm und Schulter konnte es nicht herrühren, also befürchtete ich, es sei die Wunde am Kopf. Damit kennt sich deine Mutter nicht aus, deshalb habe ich euch gerufen. Ich hoffe nur, es ist noch nicht zu spät!“

Myriam sah Wiroja an. Diese wandte sich an Roen.

„Bist du dir sicher dass es sich am Arm nicht um ältere Wunden handelt?“

„Ziemlich! Erstens stimmen die Verletzungen mit den Rissen im Kleid überein, zweitens sagte mir Ria, dass an einer Stelle der Stoff leicht in den Wundrändern eingewachsen ist.“

„Dies ist allerdings merkwürdig“, bestätigte Wiroja. „Ich müsste mir die Frau ansehen, um Genaueres zu sagen!“

„Ich hoffe, sie hält bis morgen Mittag durch“, erklärte Roen. „Es wird bald Dunkel und wir müssen bis zum Morgen warten, ehe wir aufbrechen können.“

Wiroja sah zu Myriam, die wieder einen leicht abwesenden Ausdruck in den Augen hatte. Wiroja war davon überzeugt, dass ihre Freundin sich mit Feria unterhielt. Es dauerte eine Weile, bis sich deren Blick klärte.

„Wir müssen nicht bis morgen warten“, wandte sich Myriam an ihren Vater!

„Du willst im Dunkeln den Weg durch den Wald finden?“, fragte Roen überrascht.

„Auch das könnte ich, aber es gibt eine schnellere
Möglichkeit!"
Myriam sah ihren Vater ernst an.
„Du wolltest Feria kennenlernen! Sie ist damit
einverstanden uns ins Dorf zu bringen. Ich möchte dich nur
bitten, ruhig zu bleiben. Sie wird dir nichts tun und vergiss
nicht, sie kann jedes Wort verstehen!"
„Jetzt bin ich aber wirklich neugierig", entgegnete Roen,
„und gespannt, wie sie uns schneller ins Dorf bringen will!"
Myriam und Wiroja stellten sich neben Roen und schauten
in die Richtung aus der Feria kommen würde.
„Sie kommt", sagte Myriam um ihren Vater vorzubereiten.
Myriam konnte erkennen, wie Roen zusammenzuckte und
sich anspannte, als er erkannte, was da auf ihn zukam. Roen
starrte gebannt auf Feria, während diese sich langsam
näherte. Roen war so groß, das sich seine und Ferias Augen
auf einer Höhe befanden.
„Zwick mich jemand, ich glaube ich träume", sagte Roen
plötzlich.
„Mit zwicken habe ich es nicht so, aber mit einem Biss
könnte ich dienen", entgegnete Feria, was dazu führte, das
Roen die Augen aufriss und einen Schritt rückwärts machte.
Myriam wollte schon etwas sagen, als Roen zu lachen
begann und seine Hand in Ferias Richtung ausstreckte.
Doch bevor er sie berührte, zuckte er abermals zurück und
schaute Myriam fragend an.
„Darf ich?"
„Das kannst du sie selbst fragen!"
„Entschuldige es ist ungewohnt", wandte er sich an Feria.
„Du brauchst mich nicht um Verzeihung zu bitten, ich weiß,
wie ich auf Menschen wirke. Und ja, du darfst mich

anfassen, ansonsten hätten wir nämlich ein Problem, was den Weg angeht!"

„Wie meinst du das?", fragte er überrascht.

„Sie wird uns tragen", antwortete Myriam stattdessen.

„Uns alle drei zusammen?", entgegnete Roen ungläubig.

„Feria ist sich sicher es zu schaffen!"

„Ihr müsst euch nur nach dem Gewicht setzen", fügte Feria hinzu. „Roen ist der schwerste, er muss vorne sitzen, damit ich sein Gewicht über den Pfoten habe. Danach Wiroja und dann du. Du bist die leichteste."

Nachdem Feria sich hingelegt hatte, zögerte Roen und sah Myriam fragend an.

„Du kannst ihr vertrauen, sie weiß was sie tut", erklärte Myriam lächelnd und schwang sich hinter Wiroja auf Ferias Rücken. Roen kletterte etwas unbeholfen auf deren Schultern. Als Feria aufstand, musste Wiroja ihn festhalten, damit er nicht herunterfiel.

„Danke, ich hoffe, dass das gut geht", erklärte Roen und klammerte sich an Ferias Fell fest.

Feria setzte sich langsam in Bewegung und zu seiner Überraschung, ging es besser als erwartet. Tatsächlich begann es ihm Spaß zu machen, nachdem Feria eine schnellere Gangart angeschlagen hatte. Er genoss die Geschwindigkeit und für ihn waren sie viel zu früh am Waldrand angekommen.

Feria blieb dort zurück, während die anderen zum Haus gingen.

Roen klopfte ein Signal an die Tür, damit Ria wusste, wer davor stand und ihnen öffnete. Schon nach kurzer Zeit erschien ein Lichtstrahl unter der Tür.

„Roen bist du es?", hörten sie Ria fragen.

„Ja, ich bin es!“

Der Balken wurde entfernt und die Tür öffnete sich. Als alle eingetreten waren, legte Ria diesen wieder vor.

„Ich hatte dich heute Nacht nicht zurück erwartet.“

„Feria hat uns geholfen“, antwortete Roen und ohne eine weitere Erklärung folgte er Myriam, die mit Wiroja sofort in ihr altes Zimmer durchgegangen war. Als er eintrat, saß Wiroja bereits neben der jungen Frau und betastete deren Stirn.

„Sie hat immer noch Fieber. Ist sie zwischenzeitlich einmal aufgewacht?“, fragte Wiroja und drehte sich zu Ria um.

„Nein, es ist alles wie heute Morgen. Ich habe nur die Verbände gewechselt.“

Wiroja nickte und wandte sich wieder der Patientin zu. Vorsichtig wickelte sie die Binde am Arm ab und betrachtete ihn genau. Er war sauber und nicht mit Wundsekret verklebt. Zufrieden legte sie ihn auf die Seite und untersuchte die Verletzungen. Wie Roen erzählt hatte, waren diese bereits geschlossen und die Heilung war weit fortgeschritten. So wie sie jetzt aussahen, mussten sie eigentlich drei Wochen alt sein, was aber nicht zu der Geschichte passte, die ihnen erzählt worden war. Hier wurde ihre Hilfe nicht benötigt, daher wandte sie sich dem Verband am Kopf zu. Dieser war an einer Stelle bereits wieder mit Blut getränkt. Vorsichtig entfernte Wiroja ihn. Die rechte Schläfe war blutverschmiert. Wiroja griff in ihre Tasche und holte ein kleines, tönernes Gefäß heraus und reichte es Myriam, die es an ihre Mutter weitergab.

„Schütte dies bitte in eine Schale und übergieße es mit heißem Wasser.“

„Was ist das?“, wollte Ria wissen.

„Das ist getrockneter Spitzwegerich. Zum einen stoppt er
die Blutung, zum anderen verhindert er, dass sich die
Wunde entzündet. Frisch wäre er perfekt als Wundauflage
geeignet und würde die Wundheilung beschleunigen, aber
es ist jetzt zu dunkel, um welchen zu sammeln.“
„Aber ich könnte ihn suchen“, meldete sich Myriam, „ich
kann auch im Dunkeln sehen.“
„Das wäre gut, aber du musst dich nicht beeilen. Ich muss
erst noch die Wunde reinigen. Es reicht, wenn deine Mutter
zurückkommt. Bring mir dann zwei große Blätter des
Breitwegerichs. Du solltest nur darauf achten, dass er gut
im Saft steht!“
„Was soll ich denn jetzt holen? Spitz- oder Breitwegerich?“
„Im Prinzip wäre es egal, aber durch seine größere
Blattfläche ist der Breitwegerich besser für die
Wundauflage geeignet.“
Wiroja hatte die gesamte Zeit über die junge Frau
betrachtet, jetzt beugte sie sich nach vorne und schob eines
der Augenlider nach oben.
„Hmmm, dies würde so manches erklären“, brummelte sie
halblaut vor sich hin.
„Was ist? Was erklärt so einiges?“, wollte Roen wissen.
„Ist der Sud schon fertig?“, fragte Wiroja etwas aufgeregt,
was im Gegensatz zu ihrer vorherigen Ruhe stand.
„Hier“, sagte Ria, die soeben hereinkam.
„Danke“, entgegnete Wiroja, nahm die Schale, tauchte ein
Stück Stoff in den Sud und begann geschickt die Verletzung
zu reinigen.
„Was erklärt so einiges?“, hakte Myriam nach.

„Warum ihre Wunden so schnell geheilt sind“, antwortete
die Freundin, ohne aufzusehen. „Wolltest du nicht
Breitwegerich holen?“, fügte sie noch hinzu.
„Sobald du aufhörst in Rätseln zu sprechen“, erklärte
Myriam, der die Unruhe der Freundin nicht entgangen war.
„Wiroja was ist los?“, hakte Myriam abermals nach, als sie
immer noch keine Antwort bekam. Wiroja zuckte leicht
zusammen.
„Entschuldige ich war in Gedanken!“
„Das habe ich bemerkt, was hat dich so aus der Ruhe
gebracht?“
Wiroja beendete erst die Reinigung der Wunde, bevor sie
sich umdrehte und die anderen ansah.
„Könnt ihr es euch nicht denken?“
Alle schauten sie verständnislos an.
„Wenn ich mich nicht sehr täusche, ist sie eine Fee!“
„Was? Wie kommst du darauf?“, entfuhr es Myriam.
„Das würde ich auch gerne wissen“, erklärte Roen.
„Zum einen“, begann Wiroja, „wie viele Lebewesen kennt
ihr, die über solch starke Selbstheilungskräfte verfügen und
zum anderen, seht euch ihre Augen an!“
Alle drei traten näher heran, als Wiroja abermals das
Augenlid nach oben schob. Darunter kam eine strahlend,
grüne Iris zum Vorschein. Nachdem diese das Lid wieder
geschlossen hatte, schaute sie auf die Kopfwunde, an der
sich erneut ein Blutrinnsal bildete.
„Du solltest jetzt den Wegerich holen, damit ich die Wunde
verbinden kann. Aber ich befürchte, er wird nicht
ausreichen“, wandte sie sich an Myriam ohne sich
umzudrehen.

Myriam wollte noch eine Frage stellen, hielt es dann aber für besser erst einmal das Heilkraut zu besorgen. Es dauerte nicht lange, bis sie mit einigen Blättern zurückkam. Wiroja nahm eines davon, faltete es zusammen und zerdrückte es, bis der Saft austrat. Wieder ausgebreitet legte sie es, mit der jetzt feuchten Seite, direkt auf die Wunde und ein zweites darüber, bevor sie beide mit einer Binde fixierte. So war sichergestellt, dass der Saft nicht vom Stoff aufgesaugt wurde. Wiroja betrachtete sich noch einmal die Frau, bevor sie sich erhob, in den Wohnraum ging und sich dort an den Tisch setzte. Die anderen folgten ihrem Beispiel, ließen aber die Tür offen.

Alle warteten, dass Wiroja etwas sagte, doch diese starrte gedankenversunken vor sich hin.

„Was denkst du?“, durchbrach Myriam die Stille.

Die Freundin hob langsam den Kopf. Dem Blick nach zu urteilen, war sie mit ihren Gedanken noch weit entfernt gewesen und musste sich jetzt erst einmal daran erinnern, wo sie war.

„Was wolltest du wissen?“, fragte sie hinterher.

„So kenne ich dich nicht, du machst mir Angst“, gab ihr Myriam zur Antwort. „Sag mir bitte, was los ist!“

Wiroja lächelte der Freundin zu. „Ich mache mir Gedanken um die junge Frau! Ich bin mir sicher, dass sie eine Fee ist, aber das nützt ihr nichts. Solch schwere Wunden scheinen, ohne ihr direktes Zutun, nicht zu heilen. Also solange sie bewusstlos ist...... Normalerweise sollte sie schon wieder aufgewacht sein. Das dies nicht der Fall ist, liegt wahrscheinlich an der Kopfverletzung. Sie hat ein kleines Loch im Schädel und ich befürchte, ein Splitter ist eingedrungen und drückt gegen das Gehirn. Deshalb erwacht sie nicht. Ob es so ist", fuhr Wiroja fort, „kann ich von außen nicht feststellen. Vielleicht würde das 'Blut der Göttin' helfen, man sagt ihm wahre Wunder nach, aber ich habe keines mehr. Das letzte, habe ich für dich aufgebraucht. Die Pflanze wächst hier leider nicht und es ist sehr zeitaufwendig eine genügende Menge herzustellen. Im nächsten Dorf gibt es eine Kräuterfrau, die es ab und zu anbietet, aber es ist teuer und so viel Geld habe ich nicht mehr. Diese Möglichkeit haben wir also nicht und eine andere fällt mir nicht ein", beendete Wiroja traurig ihre Erklärung.

Lange saßen alle still mit gesenkten Häuptern um den Tisch.

„Die 'Hüterin des Wassers'! Vielleicht kann sie uns helfen?", platzte es aus Myriam heraus, was ihr die gesamte Aufmerksamkeit einbrachte.

„Wie?", fragte Wiroja aufgeregt. „Wie sollte sie uns unterstützen können?"

„Ich weiß nicht, aber vielleicht kann sie deinen Verdacht überprüfen! Wir sollten sie fragen oder was meinst du?"

„Es käme auf einen Versuch an", warf Ria ein, „auch wenn mir schleierhaft ist, wie die 'Hüterin des Wassers' dies bewerkstelligen sollte!"

Myriam nickte der Freundin zu und beide erhoben sich. Wiroja ging schon ins Zimmer, während Myriam den Eimer holte. Als sie Wiroja folgte, folgten ihr auch Ria und Roen. Wiroja hatte einen Hocker neben das Bett gestellt, auf dem Myriam den Eimer abstellte. So war dessen Rand auf der Höhe des Bettes.

„Seraphora, eine Freundin ruft nach dir", sagte Myriam die
bekannten Worte in der 'alten Sprache' und, noch bevor sie
ausgesprochen hatte, war die Hüterin bereits erschienen.

„Hast du auf meinen Ruf gewartet?", fragte Myriam
überrascht.
„In gewisser Weise", antwortete Seraphora lächelnd. „Du
hast vor kurzem schon einmal meinen Namen gerufen!"

Wiroja begann zu lachen. „Beobachtest du uns etwa?"
„So würde ich es nicht nennen, aber seit einiger Zeit achte
ich etwas genauer auf die Stimmen, die auf die Oberfläche
des Wassers treffen!"
Der Unterton in Seraphoras Worten war Myriam nicht
entgangen, was sie schmunzeln ließ.
„Es wäre nett, da mich deine Eltern scheinbar sehen
können, wenn du uns vorstellen würdest", sagte Seraphora
und schaute an Myriam vorbei.
„Entschuldige, das ist meine Mutter Ria und mein Vater
Roen, wir befinden uns in ihrem Haus."
„Es ist mir eine Freude und Ehre sie kennenzulernen. Mein
Name ist Seraphora", erklärte sie in der Menschensprache
und nickte den beiden zu.
Ria und Roen starrten sie mit offenem Mund an. Ria fasste
sich als Erstes und stieß ihrem Mann in die Seite. Roen sah
sie verblüfft an, ehe er verstand. Dann verbeugten sich
beide vor Seraphora.
„Es ist uns eine Ehre und Freude euch kennenzulernen,
'Hüterin des Wassers'!", begann Ria. „Wir haben schon von
euch gehört, konnten aber bis eben nicht so recht daran

glauben. Wir bitten um Verzeihung, dass wir euch anstarrten!"

„Es gibt nichts zu verzeihen, es ist meistens so beim ersten Mal", fügte sie mit einem Blick auf Myriam und Wiroja hinzu. „Aber eines möchte ich klarstellen. Wenn ihr nicht an mich geglaubt hättet, hättet ihr mich nicht sehen können! So, nachdem jetzt die Formalitäten geklärt sind, kannst du mir erklären, weswegen du mich gerufen hast."

„Ich denke, es ist besser wenn Wiroja dir berichtet was sie vermutet", sagte Myriam, ging zu ihren Eltern und überließ der Freundin den Platz. Diese setzte sich auf die Bettkante und erklärte Seraphora, was sie befürchtete.

„Ist es dir möglich zu überprüfen, ob mein Verdacht stimmt und vielleicht das Problem zu beseitigen?", fragte Wiroja zum Schluss.

„Ich werde es versuchen, aber versprechen kann ich es nicht. Es ist erst das zweite Mal, dass ich mich in einem Menschen bewege. Es ist auch für mich eine neue Erfahrung, festzustellen, wo ich mich im Körper befinde. Bei dir war das damals nicht notwendig. Aber ohne es auszuprobieren, werde ich es nicht wissen, also lass uns anfangen!"

Wiroja nahm die Hand der jungen Frau und legte sie in den Wassereimer.

„Warte!", rief sie plötzlich. „Musst du dich durch den Körper bewegen oder kannst du dich auch auf der Haut entlang tasten?"

„Ich kann beides, wieso fragst du?"

„Ist es nicht leichter, wenn du dich auf der Haut bis zu der Verletzung bewegst und musst erst dort in den Körper eindringen? So kann ich dich dirigieren."

„Darauf hätte ich auch selbst kommen können", antwortete Seraphora mit einem Lächeln.
Wiroja entfernte vorsichtig den Kopfverband, um die Wunde sehen zu können. Alle konnten sehen wie das Wasser, gegen alle Naturgesetze, den Arm hinauf, über den Hals bis zur rechten Schläfe lief. Außer Wiroja, die die Frau nicht aus den Augen ließ, sahen alle Seraphora an und warteten auf deren Antwort. Als Seraphora in den Schädel eindrang, zuckte sie kurz zusammen und man konnte ihr ansehen, wie sie sich konzentrierte. Als sie nach einiger Zeit immer noch nichts gesagt hatte, schaute auch Wiroja zu ihr.
„Hast du schon etwas festgestellt?", fragte sie leise, um Seraphoras Konzentration nicht zu stören.
Seraphora sah sie an und nickte.
„Du liegst mit deinen Vermutungen richtig! Zum einen ist sie eine Fee und zum anderen drückt tatsächlich ein Knochensplitter gegen ihr Gehirn. Ich habe versucht ihn zurückzuschieben, aber es erweist sich als äußerst schwierig. Ich müsste den Druck erhöhen, aber ich weiß nicht, wie ihr Gehirn darauf reagiert."
Wiroja schaute zu Myriam, doch diese zuckte mit den Schultern. „Du kennst dich besser in der Heilkunst aus als ich. Wie viele Möglichkeiten haben wir noch, um ihr Leben zu retten?"
Wiroja nickte und wandte sich wieder der jungen Frau zu. Sie schaute in das mädchenhafte, blasse Gesicht, das aussah, als würde sie schlafen. Wiroja atmete hörbar aus.
„Na gut! Seraphora erhöhe langsam den Druck. Aber wenn ich Stopp sage, hörst du bitte sofort auf!"

Ein kurzer Seitenblick genügte ihr, um Seraphoras Nicken
zu erkennen. Wiroja beobachtete ihre Patientin sehr genau
und achtete auf jede Veränderung. In dieser unheimlichen
Stille deutete nichts darauf hin, welcher Kampf gerade
stattfand.

„Er beginnt sich zu bewegen", durchbrach Seraphoras
Stimme die Stille.

Wiroja nickte nur. Bisher sah alles gut aus. Lautlos ging der
Kampf weiter. Eine Zeitlang sah es so aus, als könnte dieser
ungewöhnliche Eingriff wirklich gelingen.

„Ihr Herzschlag beschleunigt sich", meldete Seraphora und
im gleichen Augenblick sah Wiroja, wie die Augenlider zu
flattern begannen.

„Den Druck nicht weiter erhöhen!" rief sie.

Kurze Zeit später ließ das Zittern nach.

„Jetzt probiere es noch einmal, aber langsam, wenn es
geht", wandte sich Wiroja abermals an Seraphora.

Es dauerte nicht lange, bis die Augenlider wieder zu zucken
begannen.

„Stopp, hör auf, es bringt nichts! Aber verringere den Druck
langsam, ich kann nur vermuten, was sonst passiert."

Es vergingen einige Minuten, bis Seraphora sich
entspannte. „Der Splitter sitzt wieder in seiner
ursprünglichen Position."

„Das habe ich befürchtet", kommentierte Wiroja Seraphoras
Erklärung.

„Hat noch jemand eine Idee", sagte Myriam, „außer, dass
wir noch die ‚Hüterin des Feuers' fragen könnten."

„Ich kann euch auch nicht helfen", erschallte es von einer
der Kerzen, die neben dem Bett standen.

„Wie lange bist du schon hier?", fragte Myriam, die
kopfschüttelnd ein leichtes Lachen nicht verkneifen konnte.
„Seit Anbeginn der Zeit, das weißt du doch. Aber falls du
meinst, wie lange ich mich auf dieses Zimmer konzentriere;
erst seit dem du Seraphora gerufen hast!"
„Wahrscheinlich konzentrierst auch du dich seit einiger Zeit
mehr auf die Dinge, die um dich herum vorgehen",
bemerkte Myriam mit einem Seitenblick auf Seraphora.
„Genau, woher weißt du das?", gab Lodanis zurück.
„Natürlich könnte ich den Splitter verbrennen, aber die
Hitze würde sich in ihrem Kopf ausbreiten und ihre Hülle
zerstören. Zumindest aber ihr Gehirn schädigen."
„Aber wie hast du es damals im Haus geschafft, als ich
Nara rettete?", fragte Myriam.
„Ich habe die Hitze in eine andere Richtung abfließen
lassen. Aber im Schädel wird das nicht gehen!"
„Wir sollten hinausgehen", bemerkte Wiroja. „Hier können
wir nichts mehr tun und unterhalten können wir uns auch
vorne, wo es bequemer für uns ist."
Als die Freundin aufstand, sah Myriam die Tränen auf
deren Wangen. Myriam drehte sich herum um den Raum zu
verlassen, als sie in die erstaunten Gesichter ihrer Eltern
sah.
„Wir grüßen euch 'Hüterin des Feuers' ", sagte plötzlich Ria
und verneigte sich in Richtung der Kerze, „auch wenn wir
euch weder sehen, noch verstehen können!"
Auch Roen verbeugte sich und fügte noch hinzu: „Es ist
uns eine Ehre, euch in unserem Haus willkommen zu
heißen!"
Myriam schaute sie verlegen an.

„Bitte entschuldigt, aber ihre Gegenwart ist für mich schon
zur Gewohnheit geworden. Ihr habt natürlich Recht, es ist
die 'Hüterin des Feuers', die ihr gehört habt. Leider spricht
sie nicht die menschliche Sprache. Sie drehte sich herum
und schaute wieder zur Kerze.
„Lodanis, ich möchte dir meine Eltern Ria und Roen
vorstellen“, sagte sie in der 'alten Sprache' und übersetzte
danach, was Ria und Roen vorher gesagt hatten.
Erst jetzt erschien Lodanis Gesicht in der Kerzenflamme.
„Sage deinen Eltern, auch mir ist es eine Ehre sie
kennenzulernen und ich bedanke mich für die freundlichen
Worte. Deine Eltern sind es wert mich bei meinem Namen
nennen zu dürfen. Myriam übersetzte wieder, woraufhin
sich ihre Eltern abermals verbeugten. Myriam lächelte und
wollte an ihnen vorbeigehen, als sie von Ria aufgehalten
wurde.
„Es gibt vielleicht noch eine andere Möglichkeit“, sagte
Ria.
Alle Augen richteten sich auf sie.
„Dann sag sie uns Mutter!“
„Myriam mein Kind, mir ist aufgefallen, du vermeidest es,
die junge Frau zu berühren. Kann es sein, dass du dich
davor fürchtest?“
„Warum sollte ich mich davor fürchten?“, fragte Myriam
unsicher.
„Vielleicht weil du Angst hast, dadurch die Fee in dir zu
wecken?“
Myriam sah verlegen von einem zum anderen, dann ging
sie wortlos aus dem Zimmer. Verwunderte Blicke wurden
unter den anderen ausgetauscht. Als Wiroja hinausging,
nahm sie den Eimer mit und stellte ihn im Essraum auf den

Tisch. Da das Feuer im Kamin noch brannte, konnte
Lodanis mithören, was gesprochen wurde, auch wenn sie
nicht alles verstand.

Ich würde gerne etwas Tee trinken, falls es möglich ist?",
bemerkte Ria mit einem Blick auf Seraphora.
„Oh, das ist in Ordnung", sagte Seraphora, nachdem sie
verstanden hatte, was Ria meinte.
Auch Myriam, Wiroja und Roen nahmen einen Tee. Als Ria
am Tisch saß, schaute sie Myriam ins Gesicht und wartete.
Je länger es dauerte, desto unsteter wurde Myriams Blick,
bis sie mit einem Seufzer zu sprechen begann.
„Ja du hast Recht!", bestätigte Myriam den Verdacht ihrer
Mutter. „Ich habe Angst davor sie zu berühren und vor dem,
was passieren könnte! Der Gedanke daran, dass mein
Körper etwas getan hat, von dem ich nichts weiß, jagt mir
noch immer einen Schauer über den Rücken. Es ist, als ob
ich besessen gewesen wäre. Eine fremde Kraft hat mich
einfach benutzt, ohne dass ich eine Wahl gehabt hätte. Ich
will kein Spielball irgendeiner Macht sein, egal welcher Art
sie ist! Ich will selbst entscheiden! Einfach ich selbst sein,
verstehst du!"
Myriam hatte sich in Rage geredet. Ihr Atem ging schnell,
ihre Brust bebte und Tränen standen in ihren Augen. Wiroja
legte den Arm um sie und versuchte sie zu beruhigen.
„Entschuldige!", antwortete Ria mit gesenktem Kopf. „Ich
habe nicht geahnt, wie sehr es dich mitgenommen hat. Jetzt
verstehe ich, warum du so reagierst. Ich wollte dich nicht
kritisieren, sondern mehr auf eine Möglichkeit hinweisen."
Ria ging um den Tisch, beugte sich über Wiroja zu Myriam
hinüber und nahm ihre Tochter in die Arme. Myriam

beruhigte sich nur langsam. Auch nachdem Ria sie in den Arm genommen hatte, schluchzte sie noch eine Weile. Jetzt war sie nichts weiter, als ein kleines, zwölf Jahre altes Mädchen, das sich fürchtete. Ria ließ ihre Tochter erst los, als diese sich beruhigt hatte. Bevor sie sich wieder setzte, gab sie Myriam noch einen Kuss auf die Stirn. Myriam wischte sich die letzten Tränen aus den Augen.

„Ich muss mich bei euch entschuldigen, ich habe mich gehen lassen."

„Das musst du nicht", entgegnete Roen. „Keiner von uns hat in so kurzer Zeit so viel durchgemacht wie du. Da ist es kein Wunder, wenn dir einmal die Nerven durchgehen!"

„Dein Vater hat recht, du solltest dich nicht mit Selbstvorwürfen belasten", fügte Wiroja hinzu.

Myriams Lächeln wirkte gequält. „Und doch stimmt es, was Mama sagt. Solange ich keine Klarheit darüber habe, ob Feenblut in meinen Adern fließt, solange weiß ich nicht ob ich besessen war. Oder ob nur ein anderer Teil von mir die Führung übernommen hatte."

Bei diesen Worten biss sich Ria, unbemerkt von allen, auf die Lippen als wolle sie verhindern etwas ungewollt auszuplaudern.

„So lange dies nicht geklärt ist, lebe ich immer in der gleichen Angst. Die junge Frau im Nebenzimmer kann mir eventuell dabei helfen, herauszufinden was davon wahr ist. Dazu kommt, hier bin ich nicht alleine und ich habe noch nie gehört, dass eine Fee jemanden ohne Grund verletzt hätte."

„Es ist einzig deine Entscheidung", bekräftigte Ria.

„Mein Leben scheint zurzeit nur noch aus solchen
Entscheidungen zu bestehen."
Myriam schloss die Augen und atmete mehrmals tief durch.
„Ich werde es machen. Es wird wohl kaum eine bessere
Gelegenheit geben festzustellen, was dies alles zu bedeuten
hat."

Alle erhoben sich und gingen wieder ins Zimmer nebenan.
„Halt, nehmt mich mit", erschallte Seraphoras Stimme vom
Tisch her, „ich will doch auch mitbekommen, was da vor
sich geht!"
Wiroja drehte sich herum und lachte.
„Eine neugierige 'Hüterin des Wassers'. Hat man so etwas
schon erlebt?"
Als Antwort traf sie ein Strahl im Gesicht. Beide begannen
laut zu lachen. Während Wiroja, nass und immer noch
grinsend, den Eimer wieder neben das Bett stellte, wurde
sie von Myriam kopfschüttelnd aber lächelnd beobachtet.
Als die Freundin sich umdrehte und in Myriams Gesicht
sah, begann sie erneut zu lachen. Ihr herzliches Lachen war
ansteckend. Trotz der ernsten Situation stimmten alle mit
ein. Myriam spürte, wie ein Teil der Anspannung von ihr
abfiel und sie war dankbar dafür, denn noch immer hatte sie
Angst vor dem, was sie tun wollte.
Wiroja hatte sich rechts auf das Bett gesetzt und
beobachtete das Gesicht der Fee. Myriam saß links, dort wo
auch Seraphora stand. Noch immer zögerte sie, die Frau zu
berühren.
„Wenn du eine Hand auf den Eimer legst, kann ich deinen
Herzschlag kontrollieren", bot Seraphora Myriam an.

Wiroja nickte Myriam zu. Myriam tat es und sah Seraphora
dankbar an. Aus den Augenwinkeln heraus sah sie Lodanis
Gesicht in der Kerze und musste erneut lächeln. Es hielt
aber nur bis zu dem Augenblick, als sie wieder in das
Gesicht der jungen Frau blickte.
„Du musst das nicht tun", flüsterte Wiroja.
„Doch!"
Myriam atmete noch einmal tief durch und legte ihre rechte
Hand, in die Hand der Fee.

Myriam stand am Rand einer ihr unbekannten Lichtung.
Blumen blühten, Bienen summten und ein süßlicher Geruch
lag in der Luft. Tief sog sie die Luft durch die Nase ein, um
immer neue Dufterlebnisse zu genießen. Die Farben, die
Geräusche und diese Düfte benebelten ihre Sinne, als
plötzlich etwas gegenüber aus dem Wald brach.
Erschrocken wich sie zwischen die Bäume zurück und
beobachtete, was dort vorging. Eine junge Frau wurde von
einem Bären gejagt. Es war nur eine Frage der Zeit, bis er
sie eingeholt haben würde. Myriam überlegte, wie sie der
Armen helfen konnte, als diese mit einem Schrei stolperte
und fiel. Schon war der Bär heran und über ihr. Seine Tatze
schnellte nach vorne, traf die Frau am Arm und riss ihn auf.
Myriam sah überrascht, wie sich die Wunden ebenso
schnell schlossen, wie sie geschlagen worden waren.
Die Fee, ich bin in ihrem Traum, schoss es Myriam durch
den Kopf, *bzw. Albtraum,* korrigierte sie sich selbst.
Die Frau rappelte sich auf und rannte zurück zum Wald,
verfolgt von dem Bär. Doch bevor sie darin verschwinden
konnte, schlossen sich alle Lücken zwischen den Bäumen.
Überrascht hielt sie an, was der Bär nutze, um sie zu

erreichen und ihr erneut einen Prankenhieb zu versetzen.
Die Fee flog durch die Luft zurück auf die Wiese. Während
sie sich erhob, um abermals zum Waldrand zu kommen,
waren ihre Wunden bereits verheilt. Dort angekommen gab
es wieder keinerlei Durchgänge. Der Bär erreichte sie, sie
flog durch die Luft und erneut lief sie geheilt zum
Waldrand, der sich vor ihr geschlossen hatte. Diese Szene
wiederholte sich immer wieder.
Myriam suchte nach einem Weg der Fee zu helfen, ohne
sich selbst in Gefahr zu bringen, fand aber keinen. Daher
ergriff sie den nächsten Ast und rannte hinaus auf die
Lichtung. Egal, wie sehr sie sich bemühte, die
Aufmerksamkeit des Bären auf sich zu lenken, er reagierte
nicht. Myriam wurde wütend und ohne an die Gefahr zu
denken, stellte sie sich diesem in den Weg. Wenn er von
ihrem Erscheinen überrascht war, so zeigte er es nicht. Der
erste Prankenhieb schleuderte ihr den Ast aus den Händen.
Der zweite traf sie auf der rechten Seite und sie spürte, wie
ihre Rippen brachen, bevor sie durch die Luft flog. Hart
schlug sie auf die Erde. Sie hörte den Bär brüllend
näherkommen. Trotz Schmerzen und Angst zwang sie sich
dazu die Augen zu öffnen. Sie wollte dem Tod entgegen
sehen, wenn er kam.
Doch da war kein Bär. Stattdessen schaute sie in zwei grüne
Augen, die sie mitleidig ansahen. Sie spürte, wie eine Hand
die ihre berührte und Myriam versank in Dunkelheit.

„Ich glaube, sie kommt zu sich", sagte Seraphora
„Ich sollte mich an solche Situationen mittlerweile gewöhnt
haben", antwortete Wiroja. „Es ist ja nicht das erste Mal,

aber ich habe jedes Mal aufs Neue Angst um sie. Bist du dir sicher?"

„Ja, ihr Herzschlag wird wieder kräftiger!"

Myriam kannte diese Stimmen, hatte aber Probleme sich zu erinnern, zu wem sie gehörten.

Bin ich tot? Aber es ist anders als beim letzten Mal und wieso ist meine Hand nass? Oder ist das Blut?

Myriam griff sich an die rechte Seite, um ihre gebrochenen Rippen zu betasten.

„Sie hat sich bewegt, das ist ein gutes Zeichen", bemerkte Wiroja.

Trotz der Bienen, die in ihrem Kopf schwirrten, zwang Myriam sich die Augen zu öffnen. Im Halbdunkel des Zimmers konnte sie eine Person schemenhaft erkennen.

„Jetzt hat sie die Augen geöffnet", erkannte Wiroja.

„Ich habe doch gesagt, dass sie aufwacht", erklärte Seraphora.

Wo ist die zweite Person? dachte Myriam.

„Wo bin ich?"

„Du bist im Zimmer deiner Eltern", erklärte Wiroja

Trotz des Summens in ihrem Kopf bildete sich vor ihrem geistigen Auge ein Gesicht, das zu dieser Stimme gehörte und ein Name.

„Wiroja bist du es?"

Ja, und Seraphora ist auch da."

„Seraphora", wiederholte Myriam leise und jetzt erschien auch das Gesicht zur zweiten Stimme. „Kein Wunder, dass meine Hand nass ist."

„Willkommen zurück!", erklärte Seraphora.

Myriam zog die Hand aus dem Wasser und versuchte sich
aufzurichten. Wiroja stützte sie. „Mach langsam, es hat dich
ganz schön mitgenommen.“
„Wie lange diesmal?“
„Den gesamten Tag, die Sonne geht gerade unter“,
antwortete ihr Wiroja.
„Kannst du dich an etwas erinnern?“, fragte Seraphora.
„Nur bruchstückhaft! Lasst mir Zeit. Wiroja hilfst du mir
bitte auf, ich habe lange genug gelegen“, erklärte Myriam.

Als Roen sah, wie Myriam durch die Tür kam, sprang er
auf und eilte zu ihr.
„Du sollst mich nicht tragen, nur stützen“, beschwerte sie
sich, „ich bin kein kleines Kind mehr!“
Ohne darauf einzugehen, wandte er sich an Ria.
„Habe ich dir nicht gesagt sie erholt sich wieder?“
„Wusstest du es?“, gab Ria bissig zurück.
Roen half Myriam sich zu setzen und wie immer setzte sich
Wiroja neben sie.
„Möchtest du etwas essen mein Schatz?“, fragte Ria
besorgt.
Myriam sah, dass ihre Mutter geweint hatte, die Augen
waren noch rot, aber sie ließ sich nichts anmerken.
„Kor hat uns ein ordentliches Stück Fleisch mitgegeben.
Daraus, und frischem Gemüse aus dem Garten habe ich
eine kräftige Suppe gekocht.
„Mitgegeben?“, fragte Myriam.
„Hier war kein Platz mehr, also haben wir bei Kor
geschlafen, und als wir zurückgingen, gab er uns das
Fleisch mit. Er weiß zwar, dass du keines magst, aber eine
gute Suppe hast du noch nie verschmäht!“

„War es denn im Bediensteten Haus nicht noch enger als
hier?“

„Nein“, antwortete Roen. Kor hat es mit mehreren,
großzügigen Schlafräumen ausgestattet, auch wenn man es
von außen nicht vermutet. Als Kor es damals baute und
behauptete, er würde einmal Bedienstete haben, haben ihn
viele ausgelacht. Jetzt stellt es sich als Glück heraus, da das
Haupthaus abgebrannt ist.“

„Von Suppe und Gemüse nehme ich gerne etwas, das
Fleisch könnt ihr essen. Und du?“, wandte sich Myriam an
Wiroja.

„Ich bitte mit Fleisch.“

„Das habe ich nicht gemeint“, lachte Myriam gepresst,
„hast du schon geschlafen? Du hast deinen Schlaf bitter
nötig!“

„Weniger als du, wie mir scheint“, gab Wiroja lachend
zurück. „Ich habe neben dir gelegen, während Seraphora
auf dich aufgepasst hat!“

Als Ria die beiden Teller abstellte, fiel Myriam die
Wasserschale auf die auf dem Tisch stand.

„Und wofür ist die?“

„Das - war sozusagen unsere Verbindung zu dir, während
wir bei Kor waren“, erklärte Roen grinsend.

Myriam schaute fragend zu Wiroja, die ebenso schelmisch
lächelte.

„Habt ihr euch gegen mich verschworen oder sagt mir
jemand was das soll?“, fragte Myriam, gespielt beleidigt,
und sah ihre Mutter an.

Ria schmunzelte zwar auch aber erklärte es ihr trotzdem.

„Dein Vater und ich waren nicht bereit zu gehen, da Wiroja nicht weiß, wo Kors Haus steht. Seraphora können wir nicht rufen also kann sie uns auch nicht finden."
„Das weiß ich doch alles, aber was hat das mit dieser Schale zu tun?", fiel Myriam ihr ungeduldig ins Wort.
„Dazu komme ich doch jetzt. Wusstest du, dass Seraphora das Wasser wiederfinden kann, wenn sie einmal darin aufgetaucht ist, egal wo es sich dann befindet? Vorausgesetzt es ist nicht mit zu viel anderem vermischt."
„Nein, das wusste ich nicht!"
Roen und Wiroja nickten die ganze Zeit zustimmend.
„Also, was wir taten ist Folgendes", erklärte Ria weiter.
„Wir haben hier die Schale mit Wasser gefüllt und Seraphora ist einmal darin aufgetaucht. Was ihr nicht schwer fiel, da sie diese ja sehen konnte. Hinterher brauchten wir nur noch die Schale mitzunehmen. Wir probierten es vorher aus, indem ich einfach mit ihr in den Garten ging. Als wir vorhin zurückkamen, haben wir die Schale wieder mitgebracht und auf den Tisch gestellt."
Wie zur Bestätigung erschien Seraphora in dem Gefäß.
„Ich bin gespannt, was du noch so alles kannst?", wandte sich Myriam an diese.
„Ich weiß es selbst nicht, da ich solche Dinge für gewöhnlich nicht brauche. Ich habe es erst heute entdeckt."
Wiroja und Myriam hatten ihre Teller geleert und zur Seite geschoben.
„Kannst du uns sagen, was passiert ist?", fragte Wiroja.
„Du hast nur da gesessen und die Fee angestarrt. Dann fingen deine Augen an zu leuchten und du bist umgekippt. Das war alles, was für uns sichtbar war!"

„Wie geht es ihr?“, wollte Myriam wissen, ohne auf die
Frage einzugehen.

„Kurz nachdem du weggetreten bist, haben ihre
Selbstheilungskräfte eingesetzt und wir konnten zusehen,
wie sich die Wunde an ihrem Kopf schloss. Ihr geht es,
soweit ich es beurteilen kann, gut. Die Verletzung ist
verheilt und sie schläft jetzt“, antwortete ihr die Freundin.

„Aber mich würde interessieren, wie du es gemacht hast?“
Myriam überlegte.

„Ich kann es nicht sagen, ich weiß es nicht! Am besten ich
erzähle euch, woran ich mich erinnere.“
Sie berichtete jede Kleinigkeit, die ihr einfiel und als sie
geendet hatte schaute sie in ratlose Gesichter.

„Ich sagte ja, ich weiß nicht, ob ich sie, sie mich oder sie
sich selbst geheilt hat. Wichtig ist aber in erster Linie, dass
sie wieder gesund wird. Vielleicht kann sie mir ja sagen,
was tatsächlich passiert ist? Aber dazu muss sie erst einmal
aufwachen.“

„Dann kannst du sie ja gleich fragen, sie erwacht“,
erschallte es aus dem Kamin.
Alle vier erhoben sich, um hinüberzugehen.

„Wartet“, bat Myriam. „Lasst mich erst allein mit ihr
sprechen. Sie ist isoliert in einem fremden Haus, wir sollten
sie nicht erschrecken. Ich bin die Einzige, die sie vielleicht
kennt wenn auch nur aus einem Traum. Und bitte erwähnt
mit keinem Wort, dass wir ihr Geheimnis kennen. Ich weiß
nicht, wie sie darauf reagieren würde. Feen sind darin etwas
eigen, wie wir wissen.“
Myriam hatte leise gesprochen aber ihre letzten Worte
waren nur noch ein Flüstern. Myriam wartete, bis sich die

drei wieder an den Tisch gesetzt hatten. Erst jetzt drehte Myriam sich um und ging zu der kleinen Fee.

Die junge Frau sah sich ängstlich im Raum um. Als sie eine Person in der Tür erkannte, wurde ihre Angst noch größer. Myriams Gesicht lag im Dunkeln und je näher sie der Fee kam, desto mehr wuchs deren Furcht. Erst als Myriam neben dem Bett stand, wurden ihre Züge vom Schein der Kerze erhellt. Im gleichen Augenblick veränderte sich der Ausdruck der jungen Frau von Angst in Überraschung. Die Fee hatte Myriam erkannt, so wie diese es vermutet hatte. „Du? Der Bär?", brach es aus der Fee heraus, davon ausgehend das Myriam, die 'alte Sprache' verstand.
„Hier gibt es keinen Bären, du bist bei Freunden."
„Wo bin ich und wie komme ich hier her?"
„Es ist ein kleines Dorf ohne Namen. Du bist vor dem Wagen eines ‚fahrenden Händlers' zusammengebrochen, als du aus dem Wald kamst. Dieser hat dich zu uns gebracht. Kannst du dich an etwas erinnern?"
„Nur das ich durch den Wald gewandert bin und plötzlich von einem Bären angegriffen wurde. Ich bin vor ihm geflohen und dann hier aufgewacht."
Myriam bezweifelte, dass dies alles war, woran sich die Frau erinnern konnte, aber es spielte jetzt keine Rolle.
„Ist dies dein Haus, es ist ungewöhnlich?"
Myriam verstand, worauf die Fee anspielte. In den Legenden hieß es, dass Feen im Wald wohnten und ihre Wohnungen seien in den Bäumen errichtet. Ein Geflecht aus Ästen und Zweigen. Myriam wollte das Vertrauen der Fee erringen. Wenn es auf Respekt beruhen und von Bestand sein sollte, ging das nur mit der Wahrheit, auch

wenn das bei der jungen Frau für einige Verwirrung sorgen sollte.

„Nein, das Haus gehört meinen Eltern. Ich habe früher hier gewohnt und dies war mein Zimmer. Heute wohne ich in einer Hütte im Wald. Mein Vater hat mich nur gerufen, als du zu ihm gebracht wurdest. Werden denn dort, wo du herkommst, die Häuser anders gebaut? Hier sehen alle so aus, mehr oder weniger.“

„Ja aber …?“, stammelte die Fee.

Myriam lächelte seit sie eingetreten war. Aber eigentlich tat ihr die Frau mit dem verwirrten Blick leid.

„Hast du Hunger, möchtest du etwas essen?“, fragte Myriam, ohne weiter auf die vorherige Frage einzugehen.

„Meine Mutter hat Fleischsuppe mit frischem Gemüse gekocht. Möchtest du davon?“

Als Myriam die Fleischsuppe erwähnte, hatten sich die Augen der Fee vor Entsetzen kurz geweitet, jetzt hatte sie sich schon besser im Griff.

„Könnte ich vielleicht - nur etwas Gemüse haben?“, kam es zögerlich.

„Natürlich, warum nicht? Möchtest du dich zu uns an den Tisch setzen oder ist es dir hier lieber?“

„Wenn es keine Umstände macht - würde ich gerne hier essen“, kam es ebenso zaghaft.

„Ich werde dir etwas bringen, und bevor ich es vergesse, mein Name ist Myriam! Darf ich deinen erfahren?“

„Mein Name ist Cy …, mein Name ist Cyntia.“

„Dann Cyntia, heiße ich dich auch im Namen meiner Eltern herzlich willkommen. Ich hole dir jetzt dein Essen.“

Die Tür nur leicht angelehnt ging Myriam zum Kamin, in
dem der Topf mit der Suppe hing.

„Lodanis was tut sie?“, fragte Myriam, während sie das
Gemüse aus dem Topf in einen Teller schöpfte.

„Sie schaut sich um, als würde sie irgend etwas suchen. Es
scheint ihr wichtig zu sein, sie wirkt aufgeregt.“

Myriam hing die Kelle wieder an den Haken und drehte
sich zum Tisch.

„Wie geht es ihr?“, fragte Wiroja.

„Soweit ich es beurteilen kann, gut! Sie ist verwirrt, weil
sie nicht weiß, wo sie mich einordnen soll. Sie hat mich
erkannt und dachte zuerst ich bin auch eine Fee. Deshalb
hat sie auch in der 'alten Sprache' gesprochen. Allerdings
gibt es auch Dinge, die für eine Fee untypisch sind. Zum
Beispiel Eltern, die Fleisch essen“, erzählte sie mit einem
Seitenblick auf ihren Vater. „Da fällt mir ein, hat der
Händler irgendwelche Sachen von ihr mitgebracht, Papa?“

Roen sah sie überrascht an. Es schien Ewigkeiten her zu
sein, das sie ihn so ansprach.

„Ja Tochter! Eine Tasche, sie liegt neben der Tür“,
antwortete er, wobei die Betonung auf dem Wort Tochter
lag.

Myriam ging hin, hob sie auf und hängte sie sich über die
Schulter.

„Hat jemand hineingesehen?“

Roen und Ria sahen sich an und schüttelten beide den Kopf.

Myriam nickte den Dreien zu, während sie wieder ins
Zimmer ging.

Als Myriam durch die Tür trat, saß Cyntia aufrecht im Bett
mit dem Rücken an die Kopfseite gelehnt.

„Hier ist deine Tasche“, erklärte Myriam, während sie diese
über den Arm in die Hand rutschen lies und der Fee
hinhielt.
Cyntias Gesicht hellte sich auf, als sie diese ergriff. Sofort
schaute sie hinein und ein Seufzer der Erleichterung kam
ihr über die Lippen.
„Danke, dass du sie mir gebracht hast, ich hatte schon
befürchtet ich hätte sie verloren“, erklärte Cyntia in der
Menschensprache.
„Und hier ist das Gemüse, ich hoffe, es schmeckt dir“,
antwortete Myriam in der gleichen Sprache.
Mit dem Holzlöffel, den sie mitgebracht hatte, probierte
Cyntia von jedem Gemüse ein kleines Stück.
„Das schmeckt vorzüglich“, sagte sie und fing mit
Heißhunger an zu essen.
Während Cyntia aß, betrachtete Myriam diese etwas
genauer.

Die Fee hatte sehr weiche Gesichtszüge, fast mädchenhaft,
obwohl sie wahrscheinlich älter war als Wiroja, aber sie
schien kleiner zu sein. Die Farbe der langen Haare war im
Kerzenschein schlecht zu erkennen. Es schien braun zu
sein, erinnerte jetzt aber an die Farbe eines
Kiefernstammes. Ihre grünen Augen standen im starken
Kontrast dazu.

Myriam schaute ihr wortlos zu, bis sie auch das letzte Stück
gegessen hatte.
„Möchtest du noch etwas?“
„Nein danke, ich bin satt.“

Myriam ließ sich den Teller geben und brachte ihn hinaus.
Als sie zurückkam, zog sie sich den kleinen Hocker herbei
und setzte sich darauf. Beide schauten einander in die
grünen Augen. Myriam konnte förmlich spüren, wie die
Fragen Cyntia auf der Zunge brannten. Aber entweder hatte
sie Angst oder sie durfte sich nicht verraten. Myriam
überlegte, wie sie ihr aus diesem Zwiespalt heraushelfen
konnte.

„Du hattest einen ungewöhnlichen Traum", nahm sie das
Gespräch wieder in der 'alten Sprache' auf.

„Ja, für mich schien er endlos, bis zu dem Augenblick, als
du erschienen bist. Wie kamst du in ihn hinein?"

„Das weiß ich nicht! Ich habe nur deine Hand berührt und
war dort."

„Hmmm", kommentierte Cyntia.

„Manche behaupten ich hätte Feenblut in den Adern wegen
meiner grünen Augen. Vielleicht ist ja was Wahres dran.
Vielleicht bin ich eine Halbfee oder so etwas und es lag
daran?"

„Nein, das ist unmöglich!", entgegnete Cyntia entrüstet.

„Nein? Woher willst du das so genau wissen?"

Cyntia blieb die Antwort schuldig und kaute auf ihrer
Unterlippe.

„Es ist noch nicht lange her, da habe ich eine verkrüppelte
Hand geheilt. Ich weiß zwar nicht, wie ich es gemacht habe,
aber man sagte mir, meine Augen hätten dabei geleuchtet."

Cyntia presste die Augenlider aufeinander und schüttelte
energisch den Kopf, sagte aber kein Wort.

*Sie braucht Zeit zum Überlegen oder jemanden zu dem sie
eher Vertrauen fasst*, überlegte Myriam.

Mittlerweile war Cyntia am Kopfende heruntergerutscht und lag mehr als sie saß.

„Entschuldige, du scheinst müde zu sein! Ich werde dich alleinlassen, damit du dich ausruhen kannst. Wenn du etwas brauchst oder wünschst, kannst du es meiner Freundin sagen. Sie gibt mir dann Bescheid."

Die Fee blickte sie verständnislos an.

„'Hüterin des Feuers', erscheinst du bitte?", fragte Myriam und schaute zur Kerze.

Als Lodanis Gesicht in der Flamme erschien, riss Cyntia die Augen auf und rutschte im Bett zurück.

„Venaria!", stammelte sie nur.

Venaria bedeutet in der 'alten Sprache' 'die Feurige'. Das ist also bei den Feen die Bezeichnung für die 'Hüterin des Feuers', dachte Myriam.

Sie sagte aber: „Darf ich vorstellen, die 'Hüterin des Feuers'!"

Cyntia schaute mit weit aufgerissenen Augen von Lodanis zu Myriam.

„Wir werden dich dann jetzt allein lassen. Die Hüterin wird da sein, wenn du sie rufst", erklärte Myriam und verließ das Zimmer.

Nachdem sie die Tür beigelegt hatte, ging sie zum Herd.

„Entschuldige Lodanis, das ich dich mit hineingezogen habe. Vielleicht hat sie zu dir - mehr Vertrauen!"

„Du weißt nicht viel über Feen", stellte Lodanis fest.

„Wenn sie dir nicht vertraute, hätte sie nicht mit dir gesprochen. Gib ihr einfach etwas Zeit. Was die Entschuldigung angeht, war sie unbegründet. Wenn du es nicht getan hättest, hätte ich es dir vorgeschlagen."

Myriam ging hinüber zum Tisch und setzte sich neben ihre
Freundin.
„Aus deinem Gespräch mit Lodanis folgere ich, es ist nicht
so gelaufen, wie du es dir gewünscht hast", stellte
Seraphora fest.
„Richtig, sie redet nicht viel. Ich habe das Gefühl, dass sie
reden möchte, aber etwas hindert sie daran. Ob Angst oder
etwas anderes kann ich nicht sagen."
„Und was tun wir jetzt?", fragte Wiroja.
„Ich für meinen Teil werde mich vor dem Kamin schlafen
legen. Ich habe Cyntia versprochen da zu sein, wenn sie
etwas braucht und Lodanis gebeten es mir mitzuteilen."
„Cyntia? Das klingt nicht wie der Name einer Fee", stellte
Ria fest.
„Es ist der Name, den sie mir genannt hat. Ob es ihr
richtiger ist?"
„Ich werde mich neben dich legen", erklärte Wiroja.
„Ich denke, wir können auch noch etwas Schlaf gebrauchen
und im eigenen Bett schläft es sich doch am besten", lachte
Ria.

Bevor Myriam einschlief, unterhielt sie sich mit Feria.
Natürlich hatte Feria alles mitbekommen, aber Myriam
vermisste es, sich an sie zu schmiegen und ihrem
Herzschlag zu lauschen.
Sehr früh am Morgen, es war noch dunkel, wurde sie
geweckt.
„Myriam! Myriam!"
„Wer, was ist los?"
„Myriam, wach auf", rief Lodanis!

Myriam rieb sich die Augen und schüttelte den Kopf um
den Schlaf loszuwerden. Nachdem ihre Sinne so weit
wieder in der Realität weilten, schaute sie auf die restliche
Glut des Feuers.
„Was ist so wichtig, dass du mich wecken musst?“
„Cyntia!“
„Was ist mit ihr?“, schreckte Myriam hoch und jetzt war
auch die letzte Müdigkeit verschwunden.
„Sie möchte gehen!“
„Jetzt? Sofort?“
„Ja!“
Myriam überlegte einen Augenblick, bevor sie antwortete.
„Dann werde ich ihr die Haustür öffnen.“
Sie stand auf, um zu ihrem Zimmer zu gehen, als Lodanis
sie nochmals rief.
„Du fragst nicht warum oder was sie mir erzählt hat?“
Myriam schaute zurück auf die Glut, auf der ein kleines
Gesicht zu erkennen war.
„Nein, sie wird ihre Gründe haben. Wenn sie will, dass ich
etwas von ihr weiß, dann kann sie es mir selbst sagen!
Außerdem ist sie ein Gast, keine Gefangene.“
Myriam wollte sich schon wieder umdrehen als Lodanis
weiter sprach.
„Ihr Menschen seid doch sonst so neugierig, wieso du
nicht?“
„Wie kommst du darauf? Ich bin neugierig! Ich bin sogar
sehr neugierig, auch jetzt!“
„Und wieso probierst du nicht, Antworten von mir zu
bekommen? Verstehe mich nicht falsch, ich versuche nur zu
ergründen, warum du anders reagierst.“

„Ich habe dir meine Gründe genannt. Vielleicht liegt es
daran, dass ich glaube, jedes Lebewesen hat das Recht,
selbst zu entscheiden was es tun will und was nicht. Ich
habe dies zu akzeptieren. Außerdem gefällt mir der
Gedanke nicht, du wärst eine Plaudertasche!“
„Plaudertasche?“
„Das ist jemand, dem man etwas anvertraut und dieser hat
nichts Besseres zu tun, als es anderen weiter zu erzählen.“
„Aha, ich verstehe.“
Myriam wartete noch einen Moment, dann drehte sie sich
um und öffnete die angelehnte Tür ihres alten Zimmers.
Cyntia saß auf dem Bett und schaute sie im letzten Licht
der Kerze erwartungsvoll an.
„Die 'Hüterin des Feuers' sagte mir, du möchtest gehen?“
Die Fee nickte nur.
„Wenn du alles hast, werde ich dir die Haustür öffnen!“
Myriam ließ die Tür offen und ging um den Balken zu
entfernen. Cyntia folgte ihr. Nachdem sie diesen an die
Wand gelehnt hatte, öffnete sie die Tür und trat zur Seite
um die Fee hinauszulassen. Im Türrahmen blieb Cyntia
stehen und schaute Myriam an.
„Du lässt mich einfach gehen, ohne Fragen zu stellen?“
„Es ist dein Recht zu gehen, wann immer du willst! Ich
habe viele Fragen, aber ich bezweifle, dass du sie
beantworten würdest. Wenn du mir noch etwas sagen
möchtest, höre ich dir gerne zu.“
Cyntia schaute ihr tief in die Augen.
„Danke für alles was du getan hast. Und auch dafür - was
du nicht getan hast!“
Die junge Frau ging in Richtung des Waldes davon. Bevor
sie um die Ecke des Hauses verschwand, rief ihr Myriam

nach. „Cyntia, du bist mir stets willkommen, ob hier oder anderswo!"

Diese schaute zurück und nickte zur Bestätigung. Zwei Schritte später war sie hinter dem Haus verschwunden. Myriam betrat wieder die Hütte, platzierte den Balken, ging zum Kamin, legte sich neben Wiroja auf die Decke und schloss die Augen.

„Du hast sie einfach so gehen lassen?", fragte Wiroja ohne die Freundin anzusehen.

„Ja, es erschien mir das einzig Richtige zu sein."

„Das war es auch. Versuch noch etwas zu schlafen."

Myriam nickte und konzentrierte sich auf Feria. Sie sah durch Ferias Augen, wie Cyntia den Waldweg erreichte und ihm folgte.

Soll ich ihr folgen? sendete Feria.

Nein, sie hat Gründe für ihr Verhalten. Vertrauen kann nur durch Vertrauen entstehen. Ruh dich noch etwas aus, wir gehen später nach Hause, gab Myriam zurück und schlief ein.

10 Unerwartete Hilfe

Sie erwachte, durch leises Gemurmel geweckt, als die
Sonne längst aufgegangen war. Ihre Eltern und Wiroja
saßen am Tisch und hatten bereits gefrühstückt. Myriam
setzte sich zu ihnen, aß aber nur wenig.
„Cyntia ist gegangen“, erklärte sie beiläufig.
„Wir wissen es, Wiroja hat uns alles erzählt“, antwortete
Ria.
Myriam nickte.
„Bevor wir zurückgehen, möchte ich noch zu Nara.
Würdest du mich bitte begleiten Papa?“
„Natürlich!“
„Dann werde ich mir mit deiner Mutter das Feld und den
Garten ansehen“, erklärte Wiroja.
Myriam sah sie erstaunt an, sagte aber nichts dazu. Sie
trank noch eine Tasse Tee, bevor sie mit Roen zu Kors Haus
aufbrach. Kor und Dina trafen sie vor dem Bediensteten
Haus. Myriam erzählte ihnen, warum sie kam. Beide waren
freudig überrascht. Zusammen betraten sie das Haus, wo
Nara am Tisch saß. Als Myriam eintrat, sprang Nara auf
und nahm sie in den Arm.
„Es ist schön dich zu sehen“, begrüßte Nara Myriam.
„Ich freue mich auch! Ich bin hier, weil ich eine
Überraschung für dich habe.“
„Hast du eine Möglichkeit gefunden?“, fragte das Mädchen
aufgeregt.
„Ja, die 'Hüterin des Wassers' möchte dir die 'alte Sprache'
beibringen.“
„Die 'Hüterin des Wassers'?“
Myriam nickte und Naras Gesicht floss über vor Freude.

„Das hatte ich mir gewünscht“, jubelte Nara.

„Und wie habt ihr euch das gedacht?“, wollte Dina wissen.

„Hast du einen Eimer mit Wasser im Haus?“, fragte Myriam ihrerseits.

„Natürlich, neben dem Herd.“

„Dann setzt euch bitte um den Tisch.“ Myriam holte den Wassereimer und stellte ihn darauf ab, dann wandte sie sich an Nara.

„Bist du bereit?“

„Ja!“

Myriam erkannte, nicht nur Nara wurde jetzt etwas nervös.

„Ihr braucht keine Angst zu haben. Sie ist eine Freundin. Können wir beginnen?“

Alle nickten.

„Seraphora, eine Freundin ruft nach dir“, sagte Myriam in der, 'alten Sprache'.

Seraphora erschien langsam. Im gleichen Maße, wie sie über dem Eimer sichtbar wurde, wurden die Augen von Nara größer. Sie klatschte sogar vor Freude in die Hände. Seraphora wandte sich zu Nara und verbeugte sich.

„Mein Name ist Seraphora, es ist mir eine Ehre dich kennenzulernen und dich die 'alte Sprache' zu lehren“, erklärte sie in der Menschensprache.

Nara sah zu Myriam, die ihr zunickte. Lächelnd sah sie Seraphora fest an.

„Mein Name ist Nara! Die Ehre ist ganz auf meiner Seite. Ich empfinde es als große Freude von dir die 'alte Sprache' lernen zu dürfen und verspreche eine gute Schülerin zu sein.“

Seraphora lächelte und nickte.

„Darf ich fragen, wann und wo wir beginnen?", fragte
Nara.
„Wann immer und wo immer du bereit bist! Überall wo
Wasser ist, kannst du mich rufen!"
Nara rutschte unruhig auf ihrem Stuhl herum.
„Möchtest du mich noch etwas fragen?"
„Können wir auch gleich beginnen?", flüsterte Nara.
Seraphora lachte.
„Natürlich! Ich sagte doch wann und wo immer!"
„Du solltest nur darauf achten, dass niemand Fremdes in
der Nähe ist, zu deiner eigenen Sicherheit", erklärte
Myriam.
„Das werde ich", versprach das Mädchen.
„Dann lassen wir euch am besten allein", sagte Myriam und
lachte.
Jetzt erst sah sie Dinas und Kors ungläubige Blicke.
Myriam schaute von ihnen zum Eimer.
„Ihr könnt sie nicht sehen, oder?", wandte sie sich an die
beiden.
„Nein", erklärte Dina enttäuscht.
Myriam und Seraphoras Blicke trafen sich.
„Du weißt warum!"
Myriam nickte und wandte sich wieder an Kor und Dina.
„Ihr glaubt nicht fest genug an Seraphoras Existenz, daher
ist sie für euch nicht sichtbar, lediglich hören könnt ihr sie.
Sobald ihr davon überzeugt seid, werdet ihr sie auch sehen
können. Ich denke, Nara wird euch dabei eine Hilfe sein,
wenn ihr sie nicht für verrückt haltet."
„Ich werde sie niemals für verrückt halten", erklärte Dina,
„dann müsste ich, nach allem was ich erlebt habe, auch dich
und mich selbst für irrsinnig halten."

„Ich stimme Dina zu“, bekräftigte Kor, „wir müssen uns einfach erst daran gewöhnen nicht nur an das zu glauben, was wir jetzt sehen können.“

Myriam nickte und wandte sich zum Gehen. Nara erhob sich, um Myriam noch einmal zu umarmen. Roen verabschiedete sich ebenfalls von allen, bevor sie sich auf den Rückweg machten. Als die beiden an der Hütte ankamen, standen Wiroja und Ria vor dem Haus und unterhielten sich.

„Ist es gut gegangen?“, fragte Ria.

„Ja, ich denke Nara und Seraphora werden bestens miteinander auskommen. Seid ihr soweit fertig, ich würde jetzt gerne nachhause gehen?“

„Ich glaube schon“, antwortete Wiroja, „ich muss nur noch die Sachen holen.“

Die Freundin ging ins Haus, und als sie zurückkam, hatte sie nicht nur ihre Tasche, sondern auch einen großen, vollen Sack dabei.

„Was ist denn das?“, fragte Myriam überrascht.

„Lebensmittel! Unsere sind fast aufgebraucht und deshalb habe ich mit deiner Mutter eine Übereinkunft getroffen!“

„Welche Übereinkunft?“

„Ich erzähle es dir auf dem Heimweg!“

Ria nahm ihre Tochter in den Arm und gab ihr einen Kuss auf die Stirn.

„Pass auf dich auf und komm bald wieder vorbei.“

„Das werde ich.“

Roen wollte die beiden noch bis zum Waldrand begleiten.

„Das trage ich“, sagte er und nahm Wiroja den Sack aus der Hand. „Ich nehme an, Feria wird dort auf euch warten. Für sie wird es noch einfacher sein als für mich.“

Wiroja und Myriam winkten noch einmal, dann machten sie
sich ebenfalls auf den Weg.

Roen war schneller gegangen und war schon im Wald
verschwunden, als die beiden dort eintrafen.
„Zwick mich", sagte Myriam, als sie ruckartig stehen blieb
und nach vorne starrte.
„Ebenfalls", entgegnete Wiroja.
Ein Stück weit vor ihnen, so konnte sie vom Dorf aus nicht
gesehen werden, stand Feria und hatte den Kopf auf Roens
Schulter gelegt. Ihre Augen geschlossen, kraulte er sie
hinter den Ohren. Myriam und Wiroja starrten immer noch
auf das Bild, welches sich ihnen bot. Scheinbar war nichts
von Ferias ursprünglichem Hass auf die Menschen
geblieben.
„Sie scheint es zu genießen?", erklärte Wiroja.
„Es sieht ganz so aus!"
„Es sieht so aus? Kannst du es denn nicht fühlen?"
„Nein, sie hat sich verschlossen!"
„Sie wird einen Grund haben!"
„Das - wird sie wohl", bestätigte Myriam zögerlich.
Wiroja war Myriams Beklemmung nicht entgangen.
Langsam schritten sie auf die beiden zu. Als Feria sich
wieder öffnete, bemerkte sie sofort Myriams Verwirrung.
Später, sendete sie ihr zur Beruhigung.
„Da seid ihr ja", begrüßte sie Roen. „Feria meint, es wäre
am einfachsten, wenn sie den Sack zwischen den Zähnen
festhält."
„Sie wird es am besten wissen", antwortete Myriam.
Roen verabschiedete sich erst von Wiroja, indem er sie in
den Arm nahm und drückte, danach von Myriam.

„Passt auf euch auf und kommt gut nachhause!“
„Das werden wir“, antwortete Myriam und gab ihrem Vater
einen Kuss auf die Wange.
Feria hatte sich bereits hingelegt, so konnten die
Freundinnen sofort aufsteigen. Den Sack zwischen den
Zähnen setzte sie sich langsam in Bewegung. Der Tag war
noch lang und keiner hatte es eilig. Hier im Wald fühlten sie
sich zuhause.

Sie ritten eine Zeitlang schweigend und genossen die Luft,
das Zwitschern der Vögel und die Ruhe, die der Wald
ausstrahlte.
„Was hast du mit meiner Mutter besprochen?“, fragte
Myriam irgendwann.
Die Frage kam so plötzlich, dass Wiroja einen Augenblick
brauchte, um zu verstehen, was Myriam meinte.
„Ich habe sie gefragt, ob es möglich ist, uns mit Nahrung zu
unterstützen. Generell wäre sie dazu bereit, aber sie hat
Zweifel, ob die Ernte uns alle über den Winter bringt.
Obwohl sie dieses Jahr besser wird. Ich habe ihr angeboten
die Pflanzen zu fragen, woran es ihnen mangelt und was
man tun kann, um dies zu verbessern. Sie war damit
einverstanden. Also gingen wir durch das Feld und den
Garten, wo ich die Pflanzen befragt habe.“
„Und was ist dabei herausgekommen?“
„Es gibt einiges, was man tun kann, um den Ertrag zu
steigern. Die Pflanzen sind noch weit von ihrem Maximum
entfernt. Ich werde Ria ab und zu besuchen, um zu sehen,
wie es sich entwickelt. Der Sommer geht bald zu Ende und
wir alle müssen Vorbereitungen für den Winter treffen!
Außerdem werden wir ihnen im Gegenzug einiges von dem

liefern, was der Wald bietet. Kräuter, Früchte, Nüsse und
was es sonst noch gibt. Alles, was sich länger lagern lässt.
Ich wollte gleich morgen damit beginnen!"
„Du hast dich ihr also zu erkennen gegeben, wie hat sie
darauf reagiert?"
„Wirklich überrascht hat es sie nicht. Ria hatte sich schon
gedacht, dass ich mehr bin als nur eine einfache
Kräuterfrau. Sie meinte, meine Fähigkeit wäre für jeden
Landbauern äußerst praktisch."
„Womit sie sicher recht hat! Aber sie wäre für alle
Menschen gut, dann würden diese ihre Umwelt anders
wahrnehmen!"

Sie betraten die Lichtung, auf der Odom stand und Wiroja
bat Feria, nahe an ihm vorbei zu laufen. Sie wollte in seine
Aura eintreten. Odom freute sich, über ihr Kommen.
Du hast Besuch! teilte er ihr mit.
„Feria bleib bitte stehen und lass mich absteigen!"
Feria lief zurück zur Eiche. Sofort sprang Wiroja herab und
legte ihre Hand, einer alten Gewohnheit folgend, an den
Stamm. Wenn Myriam überrascht war, so zeigte sie es
nicht.

Woher weißt du, dass ich Besuch habe? sandte Wiroja ihre
Frage.
*Sie kam hier vorbei und begrüßte mich. Ich nahm an, dass
sie deine Bitte gehört und sich dazu entschlossen hatte, dir
zu helfen. Daher habe ich sie danach gefragt. Sie wusste
nichts davon, aber da sie schon einmal hier war, wollte sie
dich kennenlernen, also habe ich ihr den Weg beschrieben!*

Du sagst, eine Fee wartet auf mich bei unserem Haus?

Ja!

*Ich danke dir dafür und hoffe, bald wieder etwas mehr Zeit
zu haben, damit wir uns länger unterhalten können!*
Wiroja ging zurück und kletterte wieder auf Ferias Rücken.
*Du weißt, dass wir keine körperliche Verbindung mehr
brauchen, um uns zu unterhalten?* hörte sie Odoms Frage
und spürte das Lächeln dahinter.
Wiroja lächelte ebenfalls.
Es ist nur eine liebgewonnene Gewohnheit.
„Wir können weiter", sagte sie nur und Feria erhob sich.
„Ist alles in Ordnung, du machst ein so nachdenkliches
Gesicht?", fragte Myriam.
„Eine Überraschung erwartet uns zuhause!"
„Ist etwas geschehen?"
„Wir haben Besuch, von einer Fee!"
Myriam sah sie überrascht an.
„Glaubst du, es ist Cyntia?"
„Ich halte es für ziemlich unwahrscheinlich, plötzlich zwei
Feen hier auftauchen zu sehen. Also liegt der Verdacht
nahe, dass sie es ist."
Ich denke, wir sollten uns jetzt doch etwas mehr beeilen,
sandte Myriam und sofort griff Feria weiter aus.
Myriam und Wiroja legten sich nach vorne um dem Wind
möglichst wenig Widerstand zu bieten und es Feria zu
erleichtern unter den Bäumen hindurch zu kommen. Ihre
Gedanken überschlugen sich. Sie vertrauten Ferias
Instinkten und achteten nicht auf den Weg. Ehe sie sich
versahen, fiel Feria in Trott und dann in Schritt zurück.

Bevor sie die Lichtung erreichte, die vor Wirojas Haus lag, blieb Feria stehen.

„Wollt ihr absteigen und alleine hingehen?", fragte sie die beiden.

Diese Frage hatte sich Myriam auch schon gestellt.

„Ich halte es für besser, wenn Wiroja zuerst alleine geht! Es besteht immer noch die Möglichkeit, dass es sich doch um eine andere Fee handelt und wir wollen sie nicht erschrecken. Oder bist du anderer Meinung?", wandte sie sich an die Freundin.

„Ich denke ebenso. Selbst wenn es Cyntia ist, sie weiß nichts von Feria und könnte es falsch verstehen."

Wiroja wartete nicht, bis Feria sich hingelegt hatte, sondern sprang einfach herunter, nahm noch den Sack und ging zur Hütte.

Myriam hatte ihre Wolfssinne aktiviert, konnte aber niemanden sehen.

Warum hattest du dich verschlossen? sandte Myriam ihre Gedanken an Feria.

Weil ich mir selbst nicht über meine Gefühle im Klaren war. Ich befürchtete, du würdest mich über etwas befragen, worauf ich keine Antwort wusste! Die einzige, die ich darauf habe, liegt in deinen Erinnerungen und Gefühlen!

Was meinst du?

Obwohl Roen und Ria nicht deine leiblichen Eltern sind, empfindest du sie als solche. Als wir uns verbanden, ist alles auf mich übergegangen. Obwohl sie Menschen sind, kann ich mich dem nicht entziehen. Es ist verwirrend, aber für Roen empfinde ich, was ich für meinen Vater empfunden hätte. Verstehst du den Zwiespalt?

Ich denke schon! Aber es ist, wie du schon sagtest, verwirrend! Und wie sieht es bei Ria aus?

Das kann ich dir nicht sagen, da ich sie noch nicht kennengelernt habe. Außerdem kenne ich meine leibliche Mutter.
Ich frage mich, was hat sich die 'große Mutter' nur bei all dem gedacht, sendete Myriam und stieg ab.

Mittlerweile hatte Wiroja die Hütte erreicht und war hineingegangen. Kurz darauf trat sie aus der Tür und schüttelte den Kopf, es war niemand da. Während Wiroja zu ihrem Geburtsbaum ging, um ihn zu befragen, entschied Myriam nun doch mit Feria zum Haus zu gehen. Als sie dort eintrafen, kam auch Wiroja zurück.
„Sie war hier und ist zum See gewandert! Ich habe ihr eine Nachricht geschickt. Wenn sie es immer noch will, wird sie kommen.“
„Ich werde die Lebensmittel verstauen“, sagte Myriam, „du solltest mit Feria auf sie warten.“
„Glaubst du nicht, dass Feria ihr Angst macht?“
„Vielleicht! Wenn sie allerdings von ihr weiß, könnte sie es auch falsch verstehen, wenn wir sie wegschicken. Darauf müssen wir es ankommen lassen.“

Wiroja setzte sich ins Gras, lehnte mit ihrem Rücken an Ferias Flanke, schloss die Augen und genoss die Nachmittagssonne, während sie Myriam im Haus hantieren hörte. Sie registrierte, wie das Feuer im Kamin entfacht und Wasser aufgesetzt wurde. In Gedanken freute sie sich schon auf einen Kräutertee. Als ihr der würzig herbe Duft in die Nase stieg, öffnete sie die Augen. Myriam kam mit zwei dampfenden Bechern heraus und gesellte sich zu ihr. Kaum das sie sich gesetzt und den ersten Schluck getrunken hatte, erkannte sie einen menschlichen Umriss im Schatten der Bäume. Sie wollte gerade Wiroja darauf aufmerksam machen, als diese zu sprechen begann.

„Unser Besuch ist angekommen!"
„Ich habe ihn auch bemerkt", antwortete Myriam.
Die Person, die dort stand, war nicht zu erkennen.
„Was jetzt?", fragte Wiroja.
„Es ist dein Besuch, du solltest ihn herbitten!"
Die Freundin erhob sich, ging ein paar Schritte der Gestalt entgegen und winkte sie zu sich. Zuerst geschah nichts. Erst nachdem Wiroja erneut ein Zeichen gab, setzte sich der Umriss zögerlich in Bewegung. Noch bevor das Gesicht genau zu erkennen war, wussten beide, es handelte sich um Cyntia, die dort auf sie zukam. Sobald Myriam sicher war, erhob sie sich, blieb aber bei Feria. Die Fee bewegte sich langsam und beobachtete Myriam genau. Kurz vor Wiroja blieb sie stehen, ohne Myriam oder Feria aus den Augen zu lassen.
„Bist du die 'Hüterin des Waldes'?"
„Ja die bin ich! Mein Name ist Wiroja. Und dein Name ist Cyntia, nicht wahr?"
„Nicht ganz", entgegnete sie mit einem Seitenblick auf Myriam.

„Mein richtiger Name ist Cylah’dinai. Ich habe ihn nicht genannt, weil er mich sofort verraten hätte. Aber im Nachhinein stellt sich heraus, es hatte sowieso nichts genutzt, oder? Ihr wusstet bereits, dass ich eine Fee bin?“

„Ja, wir wussten es“, antwortete Wiroja. „Ich möchte dich, Cylah’dinai, in unserem Heim willkommen heißen! Darf ich dir einen Becher Tee anbieten?“
Cylah’dinai schaute an Wiroja vorbei zu Myriam und Feria. „Ich danke dir, aber noch weiß ich nicht, ob ich bleibe. Zuerst habe ich noch einige Fragen“, damit ging sie an der Hüterin vorbei auf Myriam zu.
Myriam verbeugte sich leicht und lächelte sie an. „Auch ich möchte dich willkommen heißen! Es ist schön, dich wiederzusehen.“
„Zum einen ist es leichter, wenn ihr mich auch weiterhin Cyntia nennt. Ich weiß, dass mein Name für euch schwer auszusprechen ist. Zum anderen, was bist du?“, fragte Cyntia direkt heraus.
„Ein Mensch.“, antwortete Myriam verwirrt.
Die Fee schüttelte den Kopf und sah zu Wiroja, die jetzt neben Myriam stand.
„Du weißt, was sie ist?“, wandte sie sich wieder an Myriam.
„Ja, aber ich verstehe den Sinn deiner Fragen nicht.“

Cyntia senkte den Kopf und ging ein Stück auf die Lichtung hinaus, bevor sie sich umdrehte und Wiroja ansah.
„Könnte ich jetzt einen Tee bekommen?“
Wortlos ging Wiroja und kam mit einem Becher zurück den sie der Fee reichte. Die junge Frau setzte sich, trank

mehrere Schlucke und starrte gedankenversunken in das
Gefäß. Als sie den Kopf hob, saßen die beiden Freundinnen
ihr gegenüber.

„Wahrscheinlich ist es besser“, begann Cyntia, „wenn ich
zuerst einiges erkläre. Es ist Feen verboten, sich Menschen
zu offenbaren! Tun sie es doch und es wird im Reich der
Feen bekannt, werden sie aus der Gemeinschaft
ausgeschlossen. Wiroja ist hier eine Ausnahme, da sie die
‚Hüterin des Waldes’ ist und es über die Pflanzen erfahren
würde. Aber du?“

Der Zwiespalt, indem sich Cyntia befand, stand deutlich in
deren Gesicht geschrieben. Wiroja und Myriam sahen sich
an.

„Dann werde ich mich mit Feria entfernen! Von uns wird
keiner etwas erfahren, dann kannst du nachhause
zurückkehren“, erklärte Myriam und entfernte sich mit
Feria.

Die Fee schüttelte abermals den Kopf. „Das fühlt sich alles
nicht richtig an“, murmelte sie leise. „Warte Myriam!“

Als Myriam sich umdrehte, hatte Cyntia sich bereits
erhoben.

„Du magst äußerlich wie ein Mensch aussehen, das ist bei
Wiroja und mir ebenso der Fall“, begann sie. „Aber du und
dein Wolf …“

„Meine Schwester!“, unterbrach Myriam sie.

„Deine Schwester?“

„Feria ist meine Seelenschwester, und - sie ist ein
Mondwolf!“

„Seelenschwester - Mondwolf“, stammelte Cyntia und
torkelte nach hinten.

Wiroja fing sie auf, bevor dieser die Beine versagten.
Myriam war hinzugeeilt und sah Wiroja fragend an. Diese
zuckte aber mit den Schultern, auch sie wusste nicht, was
das zu bedeuten hatte. Die Fee lag in Wirojas Armen und
hatte die Augenlider geschlossen. Als sie diese öffnete,
rollten Tränen über die Wangen.
„Entschuldigt bitte“, murmelte sie.
„Es gibt nichts zu entschuldigen“, entgegnete Myriam.
„Aber es wäre nett, wenn du uns darüber aufklären würdest,
was an meiner Erklärung so schlimm war, falls du es
darfst“, fügte Myriam noch schnell hinzu.
„Beweise mir, dass sie deine Seelenschwester ist“, sagte
Cyntia ohne auf Myriams Bitte einzugehen.
Myriam überlegte kurz. Dann konzentrierte sie sich auf den
Wolf um ihre Augen zu verändern. Cyntia konnte sehen wie
aus dem grünen Rund, ein gelbes Oval wurde.
„Reicht dir das?“
„Nein, nicht ganz“, erwiderte Cyntia, die sie mit großen
Augen anstarrte. „Ich muss sicher sein!“
Cyntia winkte Myriam zu sich und flüsterte ihr etwas so
leise ins Ohr, das selbst Wiroja es nicht hören konnte. Feria
stand auf und ging dorthin, wo die Fee unter den Bäumen
gestanden hatte. Dort hob sie etwas auf und kam wieder
zurück. Sie legte die Tasche neben Cyntia auf den Boden
und schaute sie an.
„Bist du nun zufrieden?“, kam es brummend zwischen
ihren Zähnen hervor.
Cyntia riss die Augen auf.
„Du kannst sprechen!“, stammelte sie fassungslos.
„Und dass sogar zweisprachig!“, fügte Feria in der 'alten
Sprache' hinzu.

Dann wandte sie sich ab und legte sich vor die Hütte als ginge sie das alles nichts mehr an. Wiroja sah überrascht zu Myriam, ihr war der empörte Unterton in Ferias Stimme nicht entgangen. Auch Cyntia schien ihn bemerkt zu haben, denn sie stand auf und ging zu der Mondwölfin hinüber.

„Ich habe dich beleidigt", sagte sie zu Feria, „dafür möchte ich mich entschuldigen!"
„Du irrst, Fee!", entgegnete diese, wobei sie das Wort 'Fee' förmlich ausspuckte.
Feria was ist los mit dir? sandte Myriam und erhob sich, um zu ihrer Seelenschwester zu gehen.
„Mich - kannst du nicht beleidigen, aber du kränkst meine Schwester. Sie mag ein Mensch sein, aber sie hat dir das Leben gerettet und du behandelst sie wie einen Verbrecher. Freundschaft und Dankbarkeit haben bei deinem Volk noch nie einen hohen Stellenwert gehabt!"
Damit erhob sie sich abermals, ging über die Lichtung und verschwand im Wald. Wiroja und Myriam standen wie vom Schlag getroffen da und sahen ihr nach. So hatten sie Feria, seit ihrer ersten Begegnung, nicht mehr erlebt.
„Es - es tut mir leid", stammelte Myriam, „sie hätte dich nicht beleidigen sollen."
„Nein, sie hat Recht!", erklärte Cyntia. „Ich hätte dir gegenüber dankbarer sein müssen. Zu meiner Entschuldigung kann ich nur sagen, dass alles was dich betrifft, verwirrend und widersprüchlich für mich ist. Ich möchte mich für mein Verhalten dir gegenüber entschuldigen."
Cyntia verbeugte sich vor Myriam zur Bekräftigung ihrer Worte. Myriam schritt vor und richtete die Fee wieder auf.

„Ich nehme deine Verzeihung an und wiederhole mein Willkommen dir gegenüber.“
Cyntia lächelte gequält.
„Vielleicht sollten wir uns im Haus weiter unterhalten?“, warf Wiroja ein, „ich würde mich gerne an den Tisch setzen und einen Tee genießen.“
„Gerne! Ich denke, ich werde euer Angebot annehmen.“
Sie gingen hinein, und nachdem alle saßen und mit Tee versorgt waren, begann Cyntia zu erzählen.

„Wie ich schon erwähnte, ist es Feen nicht erlaubt, sich Menschen gegenüber zu offenbaren. Dadurch wusste ich auch nicht, wie ich mich verhalten soll, nachdem du mir gesagt hast, dass du ein Mensch bist. Und hier liegt der erste Widerspruch.“
Myriam und Wiroja sahen sie erwartungsvoll an.

„Wenn du ein Mensch wärst, hättest du nicht in meinen Traum eintreten können. Da du aber in diesem warst, musst du eine Fee sein. Es ist mir nicht bekannt, dass jemals ein Feenkind verloren ging. Also wüsstest du, wenn du eine Fee bist.“
Myriam setzte zu einer Frage an, als Cyntia die Hand hob und weiter sprach.
„Bevor du eine diesbezügliche Frage stellst, es gibt keine Halbfeen! Aus der Vereinigung zwischen Menschen und Feen entstehen niemals Kinder.“
„Woher wisst ihr dass?“, fragte Wiroja.
„Früher war den Feen der Kontakt zu Menschen nicht verboten. Wir trieben sogar Handel miteinander und sie kamen zu uns, wenn sie Heilung brauchten. Trotz der

verbreiteten Meinung kommen wir nicht in der Blütenknospe einer mysteriösen Pflanze zur Welt, sondern sind das Produkt der Vereinigung eines Feenmannes und einer Feenfrau. Nur, im Gegensatz zu den Menschen, werden bei uns nur wenige männliche Feen in jeder Generation geboren. Um dies auszugleichen, entschied der Hohe Rat, ausgewählte Menschenmänner eine Verbindung mit einer Fee eingehen zu lassen. Nicht eine führte zu einer Schwangerschaft. Der Hohe Rat befand, dies geheim zu halten, da er befürchtete, dass dies gegen uns verwendet werden würde. Aber wie Geheimnisse es so an sich haben, irgendwann sind sie keine mehr. Als es unter den Männern der Menschen bekannt wurde, benutzten sie meine Schwestern dazu ihre sexuellen Phantasien auszuleben. Es war so entwürdigend und schmerzhaft, dass einige der Schwestern es vorzogen, lieber zu sterben als sich zu heilen, um zu überleben. Daraufhin erließ der Hohe Rat das Gesetz, das es jeder Fee bei Strafe verbietet, sich einem Menschen zu offenbaren."

„Es ist fruchtbar, davon habe ich noch nie gehört!", sagte Myriam.

„Selbst unter den Feen gibt es nur noch wenige, denen diese Einzelheiten bekannt sind. Ihr seid wahrscheinlich jetzt die einzigen Menschen, die davon wissen."

„Aber wie erklärst du dir dann meine – Fähigkeit, die ich noch nicht einmal kontrollieren kann?"

„Ich weiß es nicht!"

Myriam zog eine Augenbraue nach oben.

„Trotz meines Namens", fügte Cyntia lächelnd hinzu.

„Was hat ihr Name damit zu tun?", fragte Wiroja.

„Cylah'dinai bedeutet in der Sprache der Feen, 'die das Wissen besitzt'", erklärte Myriam. „Dann lässt sich das Rätsel wohl nicht lösen", seufzte sie. „Ich hätte gehofft, dass eine Fee mir helfen kann, Licht in das Dunkel zu bringen."
„Vielleicht kann ich es ja", erklärte die Fee.
„Du sagtest doch eben …"
„Dass ich es nicht weiß, was aber nicht bedeutet, ich hätte keine Vermutung!"
„Und was vermutest du?", fragte Myriam, deren Stimme jetzt einen hoffnungsvollen Klang angenommen hatte.

„Es gibt bei uns eine Legende. Vor einigen Generationen soll es eine Fee gegeben haben, die sich mit einer Frau der Menschen anfreundete. Andere Feen warnten sie davor, diese Freundschaft aufrechtzuerhalten. Aber diese Verbundenheit war ihr zu wichtig und außerdem wusste die Menschenfrau nicht, was ihre Freundin war. Die Jahre vergingen und die Frau wurde schwanger. Kurz vor der Niederkunft wurde sie von einem Wolf angefallen und so schwer verletzt, dass sie und das ungeborene Baby im Sterben lagen. Die Fee ignorierte alle Verbote und verwendete ihre Kraft darauf, ihre Freundin und das Baby zu retten. Der Legende zufolge habe sie so viel von ihrer eigenen Energie aufwenden müssen, dass sie um Jahre alterte. Die Frau überlebte, und als das Mädchen geboren wurde, hatte es die strahlend grünen Augen einer Fee. Da die Fee gegen das Gesetz verstoßen hatte, weigerten sich die anderen dieses Kind aufzunehmen. Niemand weiß, was aus ihm geworden ist. Es besteht also durchaus die Möglichkeit, das du ein Nachfahre jenes Mädchens bist."

Myriam nickte. „Das wäre zumindest eine Erklärung.
Kannst du mir auch verraten, wie ich es kontrollieren kann,
ohne mich dabei selbst zu verlieren?"
„Feenblut, und die ihm innewohnende Magie sind sehr
stark. Selbst wir Feen müssen manchmal ihm die Führung
überlassen, damit Heilung stattfinden kann. Auch wir
können uns hinterher nicht an alles erinnern, was passiert
ist."
„Das ist beruhigend zu hören! Aber wie kann ich mich
dieser Magie bedienen, wenn ich sie brauche?"
„Wie weckst du den Wolf in dir?", fragte Cyntia ihrerseits.
„Ich stelle mir vor, wie ich mich in ihn verwandele und
dann erscheint er", erklärte Myriam.
„Dann solltest du dir vorstellen, dich in eine Fee zu
verwandeln."
„Da gibt es nur ein Problem", warf Wiroja ein, „ihr seht
nicht anders aus als wir."
„Aber ein Versuch kann nicht schaden", entgegnete
Myriam.

Wiroja überbrühte frischen Tee. Als sie sich wieder an den
Tisch setzte, war ihr etwas eingefallen.
„Eines würde mich noch interessieren", wandte sie sich an
Cyntia. „Was hat dich so aus der Fassung gebracht, als
Myriam dir erklärte Feria wäre ein Mondwolf und ihre
Seelenschwester?"
Die kleine Fee zuckte bei dieser Frage zusammen. Ihr Tee
schwappte aus der Tasse und lief über den Tisch. Myriam
und Wiroja sahen, wie sie zu zittern begann.
„Wovor hast du Angst?", fragte Wiroja.
Cyntia schüttelte den Kopf.

„Es ist keine Furcht, ich bin aufgeregt!"

„Weswegen?", fragte jetzt Myriam.

„Es geht um eine Prophezeiung unserer größten Seherin.
Kurz vor ihrem Tod versammelte sie den Hohen Rat um
sich und verkündete:

**Wenn einst die Schwester des Mondwolfs durch die
Wälder schreitet,
wird vom Segen der Göttin sie begleitet.
Geschaffene Grenzen sind ihr völlig fremd,
jedes Leben sie gleichermaßen anerkennt.
Die Wunde der Feen wird endlich genesen,
denn es herrscht Eintracht unter allen Wesen.
Sie wird retten, wo keine Rettung scheint,
wenn alle Reiche erst wieder vereint.
Sie wird verbinden, wo keine Verbindung bestand,
denn ihr Herz und ihre Liebe gehen Hand in Hand.
Zu gleichen Teilen sie alle Schöpfung liebt,
und sie wird heilen, wo es scheinbar keine Heilung mehr
gibt!"**

Myriam sog hörbar die Luft ein. Nun war sie es, die zu
zittern begann.

„Was ist, kennst du die Prophezeiung?", fragte Cyntia
aufgeregt.

Myriam schüttelte nur den Kopf und schnappte nach Luft.

„Sie kennt nur einen kleinen Teil davon, den mit 'retten, wo
keine Rettung scheint'", antwortete Wiroja und schaute
besorgt zu wie Myriam versuchte aufzustehen.

Schwankend und mit wackeligen Beinen stand Myriam
neben dem Stuhl und hielt sich daran fest. Wiroja erhob

sich um die Freundin zu stützen, als Lodanis Stimme vom Kamin her erklang.

„Und ich kenne den Teil mit, 'verbinden, wo keine Verbindung bestand'. So ähnlich heißt es in einer Prophezeiung die alle Elementarhüter kennen."

Myriam hob den Kopf, um zu Lodanis zu sehen, machte zwei Schritte, wobei sie sich an einem Balken abstützen wollte, griff aber ins Leere und kippte zur Seite. Sie versuchte noch Halt zu finden, aber da sie mitten im Raum stand fiel sie einfach um.

„Vorsicht!", schrie Wiroja und eilte auf Myriam zu, konnte aber nur noch verhindern, dass diese mit dem Kopf hart auf dem Boden aufschlug.

Myriam hatte die Augen geschlossen, atmete schnell und flach. Cyntia war ebenfalls aufgesprungen, kniete sich neben Myriam und berührte deren Hand.

„Sie ist ohnmächtig geworden!", erklärte Wiroja.

„Ihre Atmung ist beschleunigt, wir sollten sie an die frische Luft bringen", kommentierte Cyntia.

Wiroja nickte und zusammen hoben sie Myriam an.

„Es tut mir leid, wenn ich gewusst hätte, wie sehr es sie mitnimmt, hätte ich die Prophezeiung nicht erwähnt!"

„Das konnten weder du noch wir ahnen, also mach dir keine Vorwürfe!"

Sie hatten die Tür fast erreicht, als diese mit einem lauten Knall aufflog. Beinahe hätten sie Myriam fallen lassen. Feria steckte ihre Schnauze in den Türrahmen.

„Wie geht es ihr?"

„Sie ist ohnmächtig und wir würden sie gerne an die frische Luft bringen, wenn du deinen Dickkopf aus der Tür

nimmst“, antwortete Wiroja etwas ungehalten. Den Schreck hatte sie immer noch nicht überwunden.
Feria zog sich sofort zurück, um ihnen Platz zu machen. Die beiden Frauen legten Myriam auf den moosbedeckten Boden.
„Kannst du ihr nicht helfen?“, fragte Feria, Wiroja aufgeregt.
„Sie ist nicht verletzt, also gibt es auch nichts, was ich heilen könnte“, antwortete diese, ohne aufzusehen.
„Und was können wir tun?“, hakte Feria nach.
„Ruhig bleiben und abwarten“, erklärte Wiroja. „Es war einfach zu viel, was auf sie eindrang. Ihr Körper hielt es für besser, erst einmal abzuschalten und sich zu beruhigen. Sobald dies der Fall ist, wird sie ganz von selbst wieder wach!“
„Ich hoffe es!“, entgegnete Feria, „bei ihr bin ich mir da nie so sicher!“
Ich auch nicht, dachte Wiroja, behielt es aber lieber für sich.
Es dauerte nicht lange bis Myriams Atmung wieder ruhig und gleichmäßig ging. Plötzlich hob Cyntia ruckartig den Kopf.
„Was ist?“, fragte Wiroja überrascht.
„Ich weiß es nicht, aber irgendetwas hat sich verändert!“ Wiroja glaubte erst, sie meinte Myriam und schaute diese ängstlich an, als Cyntia aufstand und sich umsah. Alarmiert hob Feria den Kopf und versuchte eine Witterung aufzunehmen, konnte aber nichts Ungewöhnliches feststellen. Wiroja nahm Kontakt zu den Bäumen auf, um ebenfalls die Umgebung abzusuchen.

„Ich kenne dieses Gefühl von irgendwo her", sagte Cyntia mehr zu sich selbst, „es ist noch gar nicht so lange her das ich …"

Plötzlich riss sie die Augen auf. Wiroja und sie schrien wie aus einem Mund:

„Ein Bär!"

Im selben Moment brach er mit aufgerissenem Maul und dröhnendem Gebrüll aus dem Unterholz und galoppierte auf Feria zu. Diese fletschte ihre Zähne. Mit gefletschten Zähnen stellte sie sich ihm in den Weg.

Wenn sie stehen blieb, würde der Bär sehr nahe an die Frauen herankommen und sie dadurch in großer Gefahr schweben, daher griff Feria an. Sie stürmte direkt auf ihn zu. Kurz bevor sie ihn erreichte, sprang sie ab und schnellte über dessen linke Schulter. Der Bär hatte versucht sie mit seiner Pranke zu erwischen, aber Feria hatte damit gerechnet und war hoch genug abgesprungen. Kaum dass sie den Boden berührte, flog sie herum um sich ihrem Gegner erneut zu stellen.

Dieser hatte zuerst ebenfalls den Angriff gestoppt, aber anstatt sich wieder Feria zuzuwenden, drehte er zu seiner leichteren Beute ab. Feria erkannte sofort die Gefahr. Mit weiten Sprüngen jagte sie hinter dem Bären her. Von hinten konnte sie keinen tödlichen Angriff ausführen, aber ihn verwunden und damit ablenken. Noch bevor der Bär den Frauen zu nahe kam, erreichte sie ihn und biss ihm mit aller Kraft in den rechten Unterschenkel. Diese Wunden waren sehr schmerzhaft und der Blutverlust, der daraus entstehen würde, würde den Bären erschöpfen.

Wie erhofft wandte er sich erneut Feria zu, allerdings waren dessen Bewegungen schneller als Feria es ihm zugetraut hatte. Bevor sie sich außerhalb seiner Reichweite befand, schlug der Bär, trotz dieser Verwundung, mit dem Hinterbein aus. Sie spürte die Krallen an der linken vorderen Schulter. Zum Glück kostete es sie nur ein Stück Fell.

Feria! erklang es in ihrem Kopf.

Myriam, der Göttin sei Dank, sendete sie zurück.

Sofort lenkte sie ihre Aufmerksamkeit wieder auf den Gegner, der sich aufgerichtet hatte und auf sie zulief. Dadurch konnte Feria nicht sehen, wie Myriams Augen kurz, grün aufblitzten, bevor sie das gelb des Wolfes annahmen.

„Myriam nicht!", schrie Wiroja aus Leibeskräften.

Myriam besaß zwar keine Krallen oder Reißzähne, mit denen sie dem Bären gefährlich werden konnte, aber sie war schnell und wendig genug, um Feria helfen zu können. Wirojas Schrei bewirkte, dass der Bär seinen Angriff stoppte. Wieder auf allen vier Beinen belauerte er Feria. Wahrscheinlich hatte er nicht erwartet, von hinten angegriffen zu werden. Er war ebenso überrascht wie Feria, als Myriam auf seinen Rücken sprang.

Sofort stellte er sich erneut auf die Hinterbeine. Myriam klammerte sich mit aller Kraft die die wölfische Seite ihr verlieh, in dessen Fell. Der Bär versuchte, sie wie eine lästige Fliege abzuschütteln. Myriam nutzte jede Pause in seinen Bewegungen, um noch höher zu klettern. Sie erreichte dessen Hals, klammerte sich daran fest und beugte sich nach vorne.

Meine Zähne mögen klein sein, aber deine Ohren, sind es auch.

Feria konnte nicht glauben, was sie da empfing und sah. Myriam hatte sich noch weiter nach vorne gebeugt, biss dem Bären ins Ohr und riss daran, indem sie den Kopf hin und her warf.

Ein ohrenbetäubendes Gebrüll erschütterte die Lichtung. Wild gebärdete sich der Bär und versuchte seinen Widersacher mit den Tatzen zu erreichen. Jedes Mal wenn Myriam einer Pranke auswich, riss sie automatisch am Ohr, was den Bär nur noch wütender machte. Mittlerweile schmeckte Myriam das Blut des Bären, dass ihr aus dem Mund und über den Hals lief. Der Bär drehte sich im Kreis, was Feria dazu benutze, sich zwischen ihn und die beiden Frauen zu bringen. Angreifen konnte sie ihn nicht. Durch die Drehungen lief sie Gefahr, Myriam zu verletzen.

Wie lange hatte Myriam noch die Kraft sich festzuhalten? Würde sie es schaffen vom Rücken herunterzukommen, ohne in den Fängen des Bären zu landen? Doch es kam anders.

Myriam spürte das Knirschen an ihren Zähnen, mit dem sie den Knorpel des Ohres durchtrennte und es abbiss. Rasend vor Schmerz bäumte der Bär sich auf und drehte sich ruckartig um die eigene Achse. Myriam, ihres Halts beraubt, rutschte auf den rechten Arm des Bären, der sie mit aller Kraft von sich schleuderte. Sie flog in hohem Bogen über Feria hinweg. Mit der ganzen Wucht knallte sie gegen die Kante des Daches, wo ihre Knochen laut krachend brachen. Wie ein totes Stück Holz fiel sie hinter Feria zu Boden.

Das klagende Geheul, einer von Schmerz gepeinigten Schwester, übertönte selbst das wütende Brüllen des Bären. Von Wut und Schmerz getrieben stürzte sich Feria auf den

Gegner. Ihre Angriffe waren nicht mehr von Instinkt gelenkt, was es diesem ermöglichte, ihnen auszuweichen. Sobald er in die Nähe der Hütte kam, versuchte er sich auf Myriam zu stürzen, die regungslos am Boden lag. Doch kaum hatte er sich ihr genähert, wurde er erneut angegriffen.

Wiroja hatte sich zum Haus zurückgezogen, dorthin wo die Rosen wuchsen, die über das ganze Dach rankten. Mit einem Gesicht, indem der Schmerz des Verlustes stand und Tränen in den Augen, sendete sie ihren Willen in die Pflanzen. Diese mit langen Dornen bestückt, peitschten herab und trafen die empfindliche Nase und jene Stelle, wo vorher noch ein Ohr gewesen war. Erneut bäumte sich der Bär vor Schmerzen auf. Mittlerweile hatte Wiroja mit Hilfe der Rosen eine Mauer errichtet. In seiner Wut rannte der Bär dagegen an um sie zu zerreißen, doch jeder Ansturm wurde von einem Heer peitschender Ranken abgewehrt. Feria nutzte die Gelegenheit, um ihrerseits eine Attacke zu starrten. Abermals biss sie ihm in den rechten Hinterlauf und diesmal, riss sie ihm auch das Fleisch von den Knochen. Der Bär erkannte die Nutzlosigkeit seiner Handlung. Er stellte sich dem einzigen Gegner, der für ihn erreichbar war, Feria.

Dem Angriff wich diese aus, konterte und erwischte ihn an der Schulter. Gleichzeitig musste aber auch sie einen Treffer hinnehmen, der ihr Fell rot färbte.

Der Kampf wogte hin und her. Der Ansturm des Bären wurde langsamer, der Blutverlust zeigte Wirkung, aber noch war er nicht besiegt.

Feria erwartete die nächste Attacke. Sie konzentrierte sich. Diesmal wollte sie ihm an die Kehle. Die einzig wirklich

tödliche Stelle. Aber nicht ungefährlich, da sie dazu in die Nähe seiner Pranken und Krallen musste. Der Bär stürmte auf sie zu. Feria spannte ihre Muskeln …
Feria nicht, das ist zu gefährlich!
Myriam?
Dieser kurze Moment der Ablenkung reichte aus, um dem Bären einen Vorteil zu verschaffen. Feria stand ohne Deckung und ohne die Möglichkeit noch zu reagieren vor ihm. Von der Wucht seiner Pranke getroffen flog sie, wie schon Myriam vor ihr, durch die Luft. Sie landete ein Stück abseits auf dem Moos. Der Schwung schleuderte ihren Kopf nach hinten, wodurch er hart gegen einen Felsen prallte. Feria war nicht mehr in der Lage sich aufzurichten. Ihre Muskeln gehorchten nicht mehr. Mit einem siegessicheren Brüllen kam der Bär auf sie zu.
Feria schloss die Augen. Vor ihrem inneren Auge erschien ein Bild, das den Blick auf den Bären durch eine Rosenhecke zeigte.
Myriam, es tut mir leid!
Plötzlich wechselte der Blickwinkel und sie sah den Bären von vorne, der stehen geblieben war.
Wie bist du so schnell hinter mich gekommen?

Ich bin nicht hinter dir! Was ist los?
Feria öffnete die Augen. Etwas stand über ihr und verdeckte den Himmel. Außer einem Umriss konnte sie nichts erkennen. Feria konzentrierte sich auf ihr inneres Sehen. Der Bär befand sich noch immer am gleichen Platz. Sie hörte eine fremde Sprache, die sie nicht direkt verstand aber über das Bild bildeten sich Worte in ihrem Kopf.

„Tanor wage es nicht, hier noch irgendjemanden anzugreifen, es ist deiner unwürdig!“

„Wer bist du, dass du glaubst, so mit mir reden zu können?“, fragte der Bär mit Namen Tanor. „Was weist du schon über mich!“

„Ich bin Gainor und ich kenne und teile deinen Schmerz.“

„Wenn du weißt, was mir geschah, dann verstehst du auch, warum ich die Menschen hasse. Sie sollen leiden, genauso, wie ich leide!“

„Diese Menschen haben mit dem Leid nichts zu tun“, entgegnete Gainor, „ebenso wie viele die du schon getötet hast. Außerdem sind hier nicht nur Menschen, was du erkennen würdest, wenn deine Sinne nicht vom Hass vernebelt wären.“

„Worte, nichts als Worte!“, brüllte Tanor, „Geh mir aus dem Weg oder du wirst mit ihnen sterben.“

„Das kann ich nicht tun.“

„Dann sei es so.“

Tanor richtete sich zur vollen Größe auf.

„Feria!“, schrie Myriam und trat hinter den Ranken hervor.

Der Bär wurde davon überrascht und seine Aufmerksamkeit auf Myriam gelenkt. Diesen Umstand nutzte Gainor sofort aus, um Tanor anzugreifen.

Mit aller Kraft, zu der er fähig war, sprang er vor und rammte seinen Kopf gegen Tanors Brust. Auf diesen Angriff völlig unvorbereitet, verlor Tanor das Gleichgewicht und kippte nach hinten. Gainor war sofort zur Seite gesprungen und postierte sich jetzt hinter ihm. Dieser hob die Pranken um sich zu verteidigen, als er spürte, wie sich Zähne um seine Kehle schlossen. Mitten in

der Bewegung hielt Tanor inne. Er wusste, dies war sein
Ende. Bevor er auch nur den Gegner erreichen konnte, hätte
der ihn schon getötet. Kraftlos ließ der Bär die Pranken
fallen und ergab sich seinem Schicksal.

Innerlich ruhig werdend, gewannen seine Instinkte wieder
die Oberhand. Jetzt verstand er auch, was Gainor gemeint
hatte. Unter den Menschen musste sich eine Fee befinden,
er konnte sie an ihrer Ausstrahlung erkennen. Reue machte
sich in ihm breit. Während er auf sein Ende wartete,
formten sich seine Erinnerungen. Zuerst sah er die
Menschen, die er getötet hatte. Zum Schluss sah er seine
Frau und seinen Sohn, der von einem Jäger getötet worden
war. Als er an seinen Sohn dachte, begann er zu weinen.
Nicht nur seinetwegen, sondern auch wegen des Leides,
dass er über Unschuldige gebracht hatte. Nachdem er sich
wieder etwas beruhigt hatte, wunderte er sich, dass er
immer noch lebte. Es gab keine Zähne mehr, die seine
Kehle bedrohten. Er rappelte sich auf, um sich ungläubig
umzusehen.
Gainor stand in einiger Entfernung vor ihm und
beobachtete ihn genau. Beschämt über sein Verhalten
brüllte Tanor seinen Schmerz hinaus, bevor er im Wald
verschwand.

Feria traute ihren Augen nicht. Sie spürte, wie ihre Kräfte
sie verließen und ihr Blick sich trübte. Während sich ein
Lächeln um ihre Mundwinkel bildete, schloss sie die
Augen. Mit schwindenden Sinnen formte sie ihre
Gedanken.

'Große Mutter', entschuldige meine Zweifel an dir.
Zwillinge! Hörst du Mutter? Es sind Seelenzwillinge!
Gainor stand noch immer am selben Platz und schaute dem
Bären nach, als er aus dem Augenwinkel heraus Myriam
auf sich zu rennen sah. Er fuhr herum und knurrte diese
böse an. Davon unbeeindruckt rannte Myriam weiter,
konzentrierte sich auf ihre wölfische Seite und knurrte ihn
ihrerseits ungehalten an.
„Ich danke dir für deine Hilfe, aber jetzt geh mir aus dem
Weg und lass mich zu meiner Schwester!“
Ihre gelben Augen glühten vor Ungeduld. Überrascht
klappte Gainor sein Maul zu, was sein Knurren im Hals
erstickte und entfernte sich langsam rückwärts von Feria.
Myriam eilte weiter und warf sich neben ihrer Schwester
auf die Knie. Schon vorher wusste sie, Feria war dabei
ihren Körper zu verlassen. Kurz, nachdem der Wolf
aufgetaucht war, war ihre geistige Verbindung abgerissen.
Schon in jenem Moment wollte sie zu Feria, wurde aber
von Wiroja und Cyntia zurückgehalten. Soweit diese
überhaupt noch dazu in der Lage gewesen war. Ohne
Cyntias Hilfe wäre sie selbst nicht mehr am Leben. Diese
hatte fast ihre gesamte Energie aufgewendet um Myriam zu
heilen. Als Myriam losrannte, hatte sie mitbekommen, wie
Cyntia hinter ihr zusammengebrochen war.
Selbst jetzt wo Myriam ihre Hände auf Feria legte, konnte
sie keine geistige Verbindung herstellen, auch wenn deren
Herz noch schlug.
„Helft mir!“, schrie Myriam.
Sie wusste, dass keine Hilfe kommen würde und dieser
Schrei aus der Angst heraus geboren war. In schierer
Verzweiflung trommelten ihre Hände auf Ferias Körper.

„Du darfst nicht gehen. Ich lass dich nicht gehen. Wir haben einen Schwur geleistet, der noch nicht erfüllt ist. Ich erlaube nicht, dass du ihn brichst!"

Myriam drückte ihr Gesicht an Feria. Ihr Körper begann zu zucken und die Tränen brachen aus ihr heraus. Noch immer spürte sie Ferias Herzschlag, doch mit jedem war es, als würde auch ihr eigenes Leben verrinnen. Myriam drückte ihr Gesicht tiefer in Ferias Fell, während sich ihre Hände darin verkrampften.

Mit den Tränen wurden auch die Angst und die Verzweiflung aus ihren Gedanken gespült und machten den Weg frei für andere Kräfte. Jetzt, wo die wölfische Seite ruhte, konnte ihr Feenblut wirksam werden. Unter ihren Händen begann es zu leuchten, breitete sich langsam aus und drang in Ferias Körper ein. Die Fee in ihr wusste, was sie bereit war für Feria zu geben und so gab sie es ihr. Von Myriams Händen ausgehend, wurde Feria langsam erst in Hellblaues dann in gelbes Licht getaucht, welches auch auf Myriam überging. Kurze Zeit leuchteten beide im Glanz des Mondwolfes, bis das Strahlen verebbte.

Myriam?

Nur langsam drangen die liebenden Gedanken in Myriams Bewusstsein. Erst als Feria sich zu regen begann, realisierte Myriam die Gedanken ihrer Schwester. Myriam setzte sich auf und schaute Feria ins Gesicht, wobei sie sich die letzten Tränen aus den Augen wischte.

„Du bist zu mir zurückgekehrt."

„Ja, aber zu welchem Preis."

Erst jetzt fiel Myriam, Ferias irritierter Blick auf. Sie schaute an sich herunter und spürte, wie bei jeder Bewegung die Kleidung spannte. Als ihre Augen sich auf ihr Dekolleté richteten, weiteten diese sich. Sie war kein kleines Mädchen mehr, sie war eine erwachsene Frau. Wirojas Bluse spannte sich über ihren Busen. Wenn sie eine von sich getragen hätte, wäre es schmerzhaft geworden. Überall wo sie hinschaute, spannte die Kleidung. Vorsichtig stand sie auf, konnte aber nicht verhindern, dass an den Schultern zwei Nähte platzten. Als sie an sich herunter sah, konnte sie sogar ihre Füße sehen, selbst der Rock war ihr jetzt zu kurz. Sie hob den Kopf und blickte Feria verlegen lächelnd an.

„Ein kleiner Preis für dein Leben, den ich gerne bezahlt habe und jederzeit wieder bezahlen würde."

Feria schüttelte den Kopf, aber ihre Augen leuchteten dankbar.

„Habe ich schon gesagt, wie stolz ich bin dich meine Schwester nennen zu dürfen", erklärte Feria.

Myriam antwortete nicht, sondern legte ihre Arme um Ferias Hals, um sie zu drücken. Plötzlich bildete sich vor ihrem geistigen Auge ein Bild, das sie von hinten zeigte. Irritiert löste sie sich von Feria und schaute ihr in die Augen. Feria lächelte, auch sie empfing dieses Bild. Myriam fuhr herum, wodurch sich eine weitere Naht öffnete und schaute zu dem großen Wolf. Dieser blickte verwirrt von Myriam zu Feria. Was war hier los?

Myriam empfing zwar die Bilder, konnte aber keinerlei Gedanken hören. Ebenso, wie es bei Feria beim ersten Aufeinandertreffen gewesen war. Auch als sie ihre wölfische Seite rief, änderte dies nichts.

„Wer bist du?", knurrte Myriam in der Wolfssprache.

Der Wolf zuckte zusammen, blieb aber stehen.

„Mein Name ist Gainor", kam es knurrend zurück.

„Mein Name ist Myriam und dies ist Feria. Es ist uns eine Ehre und Freude dich kennenzulernen."

Feria war aufgestanden und zusammen mit Myriam verbeugte sie sich vor ihrem Retter.

„Wir sind dir zu großem Dank verpflichtet, da du uns in der Not beigestanden hast", erklärte Feria.

In diesem Moment erhellte der Mond die Lichtung. Erschrocken wich Gainor zurück und starrte Feria an, die im Mondlicht leuchtete. Feria fixierte ihn ihrerseits, denn Gainor, obwohl er ebenfalls im Mondlicht stand, war genauso grau wie vorher. Irritiert schaute Myriam von Feria zu ihm.

„Er ist - kein Mondwolf, wie kann das sein?", wandte Myriam sich an Feria.

„Ich weiß es nicht? Ich hätte es auch gedacht, bei dieser Größe."

Beide hatten aus Höflichkeit in wölfisch gesprochen, so konnte Gainor ihrer Unterhaltung folgen.

„Falls dies bedeutet, man leuchtet im Mondlicht", erklärte er jetzt, „so war dies bei mir noch nie der Fall. Was meine Größe angeht, so ist sie eine Laune der 'großen Mutter'. Meine Mutter ist eine normale Wölfin. Als ich immer größer wurde, habe ich mein Rudel verlassen und habe mich allein durch die Wälder geschlagen. Du bist der erste Mondwolf, dem ich begegne."

Myriam sah zu Feria und erkannte die Traurigkeit in deren Augen.

'Große Mutter', dachte Myriam und schloss ihre Gedanken vor Feria ab, *warum tust du ihr so etwas an? Hat sie denn kein Glück verdient?*

Tief in sich hörte sie eine leise Stimme.

Achte auf dass, was du fühlst und weniger darauf, was du siehst oder hörst.

Myriam schaute wieder zu Feria, doch die hatte immer noch die Traurigkeit in den Augen, von ihr waren die Worte nicht gekommen.

„Gainor, darf Feria dich berühren?", fragte Myriam ihrem Gefühl folgend.

„Warum?"

Myriam überlegte, wie sie es am besten ausdrücken sollte.

„Weil, wenn ich mich nicht täusche, du doch ein Mondwolf bist. Möchtest du einer sein?"

Gainor schaute zu Feria, die im Mondlicht leuchtete und nickte. Feria wusste, was Myriam erhoffte. Sie selbst glaubte weniger daran, aber sie hatte mit Myriam schon so vieles erlebt, da konnte ein Versuch nicht schaden.

Feria ging auf ihn zu und senkte den Kopf.

„Berühre mich mit deiner Stirn", gab sie ihm zu verstehen.

Gainor tat worum Feria ihn gebeten hatte.

Myriam wartete, aber nichts geschah. Enttäuscht wandte Feria sich ab und trottete zur Seite, damit die anderen ihre Tränen nicht sahen. Myriam blickte wieder ungläubig von Feria zu Gainor. Sie verstand es nicht. Sie war davon überzeugt das Gainor ein Mondwolf war, aber wieso, begann er nicht zu leuchten?

Irritiert ging sie langsam auf ihn zu und hob die Hand. Myriam war noch zwei Schritte von ihm entfernt, als sie zum ersten Mal spürte, wie sie in das Energiefeld eines Lebewesens eintrat. In diesem Moment begann Gainors Stirn, zu schimmern. Durch Myriams Augen sah er sich selbst die Augen aufreißen und konnte zusehen, wie das Strahlen sich langsam über seinen Rücken ausbreitete. Feria

bemerkte das Leuchten, drehte sich herum und starrte auf
Gainor. Konnte miterleben wie das Licht die Pfoten und
Schwanzspitze erreichte.
Zum ersten Mal seit langer Zeit standen wieder zwei
Mondwölfe im Licht des Mondes beieinander.
Tränen rannen über Ferias Wangen. Sie hatte nicht erwartet,
jemals wieder einem anderen Mondwolf als ihrer Mutter zu
begegnen.
„Was hast du getan?", wandte sie sich an Myriam.
„Ich weiß es nicht", gab diese ehrlich zurück, lachte,
klatschte in die Hände und sprang vor Freude in die Luft.
Eine kindliche Reaktion, die sie in dem Moment bereute,
als sie wieder auf dem Boden aufkam. Vorher war ihre
Brust klein und noch nicht, wie es bei manchen älteren
Frauen der Fall war, mit einem Tuch gebunden gewesen.
Ihre jetzige Größe bewirkte, dass sie sich nach unten
bewegten und dabei ein schmerzhaftes Ziehen verursachten.
Myriams Hände schossen nach oben, wobei sie zischend
die Luft durch die Zähne zog. Dieses ungewohnte Geräusch
riss Feria aus ihren Träumen.
„Was ist passiert?"
„Nichts", antwortete Myriam und ging in Richtung der
Hütte davon.
Wie hätte sie Feria ihr Problem erklären sollen.
Misstrauisch blickte Feria ihr nach, bevor sie sich
entschloss, ihr zu folgen. Nach einigen Schritten blieb sie
stehen und blickte zu Gainor zurück.
„Du darfst mitkommen, wenn du möchtest!"
Dieser schaute hinauf zum Mond.

„Nein, ich werde noch etwas das Mondlicht genießen“,
antwortete er, wobei das erste Mal ein Lächeln in seinem
Gesicht erschien.
Feria nickte nur, bevor sie weiter ging, um Myriam zu
folgen.

„Bei der 'großen Mutter'“, entfuhr es Wiroja, als sie Myriam
auf sich zukommen sah, „was hast du getan?“
„Dass, was notwendig war!“, entgegnete diese mit
überzeugter Stimme.
Wiroja hatte die ganze Zeit neben Cyntia gesessen, die
blass am Boden lag. Auch jetzt, während sie mit Myriam
sprach, hielt sie deren Hand. Myriam schaute auf die
zierliche, blasse Gestalt hinunter, der sie ihr Leben
verdankte.
„Wie geht es ihr?“
„Sie lebt, aber ist sehr schwach. Auch wenn es nicht so
aussieht, als wenn sie gealtert wäre, scheint sie dennoch fast
ihre gesamte Kraft aufgebraucht zu haben. Ich hatte gehofft
das du -, aber wenn ich dich jetzt betrachte, glaube ich
nicht, dass dies eine gute Idee ist.“
„Wir sollten sie ins Haus bringen, dann werde ich sehen,
was ich tun kann“, erklärte ihr Myriam.
Tu es nicht, sendete Feria. *Sie ist das Risiko nicht Wert!*
Myriam fuhr zu Feria herum, die jetzt hinter ihr stand.
„Was willst du damit sagen? Jedes Leben ist es wert,
gerettet zu werden!“
Wiroja schaute überrascht zu Feria, da sie ja den Beginn der
Unterhaltung nicht mitbekommen hatte.
„Sie nicht!“, entgegnete Feria, wobei ihre Augen zu glühen
begannen. „Sie ist eine Fee. Sie täuschen dir Freundschaft

vor, und wenn du sie wirklich brauchst, lassen sie dich im
Stich!“

„Sie hat mir das Leben gerettet. Du kannst nicht ermessen,
was sie dafür auf sich genommen hat, ich schon.“

„Sie mag dein Leben dem Tod entrissen haben, aber
bestimmt nicht aus einem selbstlosen Grund. So etwas ist
den Feen fremd. Erinnere dich an die Prophezeiung. Sie
hofft, du würdest sie erfüllen, das ist der wahre Grund!“
Myriam schaute ihre Schwester verwirrt an.

„Warum hasst du die Feen? Was wirfst du ihnen vor? Ich
habe keine Erinnerung an etwas, das dies rechtfertigen
würde?“

„Mein Vater hatte einen Boten zu ihnen gesandt, um uns im
großen Krieg zu unterstützen. Mit ihrer Hilfe hätten wir
gewinnen können, aber sie haben uns im Stich gelassen.“
„Und aus welchem Grund?“

„Ganz einfach. Sie sind egoistisch und feige!“

„Deine Mutter scheint es anders gesehen zu haben und du
auch, sonst hätte ich eine Erinnerung daran. Woran ich mich
allerdings erinnern kann ist dein Vater, er hat es abgelehnt
mit den Menschen zu sprechen und dadurch kam es zu
diesem Gemetzel.“

Feria riss die Augen auf, die plötzlich Funken zu sprühen
schienen. Mit vor Zorn bebender Stimme fuhr sie in der
Wolfssprache fort, als würde sie sich weigern weiterhin die
menschliche Sprache zu benutzen.

„Du wagst es meinem Vater die Schuld zu geben, Mensch!“
Dieses eine Wort traf Myriam in der Tiefe ihres Herzens.
Sie versuchte ihre Stimme ruhig und neutral zu halten,
obwohl ihre Augen bereits feucht wurden.

„Ich beschuldige niemanden für etwas, dieses Recht habe
ich nicht, ich war nicht dabei. Ich gebe nur die
Erinnerungen wieder, wie ich sie von dir empfangen habe
und dort ist nichts von den Feen zu finden.“
„Und deshalb glaubst du, über meinen Vater urteilen zu
können?“
„Ich urteile nicht über deinen Vater, ich bediene mich nur
der Erinnerungen deiner Mutter.“
„Willst du damit sagen, sie hätte ihm die ganze Schuld
dafür gegeben?“
„Nein, das tue ich doch gar nicht.“
Myriam konnte die Tränen nicht mehr zurückhalten. Was
war nur in ihre Schwester gefahren, dass sie die Feen so
hasste?
„Du ziehst das Andenken meiner Eltern in den Schmutz,
indem du einer Fee hilfst, die sie verraten hat!“
Myriam war keiner Antwort mehr fähig.
„Du bist es nicht Wert weiterhin von mir Schwester genannt
zu werden, Mensch!“
Das letzte Wort spukte Feria förmlich aus. Danach
unterbrach sie die Verbindung und rannte zu Gainor, um
ihm etwas mitzuteilen. Kurz darauf sprang sie ohne sich
noch einmal umzudrehen in den Wald. Als Gainor Myriam
ansah, stand diese auf wackeligen Beinen vor dem Haus.
Ihr rechter ausgestreckter Arm wies dorthin, wo Feria
verschwunden war, als könne er sie zurückholen. Während
die Tränen über Myriams Wangen rollten, formten ihre
Lippen lautlos ein Wort:

Feria!!

Fortsetzung in:

Die Legende von Myriam

Zweites Buch

Seelenbruder

Myriam hatte jegliches Zeitgefühl verloren. Sie wusste nicht, wie lange es her war, dass ihr Arm schwer geworden war und sie ihn heruntergenommen hatte. Wusste nicht, wann ihre zittrigen Beine nachgegeben hatten und sie sich ins Gras gekniet hatte. Noch immer starrte sie mit Wolfsaugen auf den Punkt am Waldrand, an dem ihre Seelenschwester Feria verschwunden war. Myriam hatte in sich hinein gelauscht, aber nur Leere vorgefunden. Selbst als sie ihre Erinnerungen verloren hatte, hatte sie sich nicht so allein gefühlt. Nur langsam kehrten ihre Gedanken in die Gegenwart zurück. Dass Erste was sie registrierte, war das Leuchten auf der Lichtung. Es ging von dem Mondwolf aus, der dort lag und sie beobachtete.

Einen Herzschlag lang wollte Freude in Myriam aufkommen, aber dann belehrte sie ihre Erinnerung eines Besseren. Nein, es war nicht Feria, es war Gainor. So wie die Dinge lagen, war er ihr Seelenbruder. Wieder wollte der Schmerz über Ferias Verlust Myriam überrollen, aber sie kämpfte ihn diesmal nieder.

Eine Hand berührte sie vorsichtig an der Schulter.

„Myriam? Myriam, Cyntia geht es immer schlechter!“, erinnerte sie Wiroja an die kleine Fee.

Myriam nickte.

„Ich komme sofort, ich möchte nur kurz mit Gainor reden. Nimm ihre Hand, deine Energie wird ihr helfen!“

„Meine Energie?“, fragte Wiroja irritiert.

„Ich erkläre es dir später“, versprach Myriam und stand auf.

Langsam ging sie zu Gainor, der sich bereits erhoben hatte. Myriam hatte ihre wölfische Seite noch nicht abgelegt, wodurch ihre Augen in Farbe und Form denen eines Wolfes glichen. Außerdem konnte sie sich so in der Wolfssprache leichter unterhalten. Als sie vor ihm stand, fiel es ihr schwer zu sprechen. Obwohl er noch wuchtiger als Feria war, erinnerte doch vieles an ihre Seelenschwester.

„Gainor, wir müssen miteinander reden“, begann Myriam.

„Doch ich bin müde und muss noch etwas Dringendes erledigen. Daher möchte ich dich bitten, bis morgen zu bleiben.“

„Nur bis morgen?“, entgegnete er mit einem fragenden Blick.

Myriam sah ihn verständnislos an. Wahrscheinlich sollte sie verstehen, was er damit sagen wollte, tat es aber nicht.

„Wirst du bleiben?“, war das Einzige, was ihr einfiel.

„Ja!", antwortete er nur und legte sich wieder hin als gäbe es jetzt nichts weiter zu besprechen.

„Danke!", sagte Myriam kurz, während ein leichtes Lächeln über ihr Gesicht glitt.

Als sie sich umdrehte, spürte sie eine bleierne Müdigkeit. Aber noch war keine Zeit ihr nachzugeben. Cyntia brauchte ihre Hilfe. Myriam straffte sich und schüttelte die Mattigkeit ab. Wiroja hatte sich hinter Cyntia gesetzt und deren Oberkörper gegen ihren gelehnt. Ihre gekreuzten Arme lagen über Cyntias Brust und hielten beide Hände. Als Myriam auf die Fee herab sah, erschrak sie.

Cyntia hatte die Größe einer jungen, zierlichen Frau, aber jetzt wirkte sie klein und zerbrechlich. Ihre ansonsten braunen Haare, mit dem roten Schimmer, hingen blass um das eingefallene Gesicht. Die Augenlider, hinter denen die strahlend grünen Augen ruhten, sahen aus wie gebleichtes Leder.

„Lass sie uns ins Bett bringen", forderte Myriam Wiroja auf.

Zusammen hoben sie die Fee hoch und trugen sie hinein. Als diese in dem großen Bett lag, wirkte sie noch kleiner als sie war.

„Und jetzt?", fragte Wiroja.

„Jetzt werde ich ihr etwas von dem zurückgeben, was sie mir gegeben hat", antwortete Myriam.

„Bist du dir sicher?"

„Ja, ich bin es ihr schuldig, auch wenn Feria dies anders sieht."

Wiroja ahnte, was vorgefallen war, unterließ es aber eine diesbezügliche Frage zu stellen.

Myriam stellte sich neben das Bett und legte ihre linke Hand bei Cyntia zwischen Bauchnabel und Brustbein. Ihre Konzentration richtete sie, bei sich selbst, auf den gleichen Punkt. Dabei half es ihr sich vorzustellen, dass dort eine Blüte lag, die sich öffnete und die Energie freigab. Sie folgte darin mehr einem inneren Gefühl als wirklichem Wissen. Dass Myriam sich darauf verlassen konnte, spürte sie schon kurze Zeit später. Wärme begann sich bei ihr von dort in Richtung des linken Armes auszubreiten, bis ihre Handfläche zu kribbeln und zu leuchten begann. Es hatte den Anschein, als würde das Licht direkt von Cyntias Körper aufgesogen. Myriams Vermutung bestätigte sich. Dort lag ein Punkt, der in der Lage war Energien aufzunehmen und zu verteilen.

Das Sonnengeflecht hörte Myriam in ihren Gedanken. Schon bald nahm das Gesicht der Fee wieder eine rosa Farbe an. Auch die Atmung war kräftiger. Das laute Knurren ihres Magens warnte Myriam davor, noch mehr Energie abzugeben. Sofort konzentrierte sie sich darauf, die Blüte zu schließen, worauf der Energiefluss verebbte. Zufrieden nickend zog Myriam ihre Hand zurück.

Wiroja stand hinter Myriam und betrachtete diese besorgt.

„Du solltest etwas essen."

„Es geht schon!“

Doch Myriams erster Schritt strafte sie Lügen. Sie knickte ein und begann zu zittern. Sofort wurde sie von der Freundin gestützt, bis sie im Wohnraum am Tisch saß. Wiroja begann sogleich damit, das Feuer anzufachen und etwas zum Essen zuzubereiten. Sie holte auch ein großes Stück Fleisch aus der Vorratskammer, schnitt es klein und gab es in den Topf. Da das Fleisch länger brauchte bis es gar war, setzte sie sich zu Myriam, die sich leicht erholt hatte.

„Wer ist er?“, fragte Wiroja plötzlich.

„Wer ist wer?“, entgegnete Myriam, die Mühe hatte sich zu konzentrieren.

„Der Mondwolf! Ich dachte, Feria wäre die letzte ihrer Art.“

Myriam zuckte zusammen, als der Name fiel. Wiroja schalte sich selbst einen Narren, da sie nicht daran gedacht hatte.

„Entschuldige bitte!“

„Du musst dich nicht entschuldigen“, entgegnete Myriam. „Auch ich muss mich erst daran gewöhnen, dass Feria nicht mehr hier ist. Was deine Frage angeht, sie war es auch, bis zu dieser Nacht. Aber bitte lass uns später darüber reden. Ich bin froh, wenn ich noch genügend Kraft habe, um etwas zu essen.“

Wiroja saß mit sorgenvoller Miene am Tisch und betrachtete ihre Freundin.

Der Autor wurde 1963 in Bingen am Rhein geboren. Bereits als Kind war er sehr naturverbunden. Schon immer faszinierte ihn das Leben in und mit der Natur und deren Gesetze.

Über Jahrzehnte hinweg beschäftigte er sich mit Mythologie, Esoterik im weitesten Sinne, Naturheilkunde, Philosophie und Psychologie. Sein Wissen und seine Erkenntnisse kommen in seinen Büchern zum Ausdruck.

Gerne können Sie mir schreiben wie ihnen der erste Teil gefallen hat oder Sie Fragen und Anregungen haben.

Kontakt: myriamseelenschwester@gmail.com